LE ROMAN DE L'ITALIE INSOLITE

Du même auteur

La Chute des aristocrates (1787-1792), Perrin, 1992.

Madame du Barry, un nom de scandale, Perrin, 2002.

Couple interdit, Fayard, 2006.

Les Racines de la liberté, Perrin, 2007.

Mafias. L'industrie de la peur, Monaco, éd. du Rocher, 2008 (trad. it. Nuovi Mondi, Modène, 2008).

La Première Contre-révolution (1789-1791), Paris, Puf, coll. « Les fondements de la politique », 2010.

Il faut sauver le petit bourgeois, Paris, Puf, coll. « La condition humaine » (trad. it. ed. de la Bocconi, Milan, 2010).

Le Roman de la Rome insolite, Paris, Le Rocher, 2010.

Un pouvoir invisible : Les Mafias et la Société démocratique (XIXe-XXIe siècle), Paris, Gallimard, 2012 (prix de l'Essai de l'Académie française et prix des Ambassadeurs, 2013).

Patti scelerati. Una storia politica delle mafie in Europa, Milan, UTET, 2013.

I Nuovi Orizzonti del crimine organizzato, colletti bianchi, affari criminali e mafie (avec J.-F. Gayraud), Palerme, Edizioni di storia e studi sociali, 2013.

Les Antipolitiques, Paris, Grasset, 2014 (prix du Livre d'histoire du Sénat, 2016).

Blasphème : Brève histoire d'un « crime imaginaire », Paris, Gallimard, coll. « L'esprit de la cité », 2016.

Via Appia. Sur la plus ancienne route d'Italie, Paris, Les Équateurs, 2016.

Histoire de la République en France, des origines à la Ve République (avec Thomas Branthôme), Paris, Economica, coll. corpus « Histoire du droit », 2018.

Casa Bianca, Paris, Les Équateurs, Littérature, 2019.

JACQUES DE SAINT VICTOR

LE ROMAN
DE L'ITALIE INSOLITE

TEXTO

Texto est une collection des éditions Tallandier

48, rue du Faubourg-Montmartre – 75009 Paris
www.tallandier.com

À Lili et Rodolphe.
Pour qu'ils partagent un jour ce goût
pour Stendhal et pour l'Italie.

Introduction

Les passions naissent souvent du hasard. En 1978 ou 1979, on jouait au cinéma du quartier une comédie italienne au titre étrange. Un après-midi, sur un coup de tête, je pris ce ticket pour *Les Nouveaux Monstres*. Ce fut une révélation. Quel pays pouvait inspirer un tel film ? *Les Nouveaux Monstres*, c'est le portrait d'un monde dans toute sa fragilité et sa vitalité, sans fausse pudeur, avec son cortège de prélats cyniques, de bourgeois adultères, d'aristocrates dégénérés, de maris obsédés, d'imprésarios minables et véreux, de femmes futiles, cédant au culte vide du corps, de touristes chics qu'on exploite sans vergogne, etc. Ce portrait enfantin et anarchique, venant d'un pays si proche et si différent de la France, tout cela faisait en ces années 1970 un tel contraste avec l'existence un peu rangée d'un jeune écolier de l'Ouest parisien ! Sans le savoir, je venais de voir le testament de la comédie italienne. Je retournai alors au cinéma autant de fois que possible pour voir tous les autres grands films italiens de l'époque, ceux des Comencini, Scola ou Monicelli, souvent drôles jusqu'au désespoir. C'était pour un jeune homme un moment de grand bonheur car ces années étaient celles du sacre de la fameuse *comédie à l'italienne*. Personne ne pouvait imaginer que cela allait s'arrêter si brutalement.

Comme beaucoup d'adolescents, je ne connaissais encore ni Dante, ni Leopardi, ni la petite communauté fort bien représentée des « fous d'Italie », dont Stendhal est le généralissime, mais j'étais déjà désireux de mieux connaître ce pays mis en scène par ce cinéma comique et mélancolique.

Dans les pages qu'on va lire, c'est de cette Italie humaine, de cette Italie insolite par son histoire, par ses mœurs, par sa cuisine, ses traditions ou sa religion, bref de cette Italie qu'on aperçoit en filigrane dans les films de Risi, de Comencini mais aussi de Rossellini, Visconti, Antonioni ou Fellini dont il sera question. Qu'on songe à la terrible description de la société romaine dans *La Dolce Vita*, le film souvent le moins bien compris de Fellini puisqu'il fut regardé à l'époque comme un « film immoral ». Fellini rapportait, en s'amusant, que nombre de journalistes américains lui avaient demandé après la séance de leur faire visiter la via Vittorio Veneto avec Anita Ekberg. Fellini leur répondit qu'il avait tout inventé ; pourtant la via Veneto s'est mise par la suite à singer le film. L'art plus fort que la vie… C'est là tout l'insolite de l'Italie. Il n'est pas simple d'en donner un « aperçu » complet, en raison de la richesse de sa culture, de la complexité de son passé, de la profusion de ses œuvres d'art, de son architecture antique, romane, baroque, etc.

Il fallait faire des choix. L'histoire de l'art est certainement la grande affaire du pays de Michel-Ange, Raphaël, Léonard, Botticelli, et tant d'autres. L'Italie peut s'enorgueillir de compter à elle seule plus de la moitié du patrimoine artistique mondial, selon l'Unesco. Mais de multiples biographies ou monographies ont déjà été consacrées à tous ces génies. Je préfère donc renvoyer le lecteur vers tous ces traités qui évoquent, avec plus ou moins de bonheur, ces monuments du génie humain. J'en dirais autant de la musique, notamment de l'Opéra et du Bel canto, ce grand art italien par excellence, qui fit longtemps l'objet, au nord de l'Europe d'une certaine prévention. Tout le monde connaît la boutade célèbre de Bernard Shaw : « Un opéra, c'est une soprano et un ténor qui veulent coucher ensemble, et un baryton qui s'efforce de les en empêcher. » Le prince de Lampedusa, qui n'aimait guère l'opéra italien, le qualifiait d'« outrancièrement sentimental ». Depuis une vingtaine d'années, on assiste au retour de flamme du bel canto, ce qui n'a plus le charme de l'insolite. Peut-être aurait-il fallu évoquer la place de la *canzona* dans la vie italienne, si singulière qu'on lui consacre chaque année un festival particulier à San Remo. Ces airs ont souvent bien du charme. Il n'est pas besoin de rappeler le nom de chanteurs populaires célèbres, comme Modugno, Mina, Umberto Tozzi, Adriano Celentano, Vasco Rossi, Luca Carbone, Eros Ramazzotti, Laura Pausini, sans parler des *cantautori*, comme Lucio Dalla, Lucio Battisti, Paolo Conte, etc. Ils contribuent, eux aussi et en leur genre, à forger cette singularité italienne.

La tâche étant immense, il a fallu de même opérer des choix dramatiques dans les lieux abordés : je n'ai pas traité directement de Rome et de ses multiples aspects insolites qui me sont pourtant familiers, puisque j'ai eu la chance d'y vivre plusieurs années. Un livre n'y suffirait pas à lui tout seul[1]. Aussi fallait-il de la place pour tout le reste de l'Italie, Venise, Florence, Naples, Palerme, etc. et les régions plus méconnues, le Val-d'Aoste, le Frioul, la Calabre, les Pouilles, les Abruzzes… Combien de lieux ou d'histoires « insolites » dans cette Italie au passé si riche ? « L'insolite est inséparable de l'amour, il préside à sa révélation », disait André Breton. Il semble avoir affaire directement avec l'humain ; il vise le détail oublié qui, tout à coup, en dit beaucoup plus long sur une époque, un pays, une histoire. Je tenterai d'évoquer des aspects méconnus de ce berceau de la civilisation qu'ont tant aimé Montaigne, Montesquieu, Chateaubriand, Stendhal, le plus grand des « touristes » de l'Italie, Alexandre Dumas, merveilleux connaisseur du *Mezzogiorno*, Henry James, et tous ces voyageurs plus attachés aux gens qu'ils ont rencontrés qu'aux monuments qu'ils ont visités. L'histoire des mentalités en dit souvent plus long que de nombreux discours savants. Mais, pour ce faire, il ne faut pas hésiter à remonter loin dans l'histoire, surtout quand on possède, comme l'Italie, un passé si ancien et si prestigieux. Marc Bloch s'étonnait de voir les esprits rapides, ceux qui croient qu'un savoir pratique domine le monde, ne s'intéresser qu'au passé immédiat, en général celui du siècle qui les précède. Étrange illusion, remarquait le fondateur de l'école des Annales, semblable à celle qui consiste à croire que la lune a plus d'influence sur la terre que le soleil parce qu'elle est plus proche[2] ! Charles Péguy ne disait-il pas qu'Homère est « nouveau » ce matin et que « rien n'est peut-être aussi vieux que le journal d'aujourd'hui » ?

Ce n'est pas l'objet de ce bref propos introductif d'évoquer les traits dominants d'une Italie dont les « clichés », parfois justes, souvent infondés, sont si aimablement répandus : le pays de la confusion, du *farniente*, de la *dolce vita*, préjugé fort répandu[3], y compris par les esprits les plus sévères. Dominique Fernandez rappelait que Lénine envisageait de transformer l'Italie (lorsque l'Europe serait entièrement bolchevisée) en une vaste maison de repos pour y envoyer les travailleurs méritants[4]. Mais ce n'est pas seulement pour ses paysages sublimes ou son climat que la *Bell'Italia* – il est amusant de noter que le langage commun dit la « Belle Italie » et la « Douce France », ce qui semble assez justement résumer les traits respectifs des paysages et des mentalités de chacun des deux pays – a séduit tant de voyageurs, notamment français. Elle a souvent représenté pour tous les esprits las de la vanité et des jeux parisiens un formidable retour à cette source de franchise et de spontanéité des Anciens, traits perdus depuis la cristallisation d'une *société de cour* (Norbert Élias) très contraignante... Dans *Corinne et l'Italie* (1807), Mme de Staël opposait le personnage du comte d'Erfeuil, le type même du Français de l'ancienne société, gai et spirituel, mais, au fond, insensible et tristement vain, presque vide, à Corinne, l'Italienne, au caractère emporté mais possédant de réelles qualités de cœur. Stendhal, qui perçut fort bien la différence, l'explique en affirmant dans *De l'amour* que les Italiens sont orgueilleux tandis que les Français sont vaniteux, à cause de leur attachement à la *société*. À Paris, il faut taire ses émotions, de crainte que les autres ne s'en rendent compte, là où en Italie, l'homme a suffisamment d'orgueil pour les afficher et se moquer du regard des autres. « En Italie, les jugements du public sont les très humbles serviteurs des passions, affirme Stendhal. Le plaisir réel y exerce le pouvoir qui ailleurs est aux mains de la société. » Il compare le Français amoureux à un « homme qui se jette par la fenêtre, mais qui cherche pourtant à avoir une position gracieuse en arrivant sur le pavé[5] ». Il restera un jour à expliquer les origines de cette « fausseté » hexagonale qui est une source de tant de discussions et d'ironie en Italie.

Mais n'allons pas trop loin. Le grand critique Jean-François Revel a écrit un petit livre magnifique, *Pour l'Italie* (1958), dans lequel il engage son lecteur à se montrer prudent dans cette opposition facile entre la France et l'Italie. « On regrette toujours, écrivait-il, que les Français n'aient pas les qualités que les Italiens sont sensés avoir ; et que les Italiens n'aient pas les qualités que les Français sont réputés posséder. Mais, comme aucun des deux peuples ne les a vraiment, il est absurde de les laisser devenir jaloux ou amoureux l'un de l'autre[6]. »

Sans faire la chasse aux préjugés, le propos d'un livre sur l'Italie insolite n'est pas de chercher nécessairement et systématiquement à cultiver le pittoresque. Il faut toujours se méfier des apparences. Une petite anecdote incitera à s'en convaincre. Dans ses *Heures italiennes*, Henry James, le grand écrivain américain, raconte qu'il se promenait un jour dans une campagne déserte, près de Gênes. Nous sommes à la fin du XIXe siècle et l'Italie unifiée reste un pays pauvre, où seuls 2 % de la population a le droit de vote. À l'entrée d'un bourg, dominant la vallée, James aperçoit dans le lointain un jeune paysan, « chapeau rejeté sur les oreilles à la façon d'un cavalier d'opéra », qui remonte vers le village en chantant. Le spectacle « romantique » le ravit. La silhouette de ce jeune homme « était exactement ce qui manquait pour compléter le paysage », écrit l'auteur raffiné de *Portrait de femme* et le chant du paysan lui semble une magnifique illustration de la gaieté naturelle de ce peuple simple. Il y voit une illustration « à un haut degré » de « cette connaissance de la vie pour laquelle je viens à l'instant de louer les Italiens », poursuit l'Américain enthousiaste. Lorsque le paysan arrive à son niveau, Henry James l'entreprend et ils discutent librement pendant quelques minutes. Le jeune paysan est pauvre, mal nourri, et, bien vite, James le trouve dur et menaçant. Il trancherait volontiers la tête du roi et de la famille royale s'il en avait les moyens. James le dandy vient de comprendre son erreur. L'Italien ne chantait de l'opéra qu'en dépit de lui-même : « c'était vraiment absurde de ma part, souligne James, de l'avoir simplement considéré comme un gracieux ornement du panorama, une harmonieuse petite silhouette à mi-distance ». Et l'écrivain de conclure : « ne fût-ce l'accident d'avoir bavardé avec lui, ma mémoire en aurait fait un exemple de voluptueux optimiste[7] ». Nous essayerons nous aussi de ne pas perdre de vue que l'insolite ne se résume pas à du « charmant ».

Il me faut maintenant, pour conclure, évoquer brièvement comment j'ai été confronté à cette Italie de l'insolite. C'était à la fin du mois de janvier 1989. Je venais d'arriver à Rome pour achever ma thèse aux archives secrètes du Vatican. Depuis deux mois, je me rendais chaque matin dans cette salle austère des archives où j'examinais les relations secrètes entre la Secrétairerie d'État et la France en 1789 et j'y fis la rencontre d'un vieil homme volubile, un érudit d'origine napolitaine. Au bout de quelques semaines, nous fûmes amis et il m'invita plusieurs fois à déjeuner, après notre travail. Les archives fermaient à deux heures de l'après-midi. Un jour, il me proposa de l'accompagner chez lui. « Je veux vous montrer quelque chose de très étonnant, un document mystérieux », me dit-il Il habitait à quelques minutes du centre ville, au dernier étage d'un palais récent, donnant sur le zoo de Rome. L'homme était sans héritier et il n'avait plus de parent. « Je vais vous montrer un dossier ancien. J'ai confiance en vous. Je n'ai jamais vraiment eu le courage d'effectuer les recherches qu'il faudrait. » Je le ferais aussi bien à sa place, prédit-il, et nous pourrions nous en partager les découvertes. C'était une proposition parfaitement baroque. Mais je n'eus pas le courage de refuser. Le vieil homme me conduisit dans une immense bibliothèque qui donnait sur une terrasse d'où l'on pouvait voir dans le lointain le dôme de Saint-Pierre émerger de l'immense mer de pins de la villa Borghèse. Il sortit d'un coffret ancien une lettre en parchemin.

– Lisez. Il ne faut pas que le savoir se perde…

Je pris la lettre mystérieuse avec précaution et scepticisme. Le nom du destinataire n'était pas indiqué ; elle avait été écrite par un Napolitain de la fin du XVIIIe siècle, au moment où la ville s'était proclamée république et avait chassé ses rois bourbons. Il y était question d'un duc qui, en voulant fuir la ville pour rejoindre les troupes royalistes du cardinal Ruffo, avait emporté avec lui une petite cassette contenant un secret de famille « que les ancêtres du duc conservaient précieusement depuis plusieurs siècles ». Il faisait nuit et, en chemin, le duc fut dénoncé. Voyant qu'il risquait d'être pris, il ordonna à son valet de cacher la cassette dans un ravin et de revenir la chercher la nuit suivante. Hélas, cette nuit-là, le valet fut arrêté et le duc trouva la mort, peu après avoir eu le temps de rédiger cette lettre. « Le destinataire était l'oncle de mon arrière-grand-père », dit fièrement mon interlocuteur. La missive indiquait l'emplacement exact de la cassette. L'aïeul de mon interlocuteur avait retrouvé le contenu de la cassette. Il me montra une autre chemise qui contenait des documents secrets. « Ils indiquent l'emplacement du trésor du Temple de Jérusalem ! » Je fus autorisé à regarder mais non à prendre des notes.

Comme j'ignorais à peu près tout de cette histoire, j'eus le plus grand mal à déchiffrer ces vieux parchemins qui indiquaient des noms étranges. Je m'informais par la suite : le trésor du Temple de Jérusalem avait été volé en 70 par Titus et conservé au Jupiter Capitolin. Lorsque le roi wisigoth Alaric prit Rome d'assaut et la pilla en 410 après J.-C., la légende veut qu'il ait emporté avec lui le célèbre trésor dont on a perdu la trace, la seule certitude restant le bas-relief qui orne l'arc de Titus, au sommet de la Voie Sacrée. Alaric meurt peu après le pillage de Rome, et il est enterré avec ses chevaux et ses trésors dans la rivière Busento, dont les soldats détournèrent le lit. Mais on n'a jamais découvert sa tombe. Car, une fois son corps déposé dans le lit de la rivière, ses soldats en auraient rétabli le cours et massacré les trois cents esclaves romains qui avaient réalisé les travaux pour que personne ne parle. Ainsi le secret d'Alaric devait être protégé à jamais dans les eaux du Busento. Depuis le XVIIIe siècle, la rivière fait l'objet de nombreuses fouilles. Mais en vain. Les indications de l'érudit napolitain allaient-elles me donner la clé de l'énigme ?

L'hiver et le printemps passèrent. Durant l'été, je décidai de suivre les indications fournies par la cassette secrète de l'érudit que je revis à plusieurs reprises. Je partis d'abord pour la Calabre, près de Cosenza, à la recherche de la tombe d'Alaric, selon les informations données. Il aurait fallu plutôt chercher d'un autre côté, à la confluence entre les rivières Caronte et Canalicchio. Mais certains points mentionnés dans les documents évoquaient des recherches effectuées au XIIIe siècle par l'empereur Frédéric II de Hohenstaufen puis par les rois de Naples (de la famille d'Anjou) qui, tous, avaient aussi cherché à mettre la main sur le trésor de Jérusalem. Des preuves étaient à découvrir en Sicile, en Calabre, dans les Pouilles, ce qui allait me renvoyer à nouveau à d'autres pistes en Romagne puis en Toscane et en Lombardie… Un périple qui prit plusieurs mois et occupa, épisodiquement, les années que je passais à Rome. En vain d'ailleurs. J'étais alors un peu trop naïf pour me douter que le fameux document de l'érudit n'était en réalité qu'une de ces fausses lettres confectionnées après les troubles révolutionnaires par des escrocs qui prétendaient connaître des caches de trésors immenses, et qui les adressaient à des naïfs fortunés pour obtenir en contrepartie une rançon de leur correspondant. Ce genre de lettres a aussi existé en France et on les a d'ailleurs appelées des *Lettres de Jérusalem*[8]. Ce fut la première péripétie qui m'incita à la plus grande prudence en histoire. Mais elle eut un grand mérite. En l'espace de quelques mois, l'Italie que je découvrais n'avait rien à voir avec celle des cartes postales. C'était un nouveau pays pour moi, médiéval ou baroque, religieux, parfois dangereux et toujours insolite. Il l'était d'autant plus que je ne soupçonnais pas encore le passé si présent.

Dans son merveilleux livre sur les *Maîtres de l'estampe*, l'historien de l'art Henri Focillon notait qu'il « existe une Italie magique, nocturne et pleine d'enchantements, qui se superpose à l'Italie classique[9] ». Il citait le graveur méconnu Giovanni Benedetto Castiglione, dit le Grechetto. Dans ses étranges eaux-fortes, comme *La Découverte des restes de saint Pierre et de saint Paul*, ce peintre des ombres et des ruines témoigne à sa manière de cette Italie mystérieuse. C'est elle que je rencontrais hors des circuits touristiques, aux contacts de ses vérités anciennes. Tout ce qu'on va lire est puisé à cette source. Évoquer l'Italie insolite n'était pas une tâche commode en raison de son ampleur. J'ai donc rassemblé mes souvenirs, mes visites, mes rencontres. J'ai entrepris ce « voyage » en empruntant, pour simplifier la lecture, un double itinéraire : géographique et historique. Partir du Nord, des montagnes des Alpes occidentales, du côté savoyard, ou des Dolomites, du côté suisse et autrichien, pour aller jusqu'à l'extrême Sud de la botte, à ce Finistère du sud du cap de Leuca, dans les Pouilles, voire en Sicile ou mieux encore dans cette Calabre sauvage où domine une mafia méconnue, la *'Ndrangheta*, qui, dans l'indifférence générale, est devenue en l'espace de quelques années l'une des plus puissantes au monde. Voir tout ce qui, au-delà des détails éphémères, peut sembler véritablement inspirer cette terre formidable, l'*Italiam Italiam* de Virgile, avec ses empereurs romains décadents, ses papes sans scrupules, ses petits rois et ses grands-ducs, ses *condottieri* et ses princes sanguinaires, les Médicis, les Visconti, les Sforza et autres Borgia si familiers à nos oreilles mais au fond si méconnus. Flâner à travers les villes et les campagnes, à travers l'histoire mouvementée et méconnue de l'Italie, le pays de la *dolce vita* mais aussi de la *malavita* (la pègre) et de la mafia, le pays de la première « nouvelle cuisine », du vin et surtout de l'amour, le pays de Roméo et Juliette et de Casanova, des beautés envoûtantes et chaleureuses, à la Sophia Loren ou à la Monica Vitti, mais aussi des sorcières des Alpes ou des monstres du crime passionnel…

Quoi qu'ils en disent, les Italiens aiment leur pays avec passion, y compris leurs plus grands intellectuels. C'est là un trait qui, à mon avis, les distingue des Français. Combien de grands artistes italiens n'ont pas hésité à évoquer leur *terre* avec la nostalgie de l'exilé ou du poète ? Ainsi Fellini a-t-il écrit un livre sur sa ville natale, *La Mia Rimini*[10], et le grand philosophe Benedetto Croce ne s'est pas cru humilié en rédigeant une *Histoire du royaume de Naples*. On imagine mal un essai enflammé sur Le Pecq par Jacques Tati ou une *Histoire de Poitiers* par Michel Foucault. En Italie, même les plus grands esprits s'élevant au génie universel n'ont pas de scrupule à évoquer leur région natale, autre signe de la fascinante attraction de la terre italienne. Ils ont mieux compris que nous cette évidence : l'esprit d'un lieu n'est pas en contradiction avec l'universalisme. Comme le disait Philip Roth, à propos du Newark de son enfance : « Paradoxalement, c'était ce provincialisme qui nous faisait cosmopolites. »

CHAPITRE PREMIER

Le premier Italien du monde ou la malédiction de la momie

À l'extrême nord de la péninsule, dans la petite vallée de Bolzano (territoire autonome du Haut-Adige), la rumeur s'est répandue comme une traînée de poudre. En octobre 2004, Helmut Simon, alpiniste réputé, disparaît au cours d'une randonnée sur les glaciers, à la frontière entre l'Italie et l'Autriche. Son corps est retrouvé quelques jours plus tard, gelé, au fond d'une crevasse de ce massif du Tyrol qu'on appelle les Alpes de l'Otzal. Il aurait été victime d'un blizzard « foudroyant et improbable » en cette saison... Il n'en faut pas plus pour que la nouvelle fasse le tour du monde. Car Helmut Simon n'était pas n'importe qui. Cet Allemand de 67 ans, retraité de Nuremberg, était célèbre dans cette petite région d'Italie où la majorité de la population parle allemand et où l'architecture fait plus penser au Tyrol voisin qu'aux Alpes italiennes. Voilà plus de dix ans, alors qu'il effectuait avec sa femme Erica une randonnée sur le glacier du Similaun, à la frontière austro-italienne, Helmut Simon fit par hasard une découverte qui allait changer la connaissance que nous avons des origines de l'humanité.

Empruntant pour descendre du sommet du Finail un sentier non balisé, l'attention du couple est attirée, en ce jeudi 19 septembre 1991, par ce qui ressemble à une poupée de chiffon prise dans les glaces. Les deux randonneurs s'approchent et découvrent, à 70 mètres du sentier en pente, un squelette aux os bruns, enseveli jusqu'à la taille, la tête plantée dans la boue neigeuse. En cette belle matinée ensoleillée, les Simon imaginent qu'il s'agit de la dépouille d'un alpiniste égaré, comme les glaciers en rejettent chaque été. Depuis 1941, les carabiniers de la région sont d'ailleurs à la recherche d'un certain Carlo Capsoni, professeur de musique qui a disparu sans laisser de traces. On ne prend pas de gants pour déloger le cadavre. Les secours mettent une journée à arriver sur les lieux où, à 3 210 mètres d'altitude, personne ne sait précisément si ce sont les secouristes italiens ou autrichiens qui sont compétents. Les carabiniers, qui suivent alors une *partita di calcio* (match de foot), laissent à leurs collègues autrichiens le soin de déterrer le cadavre. La méthode est efficace et brutale, à l'allemande : marteau-piqueur pneumatique, piolet et bâtons de ski, tout est bon pour fendre la glace et descendre le squelette à l'institut médico-légal d'Innsbruck. Autour de lui, quelques objets étranges, une hotte, une hache, une cape de fourrure et un arc ont été ramassés sans y prendre garde.

Mais, en arrivant à la morgue, le squelette change tout d'un coup de couleur. Il prend un inquiétant aspect noir. Les policiers et le directeur de l'Institut, le professeur Rainer Henn, commencent alors à se demander s'il ne faut pas prêter attention aux propos d'un guide italien de haute montagne, Reinhold Messner, qui se trouvait au refuge lorsque les Simon sont accourus pour appeler les secours. Selon cet « himalayiste » de renom, spécialiste des yétis et des « Aryens du Tibet », le cadavre qu'il a examiné aurait au moins cinq cents ans, voire plus ! On appelle le professeur Konrad Spindler, spécialiste de la préhistoire, qui, en arrivant à l'Institut, tombe en arrêt devant le squelette. Ému, il prend immédiatement la mesure de la découverte : les restes de l'homme des glaces qu'il a sous les yeux sont vieux de... plusieurs milliers d'années ! Après datation au carbone 14, il sera établi scientifiquement que la momie (c'est désormais ainsi qu'on va la désigner car elle est entièrement intacte) a plus de 5 300 ans. On lui donne désormais un petit nom : *Ötsi* ou *Ötzi*, en référence à l'Otzal, le massif montagneux où on l'a découverte. Stupeur dans la communauté scientifique. On vient de retrouver les restes intacts d'un homme du Néolithique, préservés par les glaces, ce qui renvoie les momies égyptiennes, comme celle de Toutankhamon ou de Ramsès II, au rang de plaisants jouvenceaux. Car Ötsi est beaucoup plus âgé qu'eux, il dépasse de deux mille ans ces « jeunes » pharaons et, de plus, il est beaucoup mieux conservé qu'eux. Il lui reste notamment ses entrailles et son cerveau, ce qui n'est pas le cas des momies d'Égypte.

Grâce à lui, la connaissance du Néolithique fait des pas de géant et oblige à réviser nombre de nos certitudes, notamment sur l'âge du cuivre que la communauté scientifique a dû remonter de plus de cinq cents ans ! Ötsi était probablement issu d'une de ces peuplades d'agriculteurs déjà sédentarisés que l'on rencontrait dans la plaine du Pô et qui se procurait du minerai au Tyrol. En d'autres termes, l'homme des glaces est le premier Italien identifié de l'histoire de l'humanité ! Car les autorités de Rome ont immédiatement réagi à l'annonce de cette découverte exceptionnelle. Elles ont demandé qu'on vérifie exactement l'endroit où avait été trouvé Ötsi pour connaître sa véritable « nationalité ». Car, en ces sommets des Alpes, le tracé de la frontière austro-italienne n'est pas facile à faire. Après la mise en place d'une commission internationale de géographes, la sentence tombe : Ötsi est, à 90 mètres près, italien depuis 5 000 ans *(sic)*. En 1998, le corps de l'homme des glaces est rapatrié à Bolzano, dans une ancienne banque où l'on construit une chambre froide stérile pour lui permettre de reposer en paix à une température constante de – 6 degrés (avec un taux d'humidité de 96 %). C'est alors que les rumeurs commencent à se répandre dans la région. La momie ne serait pas satisfaite de tout ce remue-ménage qui vient troubler une quiétude qui, dans son cas, était plurimillénaire. Hibernatus, comme on le surnomme aussi parfois, chercherait à se venger de tous ceux qui l'ont délogé de son sarcophage de glace.

Au départ, personne n'y prend garde mais petit à petit les langues se délient : certains de ceux qui ont approché la momie de près connaîtraient des fins suspectes. En 1992, il y eut d'abord la mort subite du professeur Henn, le médecin légiste qui, le premier, avait examiné Ötsi. Il se rendait à une conférence sur la découverte de la momie lorsque la mort le faucha en automobile. Puis ce fut le tour de Kurt Fritz, le guide de montagne qui avait conduit l'équipe de Henn sur les lieux de la découverte, emporté à 52 ans par une avalanche. Puis Rainer Hoezl, le journaliste de la télévision autrichienne qui avait filmé en exclusivité l'extraction du corps d'Ötsi : à 47 ans, il succombe d'une tumeur au cerveau. L'archéologue Konrad Spindler, qui fut un des premiers à examiner la momie, plaisantait volontiers en affirmant : « la prochaine victime pourrait être moi ». Il ne tarda pas à voir ses prédictions exaucées. Il disparaît à 55 ans. Une demi-douzaine de morts en quelques années, c'est à la fois beaucoup et pas grand-chose. Pourtant, les événements se précipitent à partir de 2004. Non seulement Helmut Simon disparaît en se promenant sur un sentier fort proche du lieu où il découvrit Ötsi mais, le plus surprenant, c'est que le jour même de l'enterrement, Dieter Warnecke, le chef de l'expédition partie à la recherche de Simon dans la montagne, succombe à son tour d'une crise cardiaque. Il n'a que 45 ans et meurt subitement, une heure après avoir enterré « l'inventeur » (c'est ainsi qu'on nomme celui qui trouve un trésor) d'Ötsi.

Dans la vallée de Bolzano, les anciens sont convaincus que la momie a les mêmes pouvoirs surnaturels que Toutankhamon. Chacun, dans cette petite région de montagne, se rappelle la malédiction inscrite dans la demeure funéraire du roi d'Égypte : « La mort arrivera sur des ailes pour celui qui entrera dans la tombe du pharaon. » En 1923, Lord Carnarvon meurt quelques semaines après avoir découvert le pharaon, terrassé d'une manière suspecte par un moustique ; six des autres découvreurs connaissent un sort semblable dans les années suivantes. Ötsi possède-t-il les mêmes pouvoirs que les pharaons ? Lorsque, le 21 octobre 2005, Tom Loy, spécialiste de l'université de Brisbane (Australie) qui avait étudié l'ADN de la momie, succombe d'une infection du sang, la nouvelle fait le tour du monde. L'homme des glaces a désormais sept morts à son palmarès. C'est plus que Toutankhamon et surtout plus qu'il n'en faut pour que la frayeur ne s'empare des esprits. Dès le mois d'octobre 2005, toute la presse internationale se fait désormais l'écho des inquiétudes des habitants du Haut-Adige. En France, *Le Figaro* et *Le Monde* titrent à un mois d'intervalle sur « la malédiction de la momie », repris à leur tour par *Paris Match* et d'autres journaux. Comme si les morts qu'on dérange jetaient leur mauvais sort aux vivants...

Il y aurait beaucoup à dire sur l'homme des glaces. Une chose est sûre. Sa découverte est d'autant plus exceptionnelle qu'elle tient à un fil. Elle ne pouvait se faire qu'à cette époque très brève de l'année qui va de la fonte des glaciers, à la fin de l'été, jusqu'au début des nouvelles neiges, très précoce à cette altitude. On peut dire que le couple Simon a eu comme une chance surnaturelle, probablement favorisée par le réchauffement de la planète (dont on ne parlait pas encore). Une semaine après le retrait de l'homme des glaces, le col où il reposait était déjà recouvert de neige. À quelques jours près, il aurait à nouveau été caché peut-être pour l'éternité. Ce qui aurait été une grande perte car cette momie nous révèle beaucoup de secrets sur l'homme du Néolithique. On sait aujourd'hui qu'Ötsi n'était pas bien grand, il mesurait 1,59 m, pesait une cinquantaine de kilos, était brun. Ses dents étaient saines, sans caries. Il devait être âgé de 46 ou 47 ans, selon les analyses des lamelles du cortex osseux. Que faisait-il à une si haute altitude ? Les hypothèses des savants sont contradictoires. On l'a d'abord dit mort d'épuisement, pris dans une tempête de neige. On l'a dit ensuite victime d'un sacrifice rituel. Il est plus probable aujourd'hui, vu la découverte ultérieure d'une pointe de flèche en silex sous l'omoplate, qu'il ne soit pas mort de froid mais victime d'un assassinat en règle !

Comment recomposer en détail ce qui constitue peut-être le plus vieux polar de l'histoire de l'humanité[1] ? Selon certains préhistoriens, mais en ce domaine mieux vaut rester prudent, Ötsi pouvait être un chamane, une sorte de sorcier de l'époque, comme semble le prouver certains tatouages qu'il porte sur sa peau ; si d'autres savants parlent de « tatouages thérapeutiques », car la momie souffrait d'arthrose, il s'agit dans les deux cas de la maîtrise d'un savoir très particulier[2] que seul possède un sorcier (en outre, des champignons à usage médical ont été trouvés dans le sac d'Ötsi). Le jour de sa mort, Ötsi était très armé, il portait un grand arc d'1,80 m, un carquois avec 14 flèches, une précieuse hache en cuivre qui est la marque des puissants à l'âge de pierre. Il était aussi chaudement vêtu car il faisait froid en ce début de printemps (on sait grâce au pollen qu'il est mort à cette période-là). Il n'a donc pas été pris au dépourvu. Il a fui en se préparant à cette cavalcade éprouvante. Les stries profondes retrouvées sur l'un de ses ongles prouvent qu'il était en état de stress extrême. Walter Leiner, de l'université d'Innsbruck, l'imagine poursuivi depuis plusieurs jours par les hommes de sa propre tribu, désireux peut-être de se débarrasser de lui pour quelques forfaits ou parce qu'il était vieux et qu'un rival briguait sa place. On découvrira ensuite qu'il porte une profonde plaie à la main droite, une entaille jusqu'à l'os. C'est la marque traditionnelle de l'homme qui se protège d'un coup de couteau porté au visage. Mais le plus intéressant a été mis en lumière par l'Australien Tom Loy qui a identifié autour de la momie quatre traces différentes de sang humain. Ils devaient être au moins trois à lui avoir tendu un guet-apens, un devant, deux derrière. Ötsi a dû se battre, peut-être jusqu'à la mort... À moins qu'il n'ait réussi à s'enfuir et ne soit tombé dans cette crevasse après plusieurs heures de cavale, terrassé par la souffrance et l'épuisement.

Sa présence en ce haut glacier des Alpes témoigne, dans tous les cas de figure, d'une activité beaucoup plus intense qu'on ne l'imagine à l'âge de pierre dans ces Alpes italiennes, qu'on traverse aujourd'hui sans y prendre garde pour se rendre à Turin ou à Milan. La zone englobant les belles stations de ski, celles de Cortina ou de Courmayeur, regorge de sites préhistoriques dont le sens nous échappe encore. Il existe par exemple sur la commune de La Thuile un site archéologique étonnant, à plus de 2 000 mètres d'altitude, un « cromlech » comme on dit dans le langage archéologique, qui témoigne de la présence d'un lieu de culte depuis l'âge du fer. On l'appelle aujourd'hui le « cercle d'Hannibal ». On ne le voit que l'été, quand la neige est moins dense. C'est un ensemble de stèles de pierre rassemblées en arc de cercle qui est un lieu de culte au soleil. Il faut y voir la preuve de l'existence d'un culte ancien au solstice d'été, comme on trouve un peu partout sur ce versant des Alpes des sites protohistoriques. Comment expliquer cette étrange présence humaine à des altitudes qui ne sont pas faites pour l'homo sapiens ? Il est impossible que les hommes y aient vécu. Ces sites témoignent donc, dès l'âge du fer, d'une dense activité religieuse. Mais de quelle nature ? Faut-il penser, comme le souligne Patrick Tierney[3], que les hommes du Néolithique avaient l'habitude de fréquenter ces sommets pour y pratiquer des meurtres rituels, comme cela se faisait aussi dans les Andes ? Ce serait donc pour des raisons criminelles que, depuis l'origine même de l'humanité, les hommes se sont transmis les secrets de ses cols et de ses sentiers alpins.

CHAPITRE II

Le passage d'Hannibal

Dans ces lieux grandioses, des événements étranges ont profondément marqué l'esprit des hommes. L'empire du Mal semble ici avoir établi son siège. Depuis Ötsi, les hommes traqués, des armées d'Hannibal jusqu'aux dernières bandes fascistes, ont profité de cet environnement hostile pour se réfugier du monde et se faire oublier. Les voyageurs du XVIIIe et du XIXe siècle, ceux du fameux « Grand Tour », ne manquent jamais de souligner la beauté mêlée de cruauté de ces paysages enneigés, source de mystère et de sacré, qui donne une première impression, un peu décalée, de leur future destination italienne. La mode s'était établie à la fin du XVIIe siècle dans l'aristocratie européenne d'effectuer un voyage en Italie, pendant un ou deux ans, pour se former le goût et l'esprit dans l'ancienne patrie de Virgile et de Dante, de Vitruve et de Léonard. Or, pour gagner la Péninsule par la terre, il fallait obligatoirement franchir les Alpes. Dès le XVIIe siècle, la traversée de ces hautes montagnes est une source de récits originaux, d'autant que cet environnement démesuré a été franchi par les plus grands envahisseurs, d'Hannibal à Bonaparte, en passant par Charlemagne.

Pour qui vient de France, le col le plus fréquenté depuis la haute Antiquité est celui du Mont-Cenis, avant qu'il ne soit remplacé par celui du Simplon. En partant de Modane, le touriste de l'époque doit emprunter un petit chemin escarpé qui monte jusqu'à Lanslebourg à dos de mulet puis redescend ensuite jusqu'à Novalèse. Arrivés au col, les voyageurs les plus illustres, comme les plus modestes, doivent se reposer la nuit dans de petites auberges infâmes, installées depuis le Moyen Âge en ce point de passage obligé. Il faut environ sept heures, le lendemain matin, pour gagner Novalèse. Par beau temps, la descente n'est pas difficile. Mais, quand la tempête se lève, que la neige se met à balayer en tous sens les cimes glacées, il faut emprunter des traîneaux sommaires composés de quelques branches simples. À partir de Napoléon, le Simplon supplante le Mont-Cenis, tandis que, du côté allemand, c'est le col du Brenner qui est ouvert dès le XVIIe siècle et semble d'un accès beaucoup plus agréable. Un hôtel de luxe, le *Zur Post*, est même construit et accueille des hôtes de marque, comme l'historien de l'art Winckelmann, qui sera le principal maître d'œuvre de la redécouverte de Pompéi au XVIIIe siècle, le philosophe Herder, ou Goethe qui, en faisant son voyage en Italie, empruntera le chemin de nuit, trouvant la route excellente. Il est beaucoup plus beau d'arriver en Italie par le Brenner que par le Simplon. C'est d'ailleurs pour cette raison que le train de luxe Pulmann Orient Express, bien qu'arrivant de Paris, fait aujourd'hui encore le détour par le Brenner car il débouche sur la plaine de Venise par Vicence, Vérone, Padoue, etc. La « véritable » Italie...

*
* *

Par où sont passées exactement, au IIIe siècle avant J.-C., les troupes d'Hannibal, le premier à avoir réussi à faire fléchir les armées romaines ? En mai 218, le général carthaginois quitte l'Espagne et s'apprête à fondre sur Rome. Mais il lui faut franchir les Alpes... À l'école, le récit des exploits du général carthaginois n'a cessé d'intriguer des générations d'écoliers. Quoi ! Une armée entière de soldats, de chevaux et d'éléphants franchissant les montagnes les plus élevées d'Europe ! Comment Hannibal a-t-il pu réaliser cet exploit ? Cette entreprise a provoqué l'admiration universelle. En réalité, déjà en son temps, comme en témoigne l'histoire d'Ötsi, les passages des Alpes étaient bien connus des habitants des environs. Plusieurs milliers d'années avant Hannibal, les hommes de l'âge du fer avaient déjà l'habitude de traverser fréquemment ces montagnes immenses. Hannibal n'a eu qu'à s'informer auprès de certaines tribus de la Gaule celtique, notamment les Salassi installés dans la région, qui connaissaient depuis toujours les chemins à emprunter pour circuler entre les deux versants des Alpes. Ils se transmettaient les tracés de génération en génération. Ce qui est exceptionnel, dans le cas d'Hannibal, c'est qu'il a franchi les Alpes avec une armée au grand complet. Dans les petites vallées étroites et les ravins, elle devait s'étirer sur des dizaines de kilomètres. Malgré l'hostilité de certains autochtones, la fatigue, la faim, les rigueurs du climat glacial et de l'altitude, les intempéries, très précoces cette année-là, entraînant des éboulements et des chutes de neige abondantes, Hannibal a su mener ses troupes avec la force d'un grand chef. Quand il parvient au sommet des Alpes, ses hommes sont fourbus, sa cavalerie efflanquée, ses chevaux errants, ses éléphants à jeun, faute de pâturages. Le moral des troupes est au plus bas. La descente vers l'Italie est encore plus pénible que la montée.

Sur les pentes abruptes, la neige fraîche trompe le pas, les hommes et les bêtes s'enfoncent dans les crevasses et beaucoup ne peuvent en ressortir. À un moment, des rochers bloquent le passage. C'est ici que se place l'épisode célèbre du « fracassant vinaigre », raconté par Tite-Live. Hannibal fait abattre des arbres, les place devant les rochers qui gênent ; il y fait mettre le feu, puis sur la pierre incandescente il fait verser force vinaigre et parvient à la rompre. Invraisemblable, absurde ? Les savants sont aujourd'hui enclins à l'admettre. Arrivée dans la plaine italienne, l'armée d'Hannibal fait songer aux premiers « sans culottes » de l'armée d'Italie de Bonaparte, les « hordes gauloises », comme on disait encore en 1797 dans la famille du prince de Lampedusa. Ces soldats sont sales, hirsutes, ayant perdu leurs armes... Il reste aux armées d'Hannibal à se « refaire » une santé grâce à leurs alliés gaulois qui les accueillent avec joie dans l'espoir d'abattre la puissance romaine. En moins de deux mois, les Carthaginois sont prêts à partir à la conquête de la Péninsule. On ne saura peut-être jamais par où l'armée carthaginoise est passée exactement. Polybe affirme qu'il a refait le trajet, environ soixante ans après Hannibal. Mais les indications qu'il donne sont trop vagues pour situer l'itinéraire avec précision. Il existe des centaines de livres, en diverses langues, consacrés à cette question. Une légende veut, comme on le sait, que les armées du général carthaginois soient passées par le col du Petit-Saint-Bernard, en ce lieu qu'on appelle le « cercle d'Hannibal ». Rien n'est moins sûr. Mais c'est dire combien ces sentiers enneigés ont joué un rôle puissant dans l'imaginaire du « voyage en Italie ».

CHAPITRE III

Milan : La mort de la première « société du spectacle »

En cet été 2006, à Milan, un scandale de « concussion sexuelle » *(sic)* à la télévision italienne agite les milieux de la communication. La capitale de la mode, du design et de la finance est aussi devenue, depuis le succès de l'empire Berlusconi (la Fininvest), la ville de la « société du spectacle », selon la fameuse expression de Guy Debord. Le secteur de la communication est l'un des plus profitables de l'économie italienne, même si c'est à Rome que sont restés la plupart des grands studios TV. C'est de Milan que sont arrivées en France, via l'ex-Cinq du *Cavaliere*, les nouvelles méthodes télévisuelles, publicité à outrance et programmes bas de gamme. Avec le succès que l'on sait mais l'odeur de soufre qui s'en exhale. Aussi préfère-t-on dans la capitale lombarde rester discret sur un épisode qui vient jeter une nouvelle zone d'ombre sur un milieu qui attire les masses mais n'a pas bonne presse. « L'affaire est à l'instruction. » « Les faits ne sont pas encore prouvés »... Pendant quelques semaines, cet été-là, alors que les journaux ne cessent de faire leurs manchettes sur ces apprenties-présentatrices qu'on aurait soumises à des abus sexuels pour obtenir un poste à la télévision, les responsables de la société du spectacle ont des prudences qu'on ne leur connaissait guère dans d'autres circonstances. Certains suggèrent que des juges mal intentionnés chercheraient peut-être une publicité facile en jetant en pâture le nom de responsables politiques et de stars du petit écran. Les accusations sont en effet étrangement précises. On prétend que certains dirigeants auraient « forcé » de jeunes nymphes dans les locaux mêmes de la Farnesina, le Quai d'Orsay italien !

L'espace d'un instant, cette « affaire » renvoie aux temps de Néron ou des Borgia. On s'interroge. Un scénario aussi usé est-il seulement plausible ? Valeria, qui travaille dans la *com'* à Milan, et dont la beauté l'a amenée à « croiser » certains protagonistes de ce monde particulier, ne feint pas la surprise.

– De toute façon, ici, depuis les années 1990, ce n'est même plus le Far West. On est revenu aux mœurs du Bas-Empire...

Cette évocation étrange d'un passé lointain nous ramène à juste titre à la fin de l'Antiquité, en ces temps de Bas-Empire où Milan avait détrôné Rome comme capitale de l'Empire d'Occident. En 286 après Jésus-Christ, l'empereur Dioclétien, pressé par les Barbares, a préféré diviser son énorme Empire en deux (Orient et Occident). Tandis qu'il va s'installer en Orient, il transfère la capitale d'Occident à Milan *(Médiolanum)*, qui occupe une position plus stratégique, notamment pour le contrôle de la Gaule. Rome perd désormais son statut de capitale de l'Empire. La nouvelle Rome sera désormais la ville où se trouve l'Empereur : *Ubi est imperator, ibi Roma.* C'est le début d'une longue décadence de l'ancienne capitale des Césars[1]. La cour impériale l'abandonne pour Milan où l'Empereur construit un palais gigantesque (dans les parages de l'actuelle *via Olmetto*). La petite ville élargit son forum, se dote de nouveaux thermes, de tribunaux et surtout d'une immense muraille flanquée de trois cents tours, percée de neuf portes, chacune donnant sur les grandes routes qui conduisent aux divers confins de l'Empire.

Pourquoi n'existe-t-il plus aujourd'hui à Milan la moindre trace de ce passé ? En se promenant dans les rues de la capitale lombarde, il y a comme une étrange absence : celle de toute ruine publique imposante, comme un cirque ou des arènes. Quelle était alors la vie dans ce Milan du Bas-Empire ? Était-elle si différente de celle de Rome ? On commet souvent une erreur en croyant que cette époque fut le temps de la licence, des jeux fastueux et de la débauche sexuelle. C'est le Haut-Empire, celui des premiers Augustes, comme Tibère ou Caligula, qui évoque cette décadence morale et sexuelle illustrée par le *Satyricon* de Pétrone. La fin de l'Empire est au contraire marquée par un retour vers l'austérité et l'ascétisme de la Rome des origines. Et c'est précisément à Milan que tout se joue. C'est là qu'en 313, l'empereur Constantin promulgue son célèbre édit (édit de Milan) qui établit la liberté religieuse et marque la fin de la persécution des Chrétiens. C'est là qu'a lieu l'un des premiers grands conciles de la Chrétienté, le concile de Milan (345), qui réunit 300 évêques à propos de l'arianisme (Arius remettait en cause le caractère divin du Christ). C'est là surtout qu'entre 380 et 391 Théodose Ier le Grand fait interdire les cultes païens dans tout l'Empire et établit pour la première fois le christianisme comme religion d'État[2].

Or, quel est le principal adversaire du christianisme officiel ? La religion païenne, bien sûr, mais elle vient d'être interdite. Son véritable ennemi, car il lui fait dure concurrence, ce sont les spectacles *(voluptates)*. Ceux du théâtre, qui détournent les âmes de la basilique ; ceux du cirque, où les courses de char tiennent le public en haleine ; ceux, enfin, plus « virils », de l'arène, où l'on jette aux lions certains criminels, esclaves révoltés ou autres prisonniers de guerre sous les applaudissements d'une foule passionnée. Quelques années auparavant, c'est même là que les empereurs jetaient les martyrs de la foi, notamment ces jeunes vierges qu'on livrait pendant l'entracte aux bêtes féroces. Mais le vrai plaisir des anciens Romains, c'est le combat de gladiateurs. D'ailleurs, ces combats ne sont pas vécus par les spectateurs comme des mises à mort mais avant tout comme des « matchs », où celui qui se déclare vaincu est gracié ou égorgé par son adversaire, selon que le public estime qu'il s'est bien ou mal défendu. La fin sanglante est secondaire : ce qui compte, c'est comme aujourd'hui dans une rencontre sportive, la beauté du jeu...

On a beaucoup écrit sur cette passion des spectacles qui a caractérisé l'ancien Empire. Dans ses *Considérations sur les causes de la grandeur des Romains et de leur décadence*, Montesquieu affirme qu'à la fin de l'Empire, le peuple romain « était devenu le plus vil de tous les peuples ; on l'avait accoutumé aux jeux et aux spectacles ». *Panem et circenses !* Du pain et des jeux ! C'est le programme de toute civilisation du spectacle. Car c'est bien en effet d'une telle société dont il est question alors, comme en témoigne *Le Livre des spectacles* du poète Martial (Ier siècle après J.-C.). La télévision actuelle et sa « téléréalité » n'ont fait que singer les ressorts des anciens jeux du cirque : même exploitation perverse de l'émotion et de la souffrance, même cynisme à l'égard des joueurs et des spectateurs, même mépris de l'homme. Seul le sang est encore aujourd'hui épargné à la vue sensible et timide des autorités de contrôle. Pour combien de temps ? Si le monde du jeu télévisé n'est qu'un « remake », en un peu moins épicé, de l'ancien, il peut être intéressant d'examiner comment, voilà 1 500 ans, a disparu la première société du spectacle. Car elle a fini par mourir cette société ! Voyons maintenant comment. Ce faire-part de décès pourra donner quelques idées, et quelques espoirs ambigus, à ceux qui rêvent aujourd'hui d'échapper à la nouvelle tyrannie du spectacle.

On croit souvent que les jeux du cirque et des gladiateurs ont cessé à la suite de la destruction de l'Empire romain. C'est inexact. Ce ne sont pas les Barbares qui ont porté à ces divertissements populaires leur premier coup fatal. Ce sont les empereurs romains eux-mêmes, encore au sommet de leur puissance, qui y ont mis fin. Et s'ils l'ont fait, c'est à la suite d'une importante campagne menée par la nouvelle force intellectuelle qui s'affirme alors en Occident : le christianisme. Comme le souligne le grand historien de l'Antiquité, Paul Veyne, « c'est le christianisme qui a mis fin à la gladiature[3] ». C'est une puissance intellectuelle et morale qui est parvenue à faire plier les grandes puissances financières du spectacle. La tâche n'a pas été facile. Car, même si leurs réseaux ne sont pas, comme aujourd'hui, internationaux, les dirigeants des spectacles sont alors déjà très riches et très influents. Ce sont généralement les plus grands notables des villes qui entretiennent des troupes de gladiateurs, comme les puissants d'aujourd'hui se payent des équipes de foot ; ils entraînent dans leur sillage toute une clientèle chèrement payée : certains gladiateurs sont de véritables stars ; il ne faut pas confondre le gladiateur avec un esclave. C'est un combattant volontaire, comme un footballeur actuel, souvent très cher payé, et dont la force brutale fascine les puissants un peu dérangés. Ainsi l'empereur Commode, le fils cruel de Marc Aurèle, le « méchant » dans le film *Gladiator*, se plaît avec les gladiateurs et vit en leur compagnie. Après tout, certains dirigeants politiques actuels sont plus à l'aise dans les vestiaires d'un match que dans un amphi universitaire ! Pourtant, au IV-Ve siècle, tout cet engouement délirant pour le spectacle va « s'évanouir » d'un coup, selon l'expression de Paul Veyne. Il est cocasse de noter que c'est à Milan, précisément, que s'est joué l'essentiel de cette mutation.

Un détail archéologique en dit long sur ce processus. À Rome la païenne, le Colisée, ce cirque grandiose, occupe toujours une place centrale dans la ville et témoigne de l'affection tenace de ses habitants pour ces spectacles faciles. Au contraire, il n'existe plus aucune trace à Milan de ces anciens lieux de divertissement. Ce n'est pas qu'ils n'aient jamais existé. On sait que ces bâtiments étaient hors les murs de la nouvelle capitale de l'Empire, comme en témoignent quelques noms de rue : via *San Vittore al Teatro*, via *Circo*, via *Arena*, etc. De même pense-t-on que l'église San Lorenzo Maggiore, avec ses sept colonnes corinthiennes, a été construite sur un ancien amphithéâtre. Mais il ne reste plus rien. C'est comme si toute trace des jeux antiques avait été éliminée. Or, généralement les cirques romains étaient solides. Il suffit de songer non seulement au Colisée de Rome, mais aussi aux arènes de Vérone, de Pouzzoles, de Capoue[4] ou d'autres villes d'Italie. Que s'est-il passé à Milan ? Pourquoi n'y a-t-il aucun reste de cirque antique ? Cette absence aurait-elle un sens ? Selon Pietro Verri, à Milan, on a construit ces stades à la gloire du jeu sans y apporter le même soin qu'à Rome[5]. Mais si rien n'a subsisté à Milan, c'est parce que les derniers Empereurs n'ont pas souhaité que cela demeure.

Il faut se demander pourquoi ? Et si c'était tout simplement parce qu'à la fin de l'Empire, Milan est une ville très christianisée, peut-être la plus chrétienne de l'Occident. Après la conversion de Constantin, au début du IVe siècle, la ville devient la capitale d'un Empire chrétien. Les spectacles sont abolis en 325 par l'empereur Constantin. Mais, comme le rappelle ironiquement Paul Veyne, ces spectacles font alors partie du *Roman way of life*, de sorte que cette loi sera mollement appliquée à ses débuts. Les habitants de l'Empire finissant ont d'ailleurs de plus en plus besoin de divertissements, à mesure que se rapproche la menace des invasions barbares. Les Romains du Bas-Empire demandent des jeux pour oublier les malheurs qui s'annoncent. À Rome, la rivale de Milan, l'aristocratie sénatoriale cultive, comme par défi, les jeux et les anciens cultes païens[6]. Mais, au fur et à mesure que le temps avance, l'Empire devient de plus en plus chrétien et ces distractions païennes finissent par lasser. On les néglige de plus en plus. Ainsi on bâtit à Milan de nombreuses basiliques chrétiennes, dont la basilique majeure (sur laquelle sera ensuite édifié le fameux *Duomo*[7]), tandis que les arènes et les cirques sont délaissés. À la fin du IVe siècle, la ville se choisit un évêque de grande qualité, Ambroise, qui va fortement marquer l'histoire de la ville et de la chrétienté. Le futur saint Ambroise, qui a donné son nom à la plus ancienne basilique de la ville, n'est alors qu'un fonctionnaire impérial. Il n'est même pas baptisé quand la communauté chrétienne le choisit comme évêque ; mais sa réputation de probité est grande. Après avoir reçu à la hâte les sacrements nécessaires pour remplir sa mission, Ambroise va exercer son office avec un tel zèle que la ville deviendra à l'époque la capitale de l'Empire mais aussi de la Chrétienté. C'est Ambroise qui baptise saint Augustin en 387, c'est lui qui excommunie l'empereur Théodose pour un massacre à Thessalonique et c'est pour obtenir son rachat que Théodose, très croyant, presque jusqu'au fanatisme, va interdire le paganisme dans tout l'Empire. En 391, tous les temples et autels païens sont fermés sur son ordre pour complaire à saint Ambroise.

Avec Théodose, les jeux du cirque sont véritablement proscrits. C'est d'ailleurs à l'occasion d'une affaire d'« hooliganisme » que l'Empereur a ordonné, en 390, le massacre des spectateurs turbulents du cirque de Thessalonique. Que s'était-il passé ? Les « supporters » de Thessalonique adulaient un joueur qui, un jour, commit un viol. Les soldats de l'Empereur firent l'erreur d'aller l'arrêter au cirque. La foule des supporters les en empêcha violemment. La troupe armée fut encerclée par la masse hurlante et certains soldats furent tués. Cela fait penser à une triste aventure récente du PSG. Mais Théodose n'était pas du genre patient. Détestant les jeux, justement pour leur violence abrutissante, il vit dans cette mésaventure l'occasion de marquer un grand coup. Quelques jours plus tard, sous prétexte de jeux exceptionnels, il attira une nouvelle fois les « supporters » dans l'amphithéâtre immense de Thessalonique. Quand ils furent tous à l'intérieur, l'armée ferma brusquement toutes les issues et fit irruption dans l'arène. Les soldats eurent pour ordre de massacrer systématiquement pendant trois longues heures tous les spectateurs présents. Dix à quinze mille hommes, femmes et enfants furent égorgés. C'est à cause de ce « dérapage » que Théodose fut un bref instant excommunié par saint Ambroise. Mais cet épisode marque un tournant vers l'interdiction des spectacles. En 394, Théodore supprime les jeux olympiques avant que l'idée ne ressuscite à la Sorbonne avec le baron de Coubertin en 1894. Certes, certains jeux ne disparaissent pas totalement. Les derniers Empereurs chrétiens vont céder de temps en temps aux requêtes de leur peuple mais ils ne toléreront plus comme jadis ces foules en délire, applaudissant sans relâche la mise à mort et la folie. En raréfiant les spectacles, ils ont « déshabitué » leurs sujets et les Pères de l'Église, Ambroise, Jérôme, Tertullien, Augustin, qui ont été les grands artisans de cette décision, n'auront plus qu'à poursuivre le combat[8].

L'Empire finissant s'était assagi. Comme souvent, saint Augustin aura été le plus persuasif des Pères de l'Église. Il condamne moins les spectacles en eux-mêmes que les passions qu'ils déchaînent. Il est plus facile aujourd'hui, à l'ère de la téléréalité et du foot triomphant d'or et de violence, de comprendre le propos d'Augustin. Il y a quarante ans, la critique des spectacles par les Pères de l'Église me semblait délirante. Pourquoi s'acharner sur Molière ou Shakespeare ? Mais l'explosion récente de la nouvelle télévision ou l'invasion des programmes sportifs les plus agressifs donnent aux arguments de saint Augustin une nouvelle résonance. Que dit ce dernier ? Les spectacles sont condamnables car les foules qui y assistent deviennent excitées, hurlantes et perdent toute humanité. Le brave citoyen, même le plus paisible, se transforme en bête sanguinaire, il a « plaisir à voir le malheur d'autrui ». Comment espérer, ajoute Augustin à l'Empereur, qu'avec de tels esprits abrutis par la passion, on puisse trouver, non pas même un sage, mais tout simplement un citoyen raisonnable ? « Telle nourriture, telle santé », conclut le prélat. Et, pour enfoncer le clou, les pères de l'Église mettent en garde les dirigeants : ce ne sont pas seulement les spectateurs ou les acteurs qui se rendent complices du scandale, mais aussi l'organisateur. Ce qu'ont parfois tendance à oublier aujourd'hui les responsables de télévision. Théodose et les derniers empereurs vont se montrer plus responsables que nos actuels dirigeants, en refusant d'encourager cette fuite spectaculaire. On en vient étrangement à se demander si ces élites du Bas-Empire n'étaient pas finalement plus fréquentables que les nôtres ? La disparition des spectacles violents, conclut Paul Veyne, fut « le triomphe de la douceur, et d'ailleurs son seul triomphe[9] ».

Quand les Barbares, habitués au combat et n'appréciant rien moins que la mort gratuite, s'empareront de l'Empire, au milieu du ve siècle, ils se désintéresseront de ces jeux moribonds, tout juste propres, selon eux, à divertir des âmes décadentes. Ces braves guerriers goths n'entendaient rien à de tels délires. Ainsi disparut pendant plusieurs siècles cette « société du spectacle » jusqu'à ce que, sur les lieux mêmes qui virent son agonie, elle ne renaisse avec presque autant de férocité. Qui sait, cette fois-ci, comment elle prendra fin ?

CHAPITRE IV

Pour l'amour de Galla Placidia
(la pinède sanglante de Ravenne)

La chute de l'Empire romain d'Occident demeure un mystère. Une petite date, 476, inscrite discrètement dans les pages des manuels d'histoire. Un nom parfois, à l'étrange consonance, *Romulus Augustule*, Romulus le petit Auguste. Un nom qui sonne une fin, comme si l'épopée de Rome devait prendre une forme cyclique. Commencée avec le fier Romulus, en 753 avant Jésus-Christ, elle s'achève avec le jeune et frêle Romulus Augustule, le dernier empereur romain en 476 après Jésus-Christ. Voilà un clin d'œil plaisant. Pourtant, les protagonistes de ce drame restent étrangement discrets. Qui est ce Romulus Augustule qui se laisse ainsi déposer par un chef barbare, au nom tout aussi singulier, le roi Odoacre ? Pourquoi cet Odoacre ne s'empare-t-il pas de la couronne impériale après avoir renvoyé Romulus dans ses pénates, comme l'ont fait tant d'autres généraux barbares avant lui ? Pourquoi une telle obscurité ? C'est à Ravenne, petite cité bien sage aujourd'hui, plantée au bord de la mer Adriatique, et célèbre dans le monde entier pour les magnifiques mosaïques de ses basiliques byzantines, que se tient la clé de l'énigme. À l'extérieur de la ville, en prenant la route vers Fosso Ghiaia, au sud-est, un petit chemin sur la gauche conduit au pont delle Botole. De là, on aperçoit la magnifique pinède de *Classe*, lieu de fortes rémanences littéraires (Dante, Boccace, Byron...). Sous une immense forêt de pins parasols, se cache de magnifiques restes byzantins, en particulier la basilique Saint-Apollinaire in Classe, qui remonte au VIe siècle...

C'est dans cet environnement boisé et romantique que, selon la tradition, le drame se serait déroulé. Nous sommes le 4 septembre 476 à l'aube. La ville de Ravenne attend, dans la terreur, cette journée sanglante. Les troupes barbares d'Odoacre, qui ont défait les troupes impériales, s'apprêtent à briser les portes de la ville, et, selon les lois de la guerre, ils vont violer et tuer pendant trois jours tous les habitants de la nouvelle capitale de l'Empire d'Occident. Car Milan a perdu ce privilège depuis 395. Dès la mort de Théodose Ier (celui qui impose, nous l'avons vu, le christianisme comme religion officielle de l'Empire), son successeur préfère abandonner la ville de saint Ambroise, trop exposée, dans la plaine du Pô, aux assauts des Barbares. Il faut dire que l'Empire n'arrive plus, en ces temps-là, à faire régner l'ordre sur son propre territoire. Depuis la bataille d'Andrinople (378), les frontières (le *limes*) sont enfoncées et les Goths commencent à se répandre dans le nord de la Péninsule, sans que l'armée romaine du général Stilicon (un Vandale romanisé) ne parvienne à les en chasser. Plus rien n'est sûr désormais ; chaque ville est à la merci d'une attaque de ces bandes barbares dont certaines, comme les Wisigoths d'Alaric, sont, nous dit Paul Veyne, des groupes d'aventuriers, désireux de vivre au crochet de l'Empire.

Le mythe des « grandes invasions » n'est plus de mise chez les historiens de l'Antiquité. Il vaut mieux parler aujourd'hui d'incursions de « gueux » qui sillonnent la Péninsule à la recherche de butins. Alors, en 395, l'Empereur préfère transférer son palais impérial dans un ancien port de l'Adriatique, fondé par Auguste, car il est protégé par d'immenses marais qui rendent un siège presque impossible. En 402, Ravenne devient capitale de l'Empire d'Occident. Pourtant, ce 4 septembre 476 au matin, l'empereur et ses sujets entendent au-delà des murailles les cris furieux des soldats d'Odoacre qui se préparent au pillage. Tous, au palais impérial, savent que leurs heures sont comptées.

Comment l'Empire des Augustes a-t-il pu en arriver là ? Le sort d'une femme, dont le tombeau est encore un des joyaux de Ravenne, permet de mieux comprendre cette immense tragédie. En cet après-midi d'été, une file de visiteurs se presse à l'entrée de la petite chapelle qui, dans la cour de la basilique San Vitale de Ravenne, abrite le mausolée dit de Galla Placidia. De magnifiques mosaïques byzantines illuminent les parois de ce lieu si simple. En y pénétrant, on se croirait dans une « glauque nuit rutilante d'or », selon le mot de D'Annunzio, dont le style baroque est approprié à ces temps de décadence. Trois immenses sarcophages barbares contiennent les restes des derniers potentats du Bas-Empire, Honorius, Valentinien III et Galla Placidia. Si, à Ravenne, tout le monde parle encore de Galla Placidia comme d'une vieille connaissance[1], force est de reconnaître qu'en dehors de la ville la réputation de celle qui fut la dernière grande figure de l'Empire romain est à peu près nulle. Sa vie mérite pourtant d'être connue car elle est plus rocambolesque qu'un vieux *péplum* hollywoodien. Galla, née en 390, est la fille de l'empereur Théodose et la belle-sœur de l'empereur Honorius. Comme beaucoup de princesses de l'époque, on la décrit fort belle et intelligente. Il semble qu'elle ne se soit pas très bien entendue avec son beau-frère et c'est peut-être pour cette raison qu'elle ne le suit pas à Ravenne et préfère retourner à Rome, la vieille capitale oubliée. Bien mal lui en prit. Elle a 22 ans, ce 24 août 410, quand sa vie bascule. Après avoir pillé le Latium à la recherche de butins, le roi Alaric, à la tête de sa bande de Wisigoths, décide de mettre le siège devant Rome.

L'empereur Honorius, qui n'a pas assez de troupes pour protéger à la fois Ravenne et Rome, décide de sacrifier la ville où vit sa belle-sœur. Les murailles de l'empereur Aurélien, construites pendant l'anarchie militaire du IIIe siècle, ont beau être solides (elles sont encore intactes aujourd'hui), Alaric parvient à s'emparer de la ville, par la porte Salaria, sur l'actuelle Piazza Fiume, et la pille selon les usages du temps. Trois jours de fer et de sang mais Alaric fait preuve de mansuétude : il donne sa parole que la ville ne sera pas incendiée. La nouvelle du pillage de Rome par les Barbares provoque un choc en Occident. Saint Jérôme y décèle l'Apocalypse : « la Terre entière a péri avec cette seule ville ». Ce désastre suggère à saint Augustin son œuvre majeure. *La Cité de Dieu* ne peut résider dans une seule cité terrestre, aussi puissante soit-elle, puisque Rome elle-même n'est pas immortelle. Dans le palais impérial déserté par ses gens, Alaric met la main sur Galla Placidia et la prend en otage. Une fille et belle-sœur d'empereur a un prix pour ce chef barbare. Il décide de l'épouser. Même les Goths de ces temps-là ont des réflexes de parvenus. Comme Napoléon avec Marie-Louise, ils sont flattés de compter parmi les membres de la famille impériale. Mais Alaric, on le sait, meurt très vite après le sac de Rome et il n'a pas le temps d'épouser Galla. Ses Goths quittent alors l'Italie pour la Gaule, en emportant avec eux la jeune femme. C'est le beau-frère d'Alaric, Athaulf, qui va épouser Galla à Narbonne, selon le rite romain. Et il en tombe amoureux.

Installée dans son nouveau royaume, Galla Placidia se comporte en reine avisée. Elle préserve les bureaux impériaux qui fonctionneront d'ailleurs jusqu'aux Mérovingiens, sans interruption, car, comme l'a noté Tocqueville, l'administration est ce qui résiste le mieux aux révolutions. Plus habile que les braves Germains dans les relations diplomatiques, Galla renforce les liens entre ses Barbares et la cour de Ravenne. Mais les choses se gâtent. Athaulf est assassiné par un de ses proches et, en 417, les Wisigoths sont victimes d'une terrible disette. Ils décident de renvoyer Galla à l'empereur Honorius contre une rançon de 70 000 sacs de blé venus d'Afrique, ce qui est énorme et a dû nécessiter un convoi de 60 kilomètres de long !

Galla retourne à Ravenne où elle épouse un général illyrique que l'empereur Honorius envisage de prendre comme successeur. Mais Honorius est un esprit sombre et jaloux. Il a cherché autant qu'il a pu à avoir des enfants, en épousant les deux filles du général Stilicon. Mais à chaque fois l'union est restée stérile. Aussi en veut-il beaucoup à Galla lorsque celle-ci met au monde un fils, le 3 juillet 419, le futur et tragique Valentinien III. Quand Galla perd son mari, l'année suivante, et qu'elle se retrouve à nouveau veuve, Honorius tente alors sa chance. C'est là que le drame se noue. Que s'est-il passé exactement ? Les versions divergent. On prétend qu'Honorius aurait cherché à avoir une relation incestueuse avec Galla et que cette dernière l'aurait repoussé. Toujours est-il que, peu de temps après, Honorius accuse (par dépit ?) la jeune veuve d'entretenir des milices barbares, depuis son mariage wisigoth, et de chercher à les utiliser contre l'Empire. Elle doit fuir Ravenne et se réfugie à Constantinople avec son fils. En 423, Honorius fête seul, dans sa capitale retranchée, ses trente ans de règne (393 à 395, comme « associé » à son père Théodose et de 395 à 423 comme empereur d'Occident à plein titre). Il a 39 ans et semble au sommet de sa puissance. Mais, le 27 août, à la suite d'un accident, il meurt brutalement d'hydropisie.

Une grave crise de succession s'ouvre alors dans une Italie sillonnée par les hordes barbares. Le Sénat romain désigne l'un des siens, Jean, chef des notaires impériaux, pour succéder à Honorius. Mais l'empereur d'Orient, un peu contraint et forcé[2], défend les droits de Galla Placidia et de son fils de 5 ans. Valentinien III monte alors sur le trône des Césars avec Galla Placidia comme régente. Celle-ci gouverne avec sagesse, s'appuyant beaucoup sur l'autorité de saint Augustin (354-430), l'évêque d'Hippone qu'elle consulte souvent, en raison de ses liens avec l'Afrique. En 437, Valentinien III accède à la majorité et l'empereur d'Orient lui offre sa fille Eudoxie en mariage. Galla a dû œuvrer en sous-main cette belle « affaire ».

L'union d'Eudoxie et de Valentinien semble marquer un moment de renouveau de la grandeur impériale. Orient et Occident sont à nouveau unis et l'Empire prêt à renouer avec sa puissance passée. D'ailleurs, la famille impériale s'agrandit et une fille, qu'on appelle Placidia II, ne tarde pas à naître. Mais, dix ans plus tard, tous les beaux espoirs de Galla, paix et prospérité pour l'Empire de son fils, s'effondrent. C'est désormais une menace bien plus terrible que celle des Goths qui se profile à l'horizon. Attila et sa tribu de Huns féroces, après avoir tenté de s'emparer de la Chine, se sont tournés vers l'Occident. C'est à cause d'eux que tous les peuples germaniques qui étaient restés à l'extérieur de l'Empire franchissent à leur tour le *limes* et se répandent par flots continus en Italie, terrorisés par la sauvagerie hunnique. C'est alors une époque de véritable confusion. Les Huns, qui ont installé leur camp en Hongrie, menacent d'abord Constantinople mais l'empereur d'Orient, affolé, leur offre un immense et honteux butin pour qu'ils aillent piller la partie occidentale. Attila a d'ailleurs un compte personnel à régler avec le général romain Aetius, le meilleur de son époque. En 447, avant de fondre sur l'Occident, le roi des steppes propose un marché à Galla Placidia : il épargne son Empire si on lui donne la main de la sensuelle Honoria, sœur de Valentinien III. Celle-ci, restée vierge contre son gré, est très favorable à cette union avec le célèbre *Fléau de Dieu*. Mais la chrétienne famille impériale, scandalisée, refuse ce troc indigne.

Étrangement, Attila n'attaque pas d'abord l'Italie, restée presque sans défense, mais il se rend en Gaule pour se mesurer à Aetius qui le bat près de Troyes, lors de la célèbre bataille des Champs Catalauniques (451). On a beaucoup insisté dans les livres français sur cette défaite « décisive ». Les historiens italiens sont plus réservés. Car, si la défaite d'Attila a permis à la Gaule d'échapper aux hordes hunniques, elle n'a en aucun cas diminué leur ardeur. Les Huns se replient sur l'Italie et mettent à sac Milan, Padoue, Pavie, la Toscane, tout ce qu'ils rencontrent sous leurs pas et qui n'a pas déjà été pillé par les Barbares précédents. En arrivant devant Rome, en 452, Attila se prépare à mettre à sac la ville abandonnée par Valentinien III, réfugié dans son repaire inexpugnable de Ravenne. Entre-temps, Galla Placidia est morte à Rome le 27 novembre 450 et l'empereur, paniqué, incapable, ne sait plus à quel saint se vouer. Abandonnés à leur sort, les Romains envoient le pape Léon proposer à Attila un immense butin (au sein duquel figurerait le trésor de Jérusalem ?) et, étrangement, celui-ci l'accepte et se retire en Hongrie. Étonnant *Fléau de Dieu* qui finit sa vie en rentier paisible ! La légende chrétienne prétend qu'Attila aurait été illuminé par une force surnaturelle émanant de saint Léon le Grand. Cette force devait hélas être surtout d'un bruit bien particulier, celui du cliquetis de l'or… Le miracle ne se reproduira d'ailleurs pas trois ans plus tard, en 455, quand les Vandales prendront Rome qui sera pillé à nouveau. Et très durement cette seconde fois.

Tout est de la faute de Valentinien III. Le médiocre fils de Galla, qui a commis l'erreur de tuer de ses propres mains le général Aetius, seul capable de sauver l'Empire, se met à violer la femme d'un sénateur fort apprécié à Rome. Ce dernier décide de se venger et, avec l'aide d'autres sénateurs, il fait assassiner Valentinien III en mars 455. Aussitôt, la veuve de ce dernier, Euxodie, décide de se venger à son tour. Elle appelle les Vandales de Genséric à la rescousse, inaugurant ainsi la triste politique des princes italiens du Moyen Âge et de la Renaissance qui prendront l'habitude de se reposer sur les puissances étrangères pour régler leurs différends internes. Les Vandales, qui se sont emparés de l'Afrique, débarquent en mai 455 à Ostie. Le 2 juin, dans une Rome apeurée, ils procèdent au pire saccage de l'histoire de la barbarie : il durera douze jours. Leur nom restera célèbre à ce titre. Et le roi Genséric va renouveler le geste d'Alaric. Il prend en otage la fille d'Eudoxie pour la donner à son fils qui repart en Afrique, avec un immense butin. Certains disent qu'il comptait celui du temple de Jérusalem qui serait ainsi parti à Carthage. On ne sait plus qui, d'Alaric, d'Attila ou de Genséric, a mis la main dessus. Ce sac des Vandales marque la fin de l'Empire. Le titre impérial subsiste encore pour quelques années mais il n'a désormais plus aucune valeur. Il passe de main en main, de généraux putschistes en généraux putschistes, sans que plus personne n'y prenne vraiment garde. Et c'est ainsi qu'en cette année 475, le titre échoie à un jeune homme encore adolescent, Romulus, fils du général Oreste qui vient de mettre en fuite le précédent titulaire.

Le 31 octobre 475, Oreste fait proclamer son fils empereur d'Occident. Cet Oreste n'est pas n'importe qui : il fut jadis le secrétaire d'Attila ! En ces temps troublés, les jeux sont plus complexes qu'on ne l'imagine. Mais le geste d'Oreste n'impressionne plus personne. Les habitants de Ravenne, avec cet *humour à l'italienne* avant la lettre, donnent ironiquement au fils d'Oreste le diminutif *d'Augustule*, petit Auguste, comme si ce couronnement était, à leurs yeux, une fanfaronnade. Au fond, plus personne ne croit à la dignité impériale. Romulus Augustule ne régnera d'ailleurs pas longtemps. Revenons à ce 4 septembre 476. Les troupes du Barbare Odoacre s'apprêtent à mettre la ville à sac. Lorsqu'elles pénètrent dans la ville, Romulus s'enfuit dans la fameuse pinède où Odoacre le rattrape. Il lui laisse la vie sauve parce qu'il a, dit le Barbare, « compassion pour la jeunesse et parce qu'il est beau ». Odoacre envoie le jeune homme finir ses jours chez des parents en Campanie, en lui versant même une énorme indemnité de 6 000 *solidi*, soit 27 kilos d'or. Les Barbares aussi savent se comporter en grands seigneurs !

Ainsi se solde l'affaire sanglante de la Pinède de Ravenne. Pourquoi Odoacre ne se proclame-t-il pas empereur à son tour ? Tout simplement parce que la couronne n'a plus aucune valeur. Et aussi parce qu'il préfère la renvoyer à l'empereur d'Orient, Zénon, en espérant ainsi obtenir sa bienveillance. Odoacre se proclame seulement roi d'Italie et le Sénat romain le confirme dans ce titre ! Mais l'empereur d'Orient n'entend pas les choses de la sorte. Il envoie son allié, le roi des Ostrogoths, Théodoric, reconquérir le territoire italien en son nom. À la tête de son peuple, Théodoric renverse les troupes d'Odoacre et le tue, là aussi à Ravenne, le 5 mars 493. À ce moment-là, à Constantinople, l'empereur Zénon meurt et Théodoric, libéré, se proclame roi des Goths et des Romains. Il se montrera un grand roi, arien mais tolérant avec les chrétiens, obligeant ses Goths à prendre le vêtement romain pour s'intégrer à leur nouveau royaume. Époux d'une des sœurs de Clovis, il a laissé un bon souvenir dans l'histoire italienne. Avec Théodoric s'évanouit tout espoir de restaurer l'Empire romain. Ce dernier a quitté la scène dans la discrétion, pourrait-on dire, sans susciter le moindre regret. Rien de commun avec la chute violente de l'Empire d'Orient, en 1453, où le dernier empereur est mort dans les rues de Constantinople, les armes à la main, en essayant de repousser les envahisseurs turcs.

Aujourd'hui, les habitants de Ravenne, qui conservent jalousement l'immense tombeau de granit du grand Théodoric, savent ce que leurs ancêtres lui doivent. Car, après lui, la parenthèse de barbare tolérance qu'il a su établir va rapidement se refermer. Un des successeurs de Zénon, le fameux empereur Justinien, celui du Codex, va envoyer un de ses plus terribles généraux, Bélisaire, pour rétablir la souveraineté de l'Empire en Italie. Les troupes de Bélisaire seront plus violentes que celles des Barbares. Et Justinien va imposer par le feu et le sang une stricte orthodoxie chrétienne. Dès lors, Ravenne deviendra jusqu'en 752 la capitale d'un des deux exarchats (vice-royaume) byzantins, avec Bari au sud, multipliant l'édification de basiliques aux magnifiques mosaïques. Si elle les a presque toutes conservées intactes, c'est que cette vieille capitale, où se jouèrent les derniers grands moments de l'Empire d'Occident, est retombée ensuite dans un profond oubli. Encore aujourd'hui, on peut, comme jadis Henry James, contempler « la mortelle perspective provinciale » de ses rues plates et désertes. Certaines villes, comme certaines familles, connaissent leur moment de gloire puis de silence.

CHAPITRE V

Une dynastie aux mains trop blanches

Revenons un instant aux montagnes des Alpes. Dès la décomposition de l'Empire romain, lors des « invasions » barbares, ces régions isolées sont les lieux favoris des exactions et des abus des premiers seigneurs locaux. Les légendes locales sont empreintes de cette présence toujours forte du malin dans une zone peuplée de multiples *rocce* (châteaux forts) médiévales dont certaines sont très impressionnantes[1]. Par exemple, dans la forteresse imprenable de Monfalcone, près de Trieste, on évoque toujours aujourd'hui la figure du premier seigneur du lieu qui aurait fait un pacte avec le diable pour contrôler cette région, laissant à Lucifer la maîtrise des âmes de tous les marchands que le féodal détroussait. Ces derniers se transformaient, dit-on, en loups furieux qui montaient ensuite la garde autour du château... Mais je préfère la légende qu'on raconte encore à Castel Cornedo, près de Bolzano, appelé aussi Burg Karneid car, dans cette région du Haut-Adige, l'allemand est autant parlé que l'italien. Dans les nuits sans lune, les habitants disent ressentir encore la présence des spectres des premiers seigneurs du lieu qui, depuis leur mort, tournent en rond autour du château fort, punis par la Vierge pour ne pas avoir respecté un pacte qu'ils avaient passé avec elle. Les seigneurs avaient promis de construire une chapelle en son honneur, pour les avoir protégés contre l'ennemi. Mais, une fois le danger passé, ils n'ont pas tenu parole. Aussi Dieu les a-t-ils condamnés après leur mort à errer pour l'éternité autour du château, dans les cris et les gémissements, jusqu'au sanctuaire de la Madone de Pietralba où, une fois par an, les portes de l'église s'ouvrent mystérieusement pour faire entrer le tragique cortège. Sur les parois du château, on peut voir une impressionnante fresque, appelée *Le Triomphe de la mort*, qui montre les spectres de ces seigneurs maudits, cavalant en tête du macabre défilé, suivis par leurs vassaux, leurs serfs et leurs animaux, tandis que sur une paroi de l'église, une autre fresque représente la dévotion à la Vierge. Le paysage évoque la sérénité de la foi et contraste avec l'obscurité des abysses.

Qui maîtrise cette région des Alpes possède la clé du contrôle de l'Italie du Nord. Aussi depuis la fin de l'Empire romain, cette barrière montagneuse est devenue un enjeu déterminant sur l'échiquier de l'Europe naissante. Goths, Huns, Vandales, Lombards ou Francs, tous ont cherché à maîtriser ces montagnes. Tous ont tenté d'établir leur souveraineté sur ces immenses espaces enneigés. Mais une seule famille y est vraiment parvenue. Et c'est elle qui est le berceau de l'unique dynastie royale d'Italie, la Maison de Savoie. D'où venait-elle ? Les avis divergent. Une chose est sûre. Dès le plus haut Moyen Âge, cette famille possède la maîtrise de ces monts inquiétants, dépendant alors du marquisat de Provence. C'est à la fin de l'an Mil qu'apparaît un prince mystérieux, nommé Rodolphe. La légende veut qu'il vienne de Saxe et qu'il ait fui le Saint Empire, accusé d'avoir couché avec la femme de l'empereur. Son fils, né vers 985, s'appelle Humbert. Il deviendra, dans l'arbre généalogique de la Maison de Savoie, Humbert aux Blanches-Mains. Belle légende comme on les aime dans les grandes familles mais qui résume assez bien l'habile politique que mènera ensuite pendant des siècles la Maison de Savoie : manœuvrer subtilement entre ses puissants voisins sans jamais se salir les mains. Il est probable qu'Humbert soit plus simplement le fils d'un grand propriétaire gallo-romain de la vallée du Rhône ou un descendant de la vieille aristocratie sénatoriale. Profitant pleinement de la décomposition du pouvoir impérial et royal, Humbert impose son pouvoir sur la région de la Maurienne et d'Aoste.

Comte d'Aoste en 1024, puis comte en Savoie *(comes in pago savogiense)* grâce à la protection de l'empereur Rodolphe III dit le Fainéant, Humbert aux Blanches-Mains parvient, sans que les historiens comprennent véritablement comment, à s'imposer comme le maître de la Maurienne, du Bas Chablais, de la vallée d'Aoste, dont la capitale était une importante ville romaine, même si ce passage reculé reste encore aujourd'hui assez sauvage et bien moins actif que le versant français, à l'exception de Courmayeur devenue une élégante station de ski. La « Rome des Alpes », comme on appelle la petite cité d'Aoste, garde encore quelques ruines imposantes dans cet environnement montagneux dominé par le Mont Blanc. Mort en 1047, Humbert fonde la dynastie de Savoie, qui ne cessera d'accentuer son pouvoir. Accédant au rang ducal au XIVe siècle, la famille de Savoie s'appuiera sur son puissant voisin bourguignon, notamment Charles le Téméraire, pour échapper aux convoitises françaises et helvétiques. La maison ducale poursuivra ensuite une habile politique de bascule diplomatique, consistant à ne jamais placer ses œufs, ou plutôt ses blanches mains, dans le même panier. Ainsi Emmanuel-Philibert (1528-1580), l'ami de Nostradamus, bien que marié à la fille de François Ier, s'allie avec l'Empereur d'Autriche et assiste les armées impériales au siège de Saint-Quentin en 1557. C'est lui qui transfère la capitale de son duché de Chambéry à Turin, ville plus sûre. Son successeur, Charles-Emmanuel, poursuit cette politique habile qui verra la maison de Savoie passer tantôt du côté français, tantôt du côté espagnol. Aussi la région va-t-elle devenir, sur le plan diplomatique, une zone stratégique essentielle à l'époque de Charles Quint. Ce dernier, qui réunit sur sa tête la couronne impériale d'Autriche et la couronne espagnole, encercle la France et aspire à la monarchie universelle. Seule la nation de François Ier l'empêche de réaliser à nouveau le rêve de Charlemagne. Aussi entre François Ier et Charles Quint, ce sera une lutte sans merci pour le contrôle des Alpes. Combien de combats, de traités, de trêves brisées ont eu ces montagnes pour enjeu principal ?

Passant entre-temps du rang ducal au rang royal (roi de Sardaigne), la famille de Savoie poursuivra du XVIIe siècle jusqu'à la Révolution sa politique de bascule, en se rapprochant cependant de plus en plus des Bourbons. À la fin du XVIIIe siècle, deux filles du troisième roi de Sardaigne, Amédée III, épouseront respectivement les deux derniers rois de la branche légitime des Bourbons, tous deux frères de Louis XVI, le comte de Provence (futur Louis XVIII) et le comte d'Artois (futur Charles X). Et c'est d'ailleurs à Turin que les émigrés proches du comte d'Artois se réfugieront en 1789-91, le frère du roi poussant même jusqu'à s'installer chez son beau-père avec sa femme et... sa maîtresse ! Ces Français émigrés ne laisseront un bon souvenir ni à Turin, ni à Coblence où ils se rendront ridicules[2]. Mais c'est une autre branche, celle de Savoie-Carignan, qui conduira, grâce à la politique habile du comte de Cavour, l'unité italienne et permettra au huitième roi de Sardaigne, Victor-Emmanuel II de devenir le premier roi d'Italie en 1861 ! Pourtant, ce qui avait fait le formidable succès de la Maison de Savoie *(Casa Savoia)*, cette habile politique de bascule, finit à l'usage par se retourner contre elle. Le premier grand faux pas est commis lors de la Première Guerre mondiale. Alliée à l'Allemagne et à l'Autriche-Hongrie (notamment parce que la France de Napoléon III a défendu jusqu'en 1870 le pape), l'Italie refuse d'abord d'entrer en guerre en 1914. Puis elle retourne ses alliances en 1915 et se range au côté de la France et de l'Angleterre. Mais l'Italie n'est absolument pas préparée au conflit et la couronne va payer chèrement cette impréparation.

Tout va se jouer là encore sur le front des Alpes. Le généralissime italien Cadorna tente cinq offensives frontales contre les Autrichiens dans la vallée de l'Isonzo, en direction de Gorizia (Goritz) et de Trieste. À chaque offensive, ce sont des dizaines puis des centaines de milliers de morts pour quelques kilomètres gagnés. Les hommes épuisés, désespérés, chantent *Gorizia, tu sei maledetta*, « Gorizia, tu es maudite » ! En 1917, comme sur le front français, le moral des troupes est au plus bas quand, le 24 octobre, les Autrichiens et les Allemands, libérés à l'Est par la défection de la Russie, lancent une terrible offensive qui enfonce en deux jours les lignes italiennes de près de cinquante kilomètres. La fameuse défaite de Caporetto a été immortalisée par Hemingway dans *L'Adieu aux armes*. Dans cette bataille terrible, où les forces austro-allemandes progressent aux moyens de lance-flammes et de gaz toxiques, et où s'illustre le jeune officier Erwin Rommel, l'armée italienne, en pleine débandade, abandonne la moitié de son artillerie et laisse 300 000 prisonniers. Il faut l'appui de forces américaines, françaises et anglaises, dépêchées à la hâte du front de l'Ouest, pour que les Alliés puissent arrêter au début du mois de novembre les Austro-Allemands sur la Piave, non loin de Venise, à près de cent kilomètres du front initial. La défaite de Caporetto a été vécue par les troupes italiennes comme une profonde injustice. Car, loin d'assumer la responsabilité de ce désastre, le général Cadorna accuse ses hommes de lâcheté et d'indiscipline. Il est remplacé par le général Diaz mais le malaise demeure. Les hommes n'ont plus confiance. Le film tragi-comique de Monicelli, *La Grande Guerra*, tourné sur cette terre du Frioul, entre Spilimberg, Venzone et Gemona[3], illustre bien cet état d'esprit. Aussi, lorsqu'en 1919, à Versailles, les Alliés ne tiennent pas leurs promesses de 1915, les insatisfactions sont telles qu'elles donneront au fascisme un terreau pour prospérer.

Après la Première guerre mondiale, le dernier représentant de la Maison de Savoie, Victor-Emmanuel III, croira pouvoir mener vis-à-vis de Mussolini une politique ambiguë mais cette attitude conduira, à terme, la famille royale à l'exil. Car le roi aura beau, le 25 juillet 1943 faire arrêter le Duce et préparer en secret un retournement d'alliance, il perd le bénéfice de cet acte en s'enfuyant avec toute sa famille et sa cour, ce fameux 8 septembre 1943, pour rejoindre les Alliés qui venaient de débarquer à Salerne, au sud de Naples, laissant une armée désemparée, ne sachant plus avec qui se battre... Beaucoup de soldats en profiteront alors pour rentrer chez eux, comme l'illustre le film courageux de Luigi Comencini, *Tutti a casa* (1960)[4]. Dès lors, de septembre 1943 à avril 1945, l'Italie est coupée en deux. Le Sud est libéré mais le Nord est occupé par les Allemands, plus féroces que jamais dans leur chasse aux Juifs (c'est alors que Primo Levi fut déporté). Profitant de la lenteur des Alliés, bloqués par la fameuse ligne « gothique », les fascistes les plus radicaux, réfugiés sur le magnifique lac de Garde, créent la première « république » italienne. Un gouvernement fantoche, dirigé par un Mussolini diminué, plus pantin que jamais des nazis, portera le nom de

« république sociale italienne » (RSI), plus connu comme République de Salò, du nom de la ville où le gouvernement s'établit. De triste mémoire dans ces régions des Alpes, les forces de la RSI, notamment la fameuse bande Koch, n'hésitent pas à commettre de terribles exactions, torturant et assassinant les partisans. On peut encore aujourd'hui voir dans la petite ville de Salò, qui porta le nom de « Magnifica Patria » au XVIe siècle (quand elle dépendait de Venise) les hôtels qui donnent sur le lac et qui servirent à certains ministères de la RSI. Salò, c'est un peu le Vichy italien. La villa Simonini, aujourd'hui l'hôtel Laurin, de style Liberty, servait de siège au ministère des Affaires étrangères, alors occupé par Mussolini, le bar Italia était la *Casa del Fascio* (la maison du fascisme), la villa Amadei, siège du ministère de la Culture, tandis que le lycée scientifique abritait les plongeurs d'élite du prince Valerio Borghèse. Ce fameux « prince noir », infatigable combattant du fascisme, préparait encore un coup d'État contre la République en 1970 ! À l'image de l'Italie contemporaine, Salò assume cet héritage encombrant avec une embarrassante tranquillité.

À la fin de cette aventure tragique, la famille de Savoie ne réussit pas à justifier sa fuite précipitée à Salerne. Le roi abdiqua au profit de son fils, le prince Umberto, qui n'entendait pas renoncer au trône. En 1946, un référendum fut organisé pour savoir si l'Italie devait devenir une République ou si les héritiers d'Humbert aux Blanches-Mains pouvaient continuer à régner. Les deux camps étaient au coude à coude et l'indécision fut au rendez-vous. Une scène mémorable d'*Una vita difficile*, film d'anthologie de Dino Risi, avec le majestueux Alberto Sordi, illustre cette attente, à l'occasion d'un dîner glaçant chez des monarchistes romains[5]. Finalement le verdict tomba : le peuple jugea, à une courte majorité il est vrai, que les mains de la Maison de Savoie n'étaient plus si blanches[6]...

CHAPITRE VI

Messes noires de Turin et sorcières des Alpes

À la fin du Moyen Âge, à mesure que la Chrétienté affirme son pouvoir sur l'Occident, toutes les légendes anciennes, le folklore païen, avec ses jeteurs de sort et autres philtres d'amour, commencent à ne plus être tolérés par les autorités ecclésiastiques. C'est alors qu'on voit apparaître les premiers grands procès en « sorcellerie ». Il fallait, pour cela, que les esprits et les lois changent. C'est le pape Jean XXII qui, dans sa bulle *Super illius specula*, établit en 1326 un lien entre l'hérésie et la sorcellerie. Les régions alpines, lieux immémoriaux de superstitions et de magie, vont se trouver, avec les Pyrénées, particulièrement visées par les nouveaux inquisiteurs. Comme l'a montré l'historien Trevor-Roper, les accusations de sorcellerie ont souvent été inspirées par le bras de la Sainte Inquisition. Ce sont ces terribles frères prêcheurs qui, par leurs fantasmes et leurs idées sombres, ont fini par constituer le corpus satanique dont ils ont cru trouver les traces dans les croyances populaires de ces régions montagneuses. D'un phénomène infra-social, c'est-à-dire noyé dans le quotidien, ils ont construit une formidable machine du diable. La sorcellerie a inspiré beaucoup d'études raffinées de la part d'historiens de renom, comme Robert Mandrou ou

Carlo Ginzburg, auteur du fameux *Sabbat des sorcières*[1], car on sait qu'à travers cette étonnante histoire, qui n'a rien d'anecdotique, ce sont les peurs les plus anciennes qui sont représentées.

Au Val Sarentina, près de Bolzano, et surtout à Triora, en Ligurie, le souvenir de terribles procès en sorcellerie est encore présent dans les mémoires. Ces tragédies sont dans les deux cas exemplaires. À l'extérieur du petit village de Sarentina, dans une de ces belles vallées reculées du sud Tyrol, où les habitants portent encore le dimanche leurs habits traditionnels, un lieu de culte remontant à l'âge de pierre se composait de quelques colonnes de roches décorées de figures mystérieuses. Probablement abandonné au Moyen Âge, le sanctuaire préchrétien va devenir un lieu inquiétant à partir du XVe siècle. Il n'en faut pas moins pour que la légende se répande : les sorcières y célébreraient leur sabbat, s'y livreraient à des orgies contre-nature pour ruiner les récoltes et rendre encore plus difficile la vie des habitants de ces montagnes sauvages. Une paysanne, Barbara Pachlein, vivant pauvrement depuis la mort de son mari, dans une masure isolée, près du lieu hanté, va servir de bouc émissaire à l'inquiétude populaire. La veuve est accusée par les habitants d'avoir provoqué la mort d'un enfant. Elle est inculpée en 1540 et un procès en sorcellerie est organisé contre la paysanne qui, sous la torture, préfère avouer tout ce qu'on lui demande. Elle finira sur le bûcher. En réalité, elle n'avait pas réussi à éviter la mort d'un enfant qu'elle avait élevé avec amour et qui était tombé gravement malade…

À Triora, en Ligurie, dans la vallée sauvage de l'Argentina, les faits ne sont guère différents, même si le procès est d'une tout autre ampleur. En 1587, le bruit court dans cette région isolée, relevant alors de la République de Gênes, que la *casa Cabotina*, petite maison perdue à l'extérieur du village, est un lieu suspect. Certaines veuves s'y donneraient en effet rendez-vous pour s'échanger des recettes d'herboristes afin de guérir leurs maux. Les imaginations s'enflamment. On croit voir, les nuits de demi lune, un ballet de sorcières y commettre les pires messes noires. Plusieurs veuves du village qui fréquentent la *casa Cabotina*, notamment Giovannettina Ausenda, les sœurs Bianchina, Battistina et Antonina Vivaldi-Scarella, sont accusées de sorcellerie et livrées à l'Inquisition. C'est alors que s'ouvre à Triora un célèbre procès qui va durer deux ans et dont le retentissement sera grand en Europe. Dans l'acte d'accusation, l'Inquisition prétend que ces vieilles femmes auraient assassiné vingt-cinq enfants, provoqué des tempêtes telles que les vignes n'ont plus donné de raisin pendant trois ans, jeté le mauvais sort un peu partout et empoisonné certains villageois d'un venin composé de cervelle de chats et de sang humain, etc. Le tribunal procède à la traditionnelle torture pour obtenir les aveux de ces pauvres femmes. On les jette en prison, on les rase, on leur brûle les pieds, on les jette à l'eau et on finit par avoir les confessions qu'on désire. Les veuves sont condamnées au bûcher. Mais la République de Gênes, peut-être plus sceptique que d'autres sur les méthodes des inquisiteurs, ne mettra pas la sentence à exécution. Il n'empêche que certaines de ces femmes vont mourir sous la torture. Aujourd'hui, le petit village de Triora, qui possède un joli centre médiéval, est devenu le *borgo delle streghe* (le village des sorcières), où l'on peut encore voir les prisons, les instruments de torture et la fameuse *casa Cabotina*. Triora exploite commercialement aujourd'hui ce qui fut jadis une tragédie humaine.

On peut s'interroger sur la portée exacte de l'Inquisition et estimer, comme l'a fait le symposium international réuni par le Vatican à ce sujet en 1998, que l'Inquisition n'a pas beaucoup de morts sur la conscience, notamment dans le domaine de la sorcellerie, rappelant en outre que la Réforme de Luther appelait tout autant les protestants à brûler les sorcières. Mais il est un point bien sombre qu'il ne faut pas oublier : si les procès en sorcellerie ont été si importants entre la fin du Moyen Âge et le milieu du XVIIe siècle (pour disparaître ensuite mystérieusement), c'est parce qu'ils ont tout simplement représenté une utile « reconversion » de la Sainte Inquisition. C'est un trait bien connu : toute institution répressive a besoin d'un ennemi pour exister. Créée au départ en 1233 pour lutter contre les Cathares, l'Inquisition a cherché quelque « débouché » après l'extermination des *parfaits*. Les « sorcières » des Alpes ont fait l'affaire à merveille. Ces femmes sont des marginales, ce qui est souvent le cas, à cette époque, des veuves (car la mort du mari les ruine et les oblige notamment à se retirer à l'extérieur des villages). En outre, comme toutes les femmes, elles provoquent la peur et la crainte. Rappelons l'Ecclésiaste : « C'est par une femme que le péché a commencé ; c'est à cause d'elle que nous mourrons tous. »

Ces pauvres veuves suscitent aussi la répulsion. Sans le sou et délaissées, marquées par le destin, elles sont souvent sales et négligées, jalouses, parfois agressives à l'égard des autres qu'elles jugent mieux nantis qu'elles. Aussi ne tardent-elles pas à avoir mauvaise réputation. De là à les imaginer passer un pacte avec le diable pour incarner ces sorcières qui hantent désormais l'imaginaire populaire, il n'y a qu'un pas. Mais il faut le souligner : ce sont les magistrats et les inquisiteurs qui ont enflammé les esprits de ces pauvres paysans en leur parlant de pacte avec le diable, de sabbats maléfiques, de possession diabolique[2]. Un des plus grands juristes de son temps, le célèbre Jean Bodin, auteur du grand traité *Les Six Livres de la République*, est aussi l'auteur d'un triste manuel de « Démonomanie » où il répète toutes les bêtises de son temps. Il a même préconisé la torture par le fer et le feu pour faire avouer les enfants ! Rares sont les esprits supérieurs, comme Montaigne, à se méfier de cette *doxa* répressive et satisfaite dont on trouve aujourd'hui de nouvelles manifestations, dans d'autres domaines. Car si les bûchers se sont éteints, les pervers et les méchants ont toujours besoin de supplices, même s'ils ne sont plus que médiatiques ou judiciaires.

La sorcellerie a longtemps marqué ces montagnes italiennes, même après qu'elle eut disparu du reste de l'Europe éclairée. Ainsi, à Ellera, dans la province de Gênes, non loin de la station balnéaire d'Albissola Marina, on raconte une légende qui met en scène des sorcières d'un genre un peu particulier. Nous ne sommes plus au Moyen Âge mais en 1796 ! À cette époque-là, l'armée de Bonaparte envahit le pays pour porter le message de « liberté, égalité, fraternité » au reste du monde. La réalité est, on le sait, un peu moins glorieuse. Les soldats d'Italie, sans solde, pillent et violent sans réserve. Une nuit de pleine lune, quelques Français surprennent près d'Ellera des jeunes femmes qui dansent ensemble. Pris de folie, ils les violent. En réalité, il s'agissait de sorcières célèbres dans le bourg, les *cà de strie*, appréciées pour leur beauté, à l'inverse des autres sorcières. Elles ne laissent pas impunie cette offense. Se transformant en chats, elles courent au pays pour demander de l'aide aux habitants qui mettent en fuite les Français. Il se dit encore à Ellera que certains êtres obscurs vivant dans les grottes des environs sont les enfants que certaines sorcières auraient eu avec les Français. Les sorcières ne donnent pas naissance, selon la légende, à des êtres humains mais à de petits diables qui sont contraints de se cacher, tant ils sont laids. Ainsi, aujourd'hui, les descendants insolites de ces soldats de l'armée d'Italie vivraient dans les cavernes de la montagne proche, loin des hommes et de la lumière du soleil...

*

* *

Il y a quelque chose de touchant dans ces légendes, mêmes récentes. Elles témoignent de ce besoin immuable de féerique dans un monde de plus en plus désenchanté, dominé par le cliquetis de l'argent et du progrès technique. C'est ce même désir de « merveilleux » qui pousse dans les années 1920 le marquis Carlo Centurione Scotto à transformer le cloître de son monastère de Santo Stefano, à Millesimo, près de Savona (Ligurie), en un centre de spiritisme. Son fils Vittorio ayant disparu dans un accident d'avion, son père ne se résigne pas à sa mort. Il part à Londres pour apprendre auprès de Sir Arthur Conan Doyle, le père de Sherlock Holmes, les premiers rudiments du spiritisme. Et, de 1927 à 1932, son monastère va en devenir un lieu important, le marquis cherchant à entrer en contact avec son fils. Conan Doyle se rendra à plusieurs reprises à Millesimo, convaincu des pouvoirs de médium du marquis Scotto qui, malgré d'étonnantes séances de téléportation, ne parvint jamais à entrer en contact avec son fils.

Encore aujourd'hui, dans les Alpes, on trouve une survivance de cet esprit mystérieux dans le fait que Turin est considéré, par une littérature ésotérique, comme un des centres de la magie noire en Occident, avec Londres et San Francisco. La piazza Statuto serait le « cœur noir » de cette sage capitale de l'ancien royaume de Piémont qui évoque plus une ville industrielle (c'est le siège de Fiat) qu'une cité ensorcelée. Pourtant, sous les monuments baroques, notamment les magnifiques œuvres de Guarino Guarini, des kilomètres de galeries étranges, qui servaient jadis d'abris de guerre ou de misère, ont été transformés en lieux de cultes et de magies interdites. Il est vrai que la tradition d'occultisme et d'astrologie mystérieuse est fort ancienne à Turin, la ville du Saint Suaire[3]. Elle a nourri un livre d'Arturo Colombi, *I Misteri di Torino* (1871). Des expériences occultes, fort appréciées à la Renaissance, ont été menées sous le palazzo Madama, où s'élevait jadis un château médiéval. On y a découvert des grottes alchimiques, où les étranges savants de la Maison de Savoie faisaient tout leur possible pour trouver la fameuse « pierre philosophale », celle capable de transformer le métal en or. Les alchimistes des ducs de Savoie ont attiré à Turin de grands savants de la Renaissance, comme Paracelse ou Nostradamus pour tenter de percer le secret. Nostradamus arrive dans la capitale du Piémont en 1556, à la demande du duc Emmanuel-Philibert pour soigner la stérilité de sa femme, Marguerite de France, fille de François Ier. À l'astrologue est attribué l'exploit de faire naître un héritier de la couronne, le grand Charles-Emmanuel. Nostradamus sera alors nommé « magicien » à la cour, à une époque où l'alchimie et les sciences paranormales n'avaient rien de scandaleux pour les humanistes. Mais, encore au XIXe siècle, les sages notables de Turin, comme Cavour, n'hésitent pas à recourir à ces secrets étranges d'élixirs de vie, comme le « Balsamo de Jérusalem » de la pharmacie royale. De même, l'église *Gran Madre di Dio*, bien que construite en 1831, sous la forme néoclassique du Panthéon de Rome, contient des statues étranges dont l'une, la Foi, donnerait, dit-on, certaines informations pour la découverte du Graal. Il faut dire que, pour une certaine littérature ésotérique, la ville de Turin aurait une nature « magique » liée à la présence de forts courants telluriques opposés. Ils seraient nés de la conjonction de polarités positives (piazza Castello), comme dans d'autres cités magiques, telles Prague ou Cracovie, et de forces négatives (piazza Statuto) qui la rapprochent de Londres et San Francisco[4] !

On dit aussi que les collines de Turin, notamment au-delà du château de Moncalieri jusqu'à la roche de Santa Brigida (où les femmes stériles venaient toucher la pierre druidique pour retrouver la fertilité), donnent lieu encore aujourd'hui à d'obscures pratiques. Les propriétaires de certaines luxueuses villas passeraient leur temps à vaincre l'ennui en se « racontant » des histoires étranges qui ont nourri l'imagination de certains cinéastes de second plan, comme le fameux Dario Argento dont *Les Frissons de l'angoisse (Profondo rosso)* sont justement tournés dans ces environs de Turin. Le goût des messes noires n'a pas totalement disparu.

Chapitre VII

Venise (I)
La civilisation des villas

Que reste-t-il aujourd'hui d'insolite dans la Cité des Doges ? Déjà Thomas Mann laissait entendre que l'arnaque y côtoyait le sublime. Dans *Contre Venise*, Régis Debray précise qu'aujourd'hui la Sérénissime est « le rendez-vous le plus vulgaire des gens de goût[1] ». Il ajoute : « Ce boudoir humilie notre futur le plus probable. » Ces propos ont à juste titre choqué. Assurément, la patrie magique de Vivaldi, du Tiepolo, de Goldoni ou de Casanova méritait un meilleur traitement. N'a-t-elle pas offert au monde civilisé un « air de gaieté » salué par Stendhal et qui n'a pas son pareil ailleurs ? Pourtant, celui qui aborde aujourd'hui les rives du Grand Canal se doit d'admettre que certaines pages de l'ancien révolutionnaire reconverti en « médiologue » peuvent hélas paraître justifiées. La Sérénissime semble perdue dans son théâtre de rue, ses gondoliers d'opérette, ses masques et artisanats d'art fabriqués en Chine, son carnaval sans âme ; les lendemains de fête, cette ville sublime se retrouve comme absente à elle-même, impuissante, hagarde, une fêtarde après la nuit. On rêve d'un lieu unique, comme Proust en lisant Ruskin, on pense à une Venise hors du monde, on croit faire avec Montesquieu, de Brosses, Jean-Jacques Rousseau, Chateaubriand, Goethe,

Henri de Régnier, Thomas Mann, Barrès ou Paul Morand le voyage dans la ville la plus raffinée d'Italie et on se retrouve aux prises avec des tours de ville fléchés, des ruelles assaillies par les « damnés de l'art » (c'est ainsi que les Vénitiens appellent ironiquement les touristes), des vaporettos bondés, quand ce ne sont pas d'immenses usines flottantes, plus hautes que le Campanile, déversant dans la fragile cité une masse de malheureux en croisière. On peut être seul dans les canaux des quartiers moins fréquentés de l'Arsenal ou de la Giudecca. Mais c'est alors pour découvrir une ville vidée de son âme et de ses habitants. Il y en avait 400 000 à l'époque de Vivaldi et de Goldoni. Il y en avait encore 150 000 à la fin de la Seconde Guerre mondiale. Il n'y en a plus que 60 000 en ce début de millénaire et la décroissance se poursuit. « Venise perd 1 000 à 1 500 habitants par an », me précise Roberto Biancin, écrivain et correspondant de *La Repubblica* dans le Nord. Il parle d'un véritable « exode », lié à la cherté de la vie mais aussi au tourisme. Le metteur en scène Gianni De Luigi, qui a tenté en 2001, avec quelques Français comme Bernard-Henri Lévy et Juliette Gréco, d'opérer un jumelage entre Saint-Germain-des-Prés et l'île de la Giudecca, me dit sans illusion : « Il est très difficile à Venise de gérer le flux touristique. Mais, ajoute-t-il désabusé, si on veut devenir un Disneyland, alors qu'on le dise et qu'au moins on s'organise comme Disney[2]. »

J'ai longtemps cru naïvement, je le confesse, que cette « mort de Venise » était le propre de notre époque. Mais, en relisant Henry James, ce grand écrivain et touriste (au sens stendhalien) de la fin du XIXe siècle, on comprend que Régis Debray aurait pu écrire le même livre à l'époque de Garibaldi ! James affirme que la Venise de son temps est (déjà !) prise d'assaut par les touristes, « un vaste musée dont ne cessent jamais les grincements du petit portillon qui vous y a introduit ; c'est au milieu d'une horde de compagnons de visite que vous traversez l'établissement. Il n'y reste plus rien à découvrir, et un comportement original y est complètement impossible[3] ». Peut-être est-ce ce qui a secrètement irrité Régis le Révolté ? Le sentiment de ne jamais pouvoir y être original, l'obligation d'y supporter les autres touristes : « vous n'avez souvent que l'issue de tourner le dos aux amateurs impertinents, et de maudire leur manque de délicatesse », s'énerve l'Américain. Mais, à la différence de Debray, Henry James ne s'en prend pas à Venise ; il fait remarquer que « ce n'est pas la faute de Venise ; c'est la faute du reste du monde ». Il a raison. Il faut sauver la Sérénissime des *acque alte* et du tourisme[4].

S'il reste encore quelque chose d'insolite à Venise, c'est en dehors de la cité qu'il faut aller aujourd'hui le chercher. Qui n'a pas admiré, dans *Don Giovanni*, le célèbre film de Joseph Losey, la magnifique villa du séducteur ? Qui n'a pas été sensible à cette ambiance étrange de gondoles solitaires se frayant un chemin parmi la brume et les roseaux des marécages pour conduire leurs nobles voyageurs vers cette *Rotonda* mystérieuse, perdue au milieu des marais ? Telle est bien encore aujourd'hui l'âme de Venise : ses villas de la terre ferme. Certes, la Sérénissime n'est pas la seule à avoir su s'entourer de prestigieuses constructions de campagne. La plupart des grandes cités italiennes comptent en leurs alentours de magnifiques demeures, comme les villas médicéennes à Florence, les villas des lacs milanais, les villas palermitaines ou les villas vésuviennes à Naples. Mais Venise a quelque chose de plus. Ce « plus » est lié à l'ampleur du phénomène et à un homme en particulier, un architecte dont le nom a donné naissance à un style : Andrea Palladio (1508-1580). Ce dernier a laissé de la Vénétie un témoignage curieux : « Venise seule est restée comme un exemple de la grandeur et de la magnificence des Romains. » En écrivant cela, en pleine Renaissance, l'architecte ne pense pas aux riches palais ou aux costumes chamarrés des doges de la Sérénissime. Il vise un point particulier qui le séduit tant : le maintien, au milieu des lagunes, de la civilisation des villas.

Pourquoi, en Vénétie, les châteaux sont-ils si rares et les villas si nombreuses ? La raison en est simple : c'est parce que Venise a su, grâce au refuge que représentaient ses marais, conserver le style de vie des anciens Romains. Alors que partout ailleurs sur le Continent, les « invasions » barbares ont mis fin à la vieille civilisation antique, en imposant leur mode de vie, celui des forêts de Germanie, les Vénitiens ont pu, dans la lagune, préserver l'esprit civique de l'ancienne romanité. À Torcello, Murano, Burano, Rialto (où, selon la tradition, Venise aurait été fondée en 421), les populations autochtones recréent les institutions de la vieille Rome républicaine, celle d'avant les Césars. Aussi peut-on affirmer sans hésitation que Venise est la plus ancienne République de l'Italie, un véritable modèle qui donnera naissance au XIIIe siècle au « mythe de Venise ». La première élection de son doge remonte au VIIe siècle. Elle se dote d'institutions calquées sur celles de la vieille République. Au milieu de ses marécages protecteurs, le peuple vénitien va rester indépendant durant toute l'époque barbare. Ni les Goths, ni les Vandales, ni même les troupes de l'Empire de Byzance qui, depuis Justinien, a repris possession du nord de l'Italie, ne vont pouvoir s'emparer des marais vénitiens. Ils échapperont même à la souveraineté du puissant royaume lombard qui, en 751, s'est emparé de l'exarchat de Ravenne et des terres fermes de la Vénétie. Charlemagne, appelé par le pape pour combattre la puissance des Lombards, tentera bien à son tour de mettre la main sur les territoires du petit État vénitien. En vain. Au VIIIe siècle, un accord passé entre les Francs et Byzance reconnaît même l'autonomie de ces îles de la lagune. Le chef de ce petit État, le doge, y a gagné un nouveau titre : jadis « humble duc de la province de Venise », il devient le « glorieux duc des Vénitiens ». La ville s'engage alors dans le trafic maritime, la pêche, l'exploitation du sel. Car les Vénitiens ont aussi gagné de leur refuge dans la lagune un esprit marin qui va assurer leur fortune. Nulle trace de féodalité dans ce coin étrange de l'Italie. Ici, même les anciennes grandes familles foncières ont renoncé dès le IXe siècle à leurs anciens droits pour investir dans le commerce maritime.

Il faut, pour bien comprendre les choses, se souvenir de ce qui se passe un peu partout ailleurs en Italie et dans le reste de l'Europe envahie par les Barbares. Dès la mort de Théodose, en 395, la décadence de l'Empire laisse émerger dans certaines régions reculées des personnages sans foi ni loi, accroissant sans scrupule leurs possessions, se comportant en tyrans sanguinaires, soumettant la région à leur autorité despotique. De tels personnages n'existaient pas aux grandes heures de la Rome républicaine ou impériale. Ils apparaissent (comme aujourd'hui les prédateurs économiques), à la faveur de l'affaiblissement de l'autorité centrale. Avec les « invasions » barbares, le phénomène s'accentue : les campagnes sont dévastées et abandonnées car la conquête s'accompagne d'une succession d'épidémies, de famines, de destructions des axes routiers qui entraînent une chute de la démographie. Les campagnes se désertifient ; on perd l'habitude d'y vivre en paix. Les Goths, puis les Vandales et les Lombards en Italie, les Francs en Gaule, les Wisigoths dans la Péninsule ibérique, installent leur nouvelle civilisation. En résumant à l'extrême, disons que la complexe organisation agricole romaine va bientôt faire place au *fief* germanique dont la pièce maîtresse est le château. À l'inverse de la villa, le château est par nécessité fortifié et isolé. Il doit pouvoir, du haut d'un promontoire visible, devenir l'instrument terrifiant de la nouvelle puissance des guerriers germaniques. Il n'a donc rien de cette douceur, de cette ouverture vers l'extérieur, vers la campagne environnante et la vie alentour, qui était le propre de la villa. Il est en position défensive, le point stratégique des nouveaux maîtres pour dominer et soumettre la campagne. Ainsi, pendant plusieurs siècles en Italie, comme en Gaule ou en Espagne, la péninsule se hérisse de burgs, castrats, mottes en bois puis en pierre, futurs châteaux forts d'inspiration germanique, dont on trouve encore tant de traces dans les Alpes ou les Abruzzes. Pour tenir les anciens peuples en respect, ces forteresses font planer, dans l'ombre de leurs tours et de leurs créneaux, la terreur sur les environs.

Mais, en Vénétie, les populations n'ont pas connu cette évolution vers la féodalité. Elles ont fui les hordes barbares et elles se sont réfugiées dans les marais, menant, à l'abri des envahisseurs, un mode de vie autarcique, dont portent encore témoignage aujourd'hui les *casoni di valle* (les bâtisses des marais), sorte de cabanes de paille, de boue et de roseaux. Cette existence existence reculée a permis aux Vénitiens de perpétuer dans leur petite cité l'esprit de l'ancienne Rome. Est-ce pour cette raison que la civilisation des Communes connut ici, plus qu'ailleurs, une renaissance si précoce dès le VIIIe siècle ? Beaucoup de communes italiennes sont nées après la chute de l'exarchat byzantin de Ravenne et l'effondrement des royaumes barbares. Mais il y a une différence avec Venise. La Sérénissime ne sera jamais soumise à des familles seigneuriales toutes-puissantes, comme les Médicis à Florence ou les Visconti à Milan qui vont bafouer les traditions républicaines. À Venise, même les familles nobles vont préserver la « pérennité de la tradition romaine ». C'est ce qui explique, selon l'historien vénitien Alvise Zorzi, « l'impossibilité pour les Vénitiens de supporter une quelconque forme de dynastie[5] ». Cela ne fait pas de Venise une cité démocratique, bien au contraire. Jusqu'en 1797, ce sont les aristocratiques membres du Grand Conseil qui dirigeront la ville. Mais ils le feront toujours collégialement, sans qu'on puisse attribuer à l'une de ces grandes familles un poids prépondérant. Il y aura des dynasties de doges, comme les Mocenigo, les Tiepolo, les Dandolo ou les Corner. Mais aucune famille ne régnera jamais seule.

Aussi Venise conservera-t-elle l'esprit de cet « humanisme civique » que le grand historien américain, J.G.A. Pocock, a su magnifiquement mettre en lumière dans *Le Moment machiavélien*. Ce sont d'ailleurs les familles nobles qui maintiennent cette tradition depuis la fin du XIe siècle. La grande apogée de Venise commence en 1094, lorsqu'on reconstruit dans un style grandiose la basilique Saint-Marc, détruite par un incendie en 976[6]. La splendeur de la basilique, considérée comme un des sommets de l'art religieux occidental, témoigne de la puissance nouvelle de la république maritime. L'épopée des Croisades, à partir du XIIe siècle, va confirmer l'importance que Venise a prise en Méditerranée, dépassant même ses seules rivales, les cités de Pise et de Gênes. Depuis le doge Sebastiano Ziani, qui sera en fonction de 1172 à 1178, on peut dire que Venise est restée ce qu'elle devait être : une République aristocratique et maritime dont les territoires ne cessent de s'étendre le long de la côte adriatique, en Dalmatie, puis en Romanie byzantine (Grèce, Crète, Chypre) et sur la fameuse « terre ferme », à la frontière avec le Saint Empire romain germanique (Padoue, Trévise, etc.).

C'est le doge Ziani qui transforme les institutions démocratiques en un système aristocratique lorsqu'il crée le Grand Conseil, désormais réservé aux familles des *prin-*

cipes et des *nobiliores*, réduisant à rien l'*arengo* populaire (héritier de l'antique agora). C'est Ziani qui fait construire le pont du Rialto et rehausse le campanile de Saint-Marc. La tradition veut que ce soit à cette époque que le doge prenne l'habitude, le jour de l'Assomption, de célébrer les épousailles mystiques de la Sérénissime avec l'Adriatique dont Venise estime qu'elle est « sa » mer, sa chasse gardée. C'est encore Ziani qui met fin aux derniers restes de fortifications de la ville. Il comprend que le véritable rempart de Venise n'est pas ses murailles mais sa flotte. Ainsi Ziani fait-il détruire le vieux palais ducal, fortifié depuis les invasions tardives mais féroces des Hongrois, et qui avait pris des allures de manoir féodal[7]. Il le fait ensuite reconstruire, en l'entourant de portiques et de loggias, en s'inspirant du style byzantin, ouvrant désormais la ville, comme plus tard – sur la terre ferme – les Vénitiens ouvriront leurs maisons.

Cette particularité a beaucoup joué en faveur du renouveau de la civilisation des villas dont l'idéal, immuable, n'aurait pu se transmettre de génération en génération sans ce « passeur » vénitien. Dès le Moyen Âge, à la faveur des victoires maritimes et des conquêtes sur la terre ferme, les riches marchands commencent à sortir des marécages et à bâtir, comme les anciens Romains, quelques maisons de repos à l'intérieur des terres. Ce sont d'abord les grands modèles vertueux de l'ancienne République romaine qui les inspirent. Chaque bourgeois aisé se contente alors d'une « vigne » à la campagne, comme on en avait pris l'usage du temps d'Horace[8]. À Padoue, au XIIIe siècle, le grand poète Pétrarque, conseiller de la puissante famille noble des Carraseri, veut recréer autour de lui cet esprit humaniste qui connaîtra à Venise une légère inflexion. Sur ce territoire contrôlé d'une main de fer par les seigneurs de Padoue, on ne cesse à cette époque de découvrir des vestiges romains, des colonnes, des temples, près d'Este, ce qui encourage ce retour précoce à l'Antiquité. Alors que la France s'enfonce dans la guerre entre Anglais et Français, qui durera près de cent ans et relancera la civilisation des châteaux, des festins et des tournois, à Arquà, près de Padoue, Pétrarque construit dans les magnifiques monts Euganéens sa petite maison de campagne, avec sa pergola, sa source et son jardin, comme on peut encore la voir aujourd'hui à Arquà Petrarca. Dans sa villa champêtre, il cherche à redonner vie, avec ses proches amis, comme Boccace, à cette civilisation douce et paisible de l'*otium* et de la sagesse antique. En 1373, il écrit à son frère : « Je me construisis une petite mais gracieuse maison ; entourée d'une oliveraie et d'une vigne qui donnent ce qu'il faut à une famille modeste qui n'est pas nombreuse. Et là, bien que le corps malade, je vis l'esprit pleinement tranquille, loin des tumultes, des bruits, des contraintes, en lisant toujours et en écrivant. » Pétrarque venait de redonner naissance, non seulement à la civilisation des villas, mais à un nouveau style de vie, inconnu du monde féodal, le style de vie des humanistes et des lettrés de l'Antiquité.

Quel était l'idéal de vie des Anciens ? *L'otium*, ce loisir de l'étude et de la réflexion, c'est-à-dire les arts, la philosophie et la science, que l'on considérait comme les seules activités d'un homme digne de ce nom. Le reste, notamment le commerce, était regardé comme bon pour les esclaves. Or, pour satisfaire ce besoin « psychologique et idéologique », les patriciens de l'ancienne Rome aimaient à vivre à la campagne. La vie rurale paraissait le lieu par excellence de *l'otium*. Les Anciens laissaient aux malheureux, aux esclaves, aux hommes imparfaits les activités frénétiques du *negotium*, le négoce, qu'on regardait comme l'antithèse parfaite de la vie juste *(nec-otium)*[9]. Il faudra attendre le milieu du XVIIIe siècle pour que la thèse du

« doux commerce » ne retourne la situation. Alors le négoce sera regardé par les hommes importants comme la seule activité digne de ce nom. « L'entreprise, c'est la vie », dit aujourd'hui une publicité patronale. À l'échelle de l'histoire occidentale, l'idée est récente. Les esprits de l'Antiquité auraient regardé ce slogan comme sorti d'un cerveau dérangé. Les anciens Romains considéraient que la vie était en dehors de ce travail contraignant, si étranger pour eux au sens de l'existence. C'est pour satisfaire leur *otium* qu'ils prirent l'habitude de construire des villas à la campagne, non pour exploiter la terre ou faire un placement financier – dans ce cas on parle alors d'une ferme *(fattoria)* – mais pour se donner un lieu de repos et d'études. Cette magnifique civilisation antique des villas, dont on trouve encore des traces un peu partout en Europe de l'Ouest, en Italie, en France, en Espagne ou en Afrique du Nord, va s'effondrer avec la dislocation de l'Empire romain au Ve siècle. Elle renaît, dans son esprit, en Vénétie avec Pétrarque et le pétrarquisme de la fin du Moyen Âge.

En relançant cet idéal de paix au cœur des monts Euganéens, Pétrarque annonce déjà la mode actuelle de la Toscane, des Pouilles ou du Lubéron. À cette différence près que Pétrarque ne s'installe pas à la campagne pour se reposer d'une vie frénétique mais pour y poursuivre sa vie *d'otium*, sa vie d'écrivain. Il écrit à un ami : « je suis engagé dans mes anciennes occupations, que je n'ai pas interrompues ». Aussi a-t-il ignoré ce spleen des hommes d'affaires surmenés qui, du jour au lendemain, se retrouvent perdus dans une magnifique campagne et ne savent plus quoi faire. Cependant, Venise n'est plus la Rome antique. Nous l'avons vu, la cité s'enrichit grâce au commerce. Aussi *l'otium* des Anciens connaît-il une certaine évolution. Désormais, on considère que le commerce n'est pas une activité ignoble. On entend seulement en faire un moyen, en aucun cas une fin comme aujourd'hui. À cette époque, une tension se fait jour en Vénétie entre la civilisation marchande des villas et la civilisation des châteaux car la région est frontalière avec le Saint Empire romain germanique. Certaines villes, comme Vérone, Udine, Trente et Trévise, sont plus sensibles à la culture féodale et chevaleresque, la civilisation « courtoise ». Pourtant, les cours seigneuriales fastueuses, comme celles de Vérone, de Padoue, de Ferrare ou de Mantoue, vont inspirer les riches marchands de la Sérénissime et les inciter à se construire des villas de plus en plus grandioses, capables de rivaliser, même en conservant leur origine roturière, avec le faste des Seigneureries. Ainsi, comme à Rome, où les « vignes » de Caton se transformèrent vite en luxueuses villas de plaisir à l'époque de Pline le Jeune, Venise ne va pas tarder à voir fleurir aux bords de la lagune d'immenses bâtisses qui succèdent aux maisons des champs. Dès le XVe siècle, la petite maison cède le pas à la grande villa à la mode « antique ».

Il ne reste plus grand-chose de ces premières villas vénitiennes car elles ont presque toutes été détruites, pour des raisons stratégiques, sur l'ordre de la Sérénissime. En effet, au début du XVIe siècle, Venise suscite, pour ses richesses, bien des convoitises et des jalousies. La Sérénissime a mené durant le XVe siècle une politique trop agressive : sa flotte s'est même déplacée jusqu'au lac de Garde pour écraser les bateaux milanais des Visconti. Pour ce faire, Venise n'a pas hésité à faire porter ses galères par l'Adige puis par la terre ferme avec des chars traînés par des bœufs ! Une telle volonté de conquête ne peut laisser ses ennemis indifférents. En 1508, le pape Jules II accuse Venise de vouloir créer une « monarchie comparable à celle de Rome » et il constitue une ligue, avec l'Espagne, la France et l'Empire. Les troupes de la ligue de Cambrai l'emportent sur celles de Venise et poussent leur succès jusqu'au bord de la lagune. À l'exception de Trévise, les villes comme Vicence, Padoue ou Vérone, se donnent toutes à l'Empereur. Alors, après la paix qu'elle réussit à conclure en 1517, Venise opère une radicale reprise en main de ses anciennes possessions. Elle décide de fortifier toutes ses villes de la terre ferme[10] et ordonne de créer autour des nouvelles cités fortifiées une vaste zone déserte, propice à la surveillance des environs, le fameux *guastro*. Beaucoup de villas de campagne, construites près des nouvelles fortifications urbaines, sont ainsi démolies sans la moindre hésitation dans ces années 1520-1530, sous la responsabilité du doge Gritti (qui a donné son nom au plus bel hôtel de la ville), doge de 1523 à 1538, qui est le grand artisan de la résurrection de Venise.

Mais, cette vaste entreprise de fortification s'accompagne aussi d'une campagne d'embellissement des villes confédérées, comme Trévise, Padoue ou Vicence, sur le modèle de la Sérénissime (colonne avec le Lion de Saint-Marc et palais du Gouvernement à Vérone, palais du Capitaine à Padoue, Place Contarena à Udine). Elle va en retour favoriser le mouvement de « déféodalisation » des campagnes. Partout, à l'extérieur des villes, les châteaux forts ne sont plus utiles puisque les cités fortifiées répondent à cette fonction protectrice. Dans les terres, la place est désormais prête pour la construction de villas à l'antique, d'autant que la nouvelle réorganisation administrative de la terre ferme s'opère dans un esprit « romain ». À l'initiative d'Alvise Cornaro, un aristocrate lettré, écrivain, architecte, mécène, hydraulicien, Venise crée en 1556 un *Magistrato sopra i beni inculti* (les biens incultes étant ceux de la terre ferme) qui va se charger de restructurer les routes et les voies de communication, ce qui favorise le transport des hommes et des marchandises ; il se livre à d'importants travaux d'assainissement des marais ; les rivières sont transformées en voie de circulation qui vont bientôt servir à relier les futures villas pour y recevoir leurs invités. En ce début du XVIe siècle, on retrouve dans la campagne vénitienne cette quiétude de l'âge antique, si propice à la civilisation des villas. Les Vénitiens, dont les regards étaient jadis tournés uniquement vers la mer et les ports, commencent à s'habituer à ce nouveau paysage des marais et de la terre ferme, dont Giorgione exalte la beauté. Les conditions sont réunies pour que naisse sur la terre ferme une nouvelle civilisation, comme des siècles auparavant les Vénitiens avaient créé dans les marécages une nouvelle ville...

C'est alors qu'apparaît Andrea di Pietro della Gondola, plus connu sous le nom de Palladio (1508-1580). Cet architecte de Vicence va connaître l'immense succès que l'on sait. Dans sa *Vie d'Andrea Palladio* (1617), Paolo Gualdo a laissé un beau portrait de cet architecte de génie qui était aussi un grand humaniste. « Palladio, dans la conversation, était très agréable [...], de sorte qu'il était très apprécié des grands seigneurs avec lesquels il traitait mais aussi des ouvriers qu'il employait, les maintenant toujours gais et étant affable avec eux, de sorte qu'ils travaillaient avec infiniment de plaisir. » Ce bon esprit était celui d'une époque. La Sérénissime ne cultivait aucun des dogmes contemporains de nos maîtres du management. Refusant le moindre « laisser faire » avant la lettre, Venise s'arrogeait au contraire le droit, comme le disent ses édits, « de transformer la laideur de ses campagnes en beauté, la tristesse en air pur et les terres incultes en terres cultivées ». C'est ainsi qu'elle fixa un cadre géographique où Sanmicheli, Sansovino et surtout Palladio pourront s'exprimer à leur guise et transformer ce coin de terre plutôt quelconque, assez plat, au climat ingrat, en une sorte d'antichambre du paradis. Palladio ne fut pas seulement un architecte génial ou un grand humaniste croyant que le respect de l'homme conduisait l'individu à se surpasser et que l'architecture pouvait l'y aider. Ce fut aussi un grand visionnaire. Ses villas traduisent à la perfection la nouvelle *vision du monde* de ce que Norbert Élias appellera la « civilisation des mœurs ». Jusqu'à la fin du Moyen Âge, l'homme pouvait bien cultiver, après Pétrarque, un goût pour l'Antiquité, il n'en avait qu'une conscience lointaine, il s'en estimait très inférieur ou très supérieur, s'il plaçait sa foi par-dessus tout. Dans les deux cas, il voyait le glorieux passé antique comme un rêve impossible ou inutile. L'homme de la Renaissance, qui commence à développer la science de l'histoire (avec l'apparition de ceux qu'on va appeler en France les *antiquaires*, les érudits du passé), retrouve confiance en lui à mesure qu'il sait mieux d'où il vient. Pour avoir un avenir, il faut avoir un passé, pense-t-il, à rebours de notre « présentisme » contemporain. L'homme du XVIe siècle croit qu'il peut égaler les héros de la Rome républicaine ou impériale et c'est pour se mesurer à eux qu'il fait édifier à leur suite des monuments qui doivent laisser des traces. Ce besoin de la *trace* devient essentiel : c'est aussi à cette époque que se développe en Occident le culte des ancêtres, le besoin de généalogies plus ou moins fantasmées[11]. L'homme nouveau qui entend s'inscrire ainsi dans l'Histoire n'entend pas oublier la principale leçon des Anciens depuis Vitruve : le sens de *l'harmonie* résumé par la célèbre triade, *utilitas, firmitas, venustas* (utilité, solidité, beauté). La beauté des villas palladiennes tient justement au fait, comme l'a noté Goethe, qu'elles savent respecter cette savante proportion entre l'utile, le solide et le beau. Dans son traité d'architecture, *Les Quatre Livres*, Palladio distingue différents types de villa en fonction de leurs occupants : grands seigneurs, seigneurs de moindre importance, avocats, simples commerçants. Ce n'est pas par goût de l'étiquette mais pour adapter chaque villa à sa *fonction*. Comme chez les Anciens, les villas n'ont pas nécessairement un usage utilitaire mais leur raffinement passe par leur refus de l'ostentation. Elles sont l'antithèse des anciennes forteresses féodales ou des futures tours démentielles de l'homme contemporain, dominé par l'économie de la démesure.

Les villas palladiennes ne sont jamais trop pompeuses et elles s'intègrent dans chaque site, comme pour en faire une sorte d'édifice naturel, laissant penser que la main de l'homme s'est unie à la main de Dieu pour associer nature et culture. La villa Barbaro, à Maser, qu'on peut toujours admirer au milieu d'une colline de la marche de Trévise, est pour cette raison un modèle du genre. Ce n'est pas, ou pas seulement, parce qu'elle peut s'enorgueillir d'avoir ses murs intérieurs ornés de magnifiques fresques de Véronèse, que cette villa nous fascine tant. C'est parce que l'édifice, un corps central couronné par un fronton classique, accompagné de deux longues ailes en arcades qui s'achèvent chacune, en symétrie, par un colombier orné d'un portique, reste le modèle parfait de la simplicité pratique et de l'harmonie. On finit par oublier si la nature est au service de l'architecture, ou si c'est l'inverse. La maison est à la fois magique et fort commode, destinée à l'utilité de ses propriétaires, les riches Barbaro. Mais le vrai génie est d'avoir su faire oublier l'aspect utilitaire en refusant de le nier. Quand, dans son *Voyage d'Italie*, Goethe affirme qu'il y a « vraiment quelque chose de divin » dans les constructions de Palladio, « comme l'énergie d'un grand poète qui, à partir de la vérité et de la fiction, tire une troisième entité dont l'existence secrète nous fascine », gageons que le compliment puisse être destiné à la villa de Maser, et bien d'autres villas palladiennes. Citons la *Rotonda*, magnifiquement située au sommet d'une colline, à la sortie de Vicence, et qui illumina le film *Don Giovanni* de Joseph Losey, la *Malcontenta*, sur la Brenta, qui accueillit le roi de France Henri III en 1574, ou la villa *Sarego*, près de Vérone, directement inspirée de la Rome antique. Toutes ces demeures épousent leur environnement à merveille. C'est Palladio qui l'a voulu : loin d'être en retrait du monde, ou protégée de lui par de hauts murs, la villa est tout entière « intégrée à la campagne », elle s'ouvre « cordialement » vers le milieu extérieur, dit l'architecte. Cette civilisation des villas palladiennes connaîtra un grand succès, non en France, mais en Angleterre où le style néo-palladien fera fureur à la fin du XVIIIe et au début du XIXe siècle, jusqu'à inspirer aussi le style de Washington qui est peut-être le dernier témoignage d'une civilisation qui a disparu avec l'avènement même de cette nouvelle puissance impériale…

Chapitre VIII

Venise (II) Le ghetto

L'un des quartiers les plus frappants de Venise reste le fameux ghetto qui a le triste privilège d'avoir été le premier de l'histoire. Il témoigne de l'attitude ambiguë des Vénitiens à l'égard des Juifs qu'ils enfermaient la nuit, autant pour les protéger que pour les surveiller. On peut encore voir les traces des gonds des portes qui étaient fermées du coucher du soleil jusqu'à l'aube. C'est en 1516 que fut prise la décision de « parquer » les Juifs vénitiens dans ce petit quartier de Cannaregio. Pourquoi ? Les raisons sont complexes. Disons qu'au Moyen Âge, la Sérénissime, sans avoir été très tendre avec les Juifs, ne les avaient pas particulièrement persécutés, comme tant d'autres principautés chrétiennes. Les Vénitiens avaient assez rapidement saisi l'intérêt qu'ils pouvaient tirer de l'activité des Juifs. Ces derniers étaient les seuls à pouvoir pratiquer le prêt sur gages et l'usure. Deux activités interdites canoniquement aux Chrétiens, mais essentielles pour l'essor du commerce des Vénitiens. Aussi ces derniers les ont-ils accueillis, tout en les reléguant d'abord dans une île qui prit pour cette raison, dit-on, le nom de la *Giudecca*. Puis ils reçurent une licence, la *condotta*, qui leur permit de circuler librement à travers toute la cité des doges, avec une seule particularité : ils durent porter un signe distinctif : un O de toile jaune cousu sur leurs vêtements, ceci afin de respecter les ordonnances pontificales[1].

Mais la situation des Juifs n'en reste pas moins précaire. Il suffit d'une rumeur, d'un déchaînement d'hystérie populaire, comme en 1475, pour que les Juifs fassent l'objet des pires exactions. Ils servent, on le sait, de boucs émissaires et subissent la vindicte de certains prédicateurs. On les accuse de pratiquer des homicides rituels contre les enfants. Après la *Reconquista* catholique et l'Inquisition de Torquemada, de nombreux Juifs espagnols fuient le royaume de Sa Majesté très catholique et viennent grossir les rangs de la communauté vénitienne. La population s'inquiète de cet afflux. Aussi la question revient-elle à l'ordre du jour : où mettre les Juifs ? En 1516, le sénateur Zaccaria Dolfin propose de les confiner sur une île dans le quartier de Cannaregio, là où jadis on fondait des canons. Le ghetto est né. Le terme *geto* viendrait du verbe *gettare*, fondre. C'est ainsi qu'on évoque le plus communément l'origine de ce nom[2]. Très vite, la place va manquer dans le Ghetto Nuovo, notamment lorsqu'on va contraindre les Juifs levantins, en 1541, à subir le même sort que les autres. On va alors adjoindre à la zone une île plus ancienne, le Ghetto Vecchio. Pour loger chacun, on construit des immeubles en hauteur, bas de plafond, parfois de six ou huit étages, comme on peut encore les voir aujourd'hui au *campo*. Ce seront les premiers « gratte-ciels ». Le ghetto se développe et s'embellit. Au XVIe siècle, apparaissent les splendides synagogues enrichies au XVIIe siècle par l'œuvre de grands artistes. Parmi celles-ci, citons la *Scuola Spagnola*, la plus grande des synagogues de Venise. Elle fut construite en 1555 par les Juifs espagnols et restaurée en 1635 par Longhena. Il y a aussi la *Scuola Leventina*, fondée en 1538 par les Juifs séfarades, la *Scuola Italiana*, construite en 1515 par les Juifs italiens, la *Scuola Canton*, peut-être la plus belle, pour sa décoration intérieure. Enfin, la *Scuola Grande Tedesca*, elle aussi de rite ashkénaze. Un passage secret, par les étages supérieurs, relie les synagogues du quartier. Divisée en trois « nations » (allemande, levantine et ponantine), la communauté juive compte plus de 5 000 personnes au XVIIe siècle. Elle est florissante, avec des esprits de grand renom, comme Léon de Modène ou Simone Luzzatto. Ce dernier affirme que la population de Venise « est plus aimable et plus accommodante avec la nation hébraïque que tout autre peuple au monde ». D'ailleurs, le signe distinctif du O jaune est bientôt abandonné (pour un bonnet rouge). Au XVIIIe siècle, le ghetto perd de son lustre mais les Vénitiens continuent d'aller y consulter les médecins. Napoléon, quand ses troupes arrivent à Venise en mai 1797, décide la suppression du Ghetto qui sera rétabli par les Autrichiens. Il faut attendre la libération de Venise en 1866 pour qu'il disparaisse définitivement.

Parler du ghetto de Venise, c'est aussi évoquer toute l'histoire singulière des Juifs en Italie. Car, après la Sérénissime, d'autres villes vont créer un ghetto, à commencer par celui, fort célèbre, de Rome, créé par le pape Paul IV en 1556 et qui se trouve derrière le théâtre Marcellus. Il serait impossible de refaire ici l'histoire si complexe et si riche de cette communauté juive qui joua un rôle actif dans le *Risorgimento*. En témoigne la construction de la grande synagogue de Rome, celle où Jean-Paul II se rendit en 1986, et qui a été décidée en 1870, alors que le roi d'Italie, Victor-Emmanuel II faisait démanteler le ghetto pour remercier la communauté de son action dans l'unification italienne. La grande tragédie du fascisme et de la Seconde Guerre mondiale va profondément marquer cette communauté. Longtemps, on a cru que le fascisme n'avait pas persécuté les Juifs avant 1943. On sait aujourd'hui que les choses ont été un peu plus complexes. L'analyse si délicate de cette phase noire de l'histoire de l'Italie, illustrée par de nombreux et beaux romans, comme *Le Jardin des Finzi-Contini* de Giorgio Bassani, *La Storia* d'Elsa Morante, ou le témoignage de Primo Levi, *Si c'est un homme*, etc., ne relève pas d'un ouvrage comme le nôtre[3].

Ce que je voudrais évoquer seulement ici, c'est un fait assez méconnu en France, bien qu'il intéresse directement notre histoire et qui m'a frappé en lisant la monumentale *Destruction des Juifs d'Europe* du grand historien Raul Hilberg. Je veux parler de l'attitude des autorités françaises dans la zone d'occupation qui était sous le contrôle des autorités italiennes (en gros Nice et la Savoie). À partir de novembre 1942, lorsque les Anglo-Américains ont débarqué en Afrique du Nord, la zone libre a été en effet occupée, comme on sait, par les troupes du IIIe Reich, mais une petite partie, au sud-est, a été confiée au soin des armées de Mussolini. Ce sont donc aux autorités fascistes que les administrations françaises de Nice et de la Savoie doivent répondre, alors même que certains ordres de Vichy, comme la décision de déporter les Juifs, viennent directement des nazis. Cette situation contradictoire va donner lieu à quelques péripéties qui en disent bien plus que de nombreux discours sur l'attitude des hauts dirigeants de l'administration de Vichy, plus acharnés que les dirigeants fascistes eux-mêmes dans la chasse aux Juifs ! Voyons les faits[4]. Quand la « solution finale » est décidée, à partir de l'été 1942, la France doit, comme les autres pays sous le contrôle des forces de l'Axe, livrer les Juifs qui sont sur son territoire. C'est ainsi qu'elle procède à la célèbre rafle du Vél d'Hiv le 16 et 17 juillet 1942 cependant cette rafle est suivie dans les mois qui suivent par d'autres, de moindre ampleur, en zone nord et en zone sud. Mais, en zone italienne, les autorités françaises vont se heurter étrangement à la résistance des autorités fascistes. Celles-ci interdisent aux préfets l'arrestation des Juifs. Elles invoquent des idées humanitaires qui échappent aux Français. Ces derniers ont des impératifs chiffrés fixés par les Allemands et ils entendent bien démontrer l'efficacité de l'administration française. Les préoccupations italiennes les surprennent, voire suscitent une ironie superbe de la part d'une haute administration qui s'estime bien mieux « préparée » que celle de Rome. La mode est, comme aujourd'hui, à se moquer de la « morale compassionnelle ». Mais c'est confondre le compassionnel et la véritable compassion ; or, c'est précisément de compassion dont il fallait faire preuve en ces instants douloureux. Ce que certains officiers italiens ont su mieux faire, osons le dire, que les hommes de Vichy. Début mars 1943, deux épisodes terribles en offrent une triste illustration. Deux officiers allemands ayant été victimes d'une agression à Paris, Berlin demanda à la police française de trouver 2 000 Juifs pour les déporter à l'Est, comme « punition ». La gendarmerie procéda à des arrestations dans plusieurs villes, notamment à Grenoble et à Annecy. C'était servir les Allemands mais aller à l'encontre des ordres italiens. Dans la région de Grenoble, le général Di Castiglione, qui commande la division *Pusteria*, fait établir aussitôt des barrages pour empêcher le départ des Juifs vers l'Allemagne. Il oblige notamment l'intendant de police de Vichy à annuler l'ordre d'arrestation des Juifs que ce dernier venait de prendre. Et, à Annecy, les soldats italiens vont même jusqu'à encercler la caserne de la gendarmerie française où les Juifs ont été enfermés et ils obligent les gendarmes français à libérer leurs prisonniers. On imagine cette scène terrible. L'armée du Duce obligeant les Français de Vichy à rendre leur liberté aux Juifs qu'ils retenaient enfermés ! Il y a peu de honte aussi grande que cet épisode d'Annecy, me semble-t-il, pour l'administration de Pétain. Le général italien informe les autorités de Vichy qu'il envisagera même de faire arrêter les préfets français s'ils continuent à vouloir procéder aux arrestations de Juifs !

Le chef de la police française, le fameux René Bousquet, va se plaindre de l'attitude des Italiens aux Allemands. Ces derniers, pour ne pas changer, sont évidemment furieux mais impuissants. En effet, peu avant, Hitler a envoyé à Rome son ministre des Affaires étrangères, Ribbentrop, afin de convaincre Mussolini de la nécessité de laisser la police française faire son travail (ou plutôt celui des Allemands)... L'entrevue a eu lieu le 25 février 1943. Mussolini s'apprêtait à désavouer ses généraux pour complaire à son allié allemand. C'est alors que la haute administration italienne de la *Farnesina* (les Affaires étrangères) a joué un rôle essentiel pour s'opposer aux Allemands, à la différence des autorités françaises. Le secrétaire d'État Giuseppe Bastianini, pourtant fasciste, va voir le Duce avec le général Ambrosio et tous les deux lui font part des rapports précis sur les atrocités commises par les SS à l'Est à l'égard des Juifs. Les documents ont été fournis par le directeur des affaires générales de la Farnesina, Luigi Vidau, et l'ambassadeur à Berlin, Alfieri, selon lequel les Juifs sont gazés par les Allemands. Une petite note, rédigée par le directeur de la Farnesina, résume à l'attention de Mussolini, l'attitude à adopter : « aucun pays, même pas l'Allemagne alliée, ne (peut) prétendre associer l'Italie, berceau de la chrétienté et du droit, à ces forfaits pour lesquels le peuple italien devrait peut-être rendre des comptes un jour ». Mussolini se range à l'avis de ces hommes[5] et, jusqu'au retournement des alliances de septembre 1943, les Juifs ne seront plus inquiétés en France dans la zone d'occupation italienne[6]. Vichy, en revanche, continuera jusqu'à l'été 1943 à réagir, au nom de la souveraineté française, contre les militaires italiens. Seule une partie des autorités religieuses eut le courage de protester. L'archevêque de Toulouse, Mgr Saliège, rappellera le 23 août 1942 que la persécution des Juifs est contraire à l'esprit de la « France chevaleresque et généreuse ». Que ne s'est-il trouvé un haut fonctionnaire de Vichy comme Luigi Vidau pour écrire la même note à Pétain ? Un peu de compassion « à l'italienne » n'aurait pas été de trop.

CHAPITRE IX

Aller à Canossa (avec Mathilde)

L'expression *aller à Canossa* est entrée dans le langage courant. Pas seulement en français. Dans plus de trente langues, elle signifie, nous dit le dictionnaire, s'humilier devant son adversaire. Lorsqu'au XIXe siècle, le chancelier Bismarck se heurta, dans sa politique culturelle, à l'Église catholique de Bavière, il lança, vengeur : « Nous n'irons pas à Canossa ! » Le grand politique savait de quoi il parlait. Ce fut justement à Canossa que se joua aux alentours de l'an Mil l'un des drames les plus décisifs opposant l'empereur germanique au pape, à l'occasion d'une rencontre cruciale pour l'avenir même de la papauté. Aujourd'hui, il faut beaucoup de ténacité pour trouver Canossa sur une carte d'Italie. Près de Parme, disent les manuels d'histoire, qui ajoutent souvent que le lieu n'existe plus. En prenant la route qui va de Reggio Emilia à la petite cité de Castelnovo ne'Monti, aux pieds de *l'Abetone*, la belle montagne qui sert de frontière naturelle entre la Toscane et l'Émilie-Romagne, on trouve une petite indication vers *Quattro Castella*. En l'empruntant, on se retrouve plongé dans l'Italie rurale, aux paysages boisés et vallonnés, parfois même escarpés, aussi beaux, sinon plus, que ceux de la Toscane très proche et surtout mieux préservés du tourisme international.

On est ici au cœur de ce qui fut le centre stratégique d'une des terres les plus puissantes de l'Italie du haut Moyen Âge, le comté dirigé par une figure légendaire, la comtesse Mathilde de Canossa, qui vécut en des temps obscurs (1046-1115). Ce réseau de châteaux puissamment fortifiés, comme ceux de Rossena, delle Carpinete et, bien sûr, Canossa (dont il ne reste plus que des ruines), perchés sur des pics volcaniques, tels d'immenses donjons naturels plantés l'un à côté de l'autre, forment un spectacle d'une puissance impressionnante. Cet ensemble stratégique était destiné à protéger les terres de la belle Mathilde des ambitions menaçantes de son voisin, l'empereur germanique, toujours soucieux d'imposer sa suzeraineté sur cette partie de l'Italie centrale. Les possessions de la jeune femme font tampon entre l'Empire au nord et les États balbutiants du pape au sud. Durant l'hiver 1077, alors que ces lieux sont balayés par un vent glacial, va se jouer à Canossa l'un des épisodes les plus notables de l'histoire médiévale. La rencontre cruciale a lieu devant l'immense forteresse. Tout commence le 28 janvier de cette année-là. À l'intérieur de Canossa, la propriétaire des lieux, la comtesse Mathilde, l'abbé Hugues de Cluny, célèbre dans toute la chrétienté pour le formidable renouveau monastique qu'il a su inspirer dans le royaume des Francs, et le pape Grégoire VII qui n'est pas venu là par hasard. Un lien étroit le lie à Mathilde... À l'extérieur des murailles, pieds nus, en costume de simple pénitent, le puissant empereur germanique, Henri IV, de la maison de Franconie, celle d'Henri l'Oiseleur et des trois Otton. Pendant trois jours, l'héritier lointain de l'empire de Charlemagne espère, les pieds dans la neige, que le pape daignera le recevoir. Repentant, humble, le grand empereur attend, en bas des murs fortifiés de Canossa, que le souverain pontife lève l'excommunication dont il est frappé. Grégoire VII acceptera-t-il de lui ouvrir les portes du château fort ?

Cet épisode fameux, qui est encore très présent dans la vie quotidienne des habitants de cette petite région de l'Émilie[1], se rattache à l'immense et éprouvante querelle dite « des Investitures », cauchemar de générations d'érudits. On renoncerait volontiers à en dire le moindre mot si cet épisode n'était déterminant pour mieux saisir l'essor d'une des dernières puissances spirituelles du monde occidental, j'entends, bien entendu, la papauté. Quand nous avons laissé l'héritier de saint Pierre à Rome, aux prises avec les Barbares de toutes sortes, force est d'admettre qu'il n'avait pas encore beaucoup de pouvoir, non seulement sur le plan temporel (il n'a pas de possession territoriale), mais même sur le plan spirituel. Sa primauté est remise en cause par le siège de Constantinople et, en Italie, certains évêques de grand prestige, comme celui de Milan, avec Ambroise, ont pu aussi lui faire de l'ombre. Ce n'est qu'à la suite d'une longue, patiente et chaotique histoire que les évêques de Rome, prenant le nom de pape, vont pouvoir s'imposer sur tout le clergé puis, à l'époque de Grégoire VII, rivaliser avec l'empereur le plus puissant d'Occident.

Les Francs, c'est-à-dire nos rois carolingiens (Pépin puis Charlemagne), ont joué un rôle essentiel dans cette histoire. C'est de là que leurs descendants tirent leur nom de *Très Chrétien* et que la France sera regardée jusqu'à la révolution de 1789 comme « la fille aînée de l'Église ». Que s'est-il passé alors à Rome en ces temps barbares ? Après le retour des Byzantins, les invasions lombardes du VIe siècle plongent l'Italie dans une longue période d'anarchie. Comme ils ont débarqué tardivement de leurs repaires danubiens, les Lombards n'ont pas eu le temps de se « frotter » à la civilisation romaine, à l'inverse des peuples goths d'Alaric ou de Théodoric. Ces Lombards sont donc de vrais « Barbares », comme on les imagine, ne connaissant que le fer et le feu, incapables de faire même régner l'unité en leur sein. L'Italie se trouve donc partagée entre ces chefs de bande sanguinaires et les fonctionnaires de Byzance qui ont pour seuls soucis de ponctionner le plus d'impôts pour l'empereur de Constantinople. Bref, pris entre la peste et le choléra, les « vieux Romains » se rapprochent de la seule autorité locale qu'il leur reste, à savoir les évêques, et en particulier de l'évêque de Rome qui va alors s'illustrer.

À la fin du VIe siècle, le siège de Pierre est occupé par une figure marquante, issue d'une vieille famille de patriciens romains, Grégoire, dit le Grand, qui va donner à la papauté un élan décisif. Il réussit (moyennant un tribut) à sauver Rome en 590 des assauts des Lombards. C'est le début d'un grand prestige de la papauté en Occident, d'autant que Grégoire s'intéressera aussi à asseoir sa légitimité morale, en cultivant les arts et les lettres, en refondant la liturgie, la musique (chant grégorien), etc. Il tentera même de convertir les Lombards, ariens, au catholicisme, par le biais de la reine Théodoline qui, de sa cour lombarde de Pavie, entretenait une correspondance avec lui. C'est à partir du pontificat de Grégoire le Grand que la papauté va prendre aussi l'habitude d'assumer la gestion de la ville de Rome, théoriquement sous la souveraineté de l'empereur byzantin, possesseur du duché de Rome, mais qui, dans les faits, l'a laissé sans pouvoir civil, à la bonne volonté des successeurs de Pierre. Au milieu du VIIIe siècle, ces derniers se trouvent à nouveau dans une situation difficile. Ils sont en délicatesse avec l'empereur d'Orient en raison de la *Querelle des images*, alors que les Lombards, un temps assagis, renouent avec leur politique agressive. Ils menacent à nouveau Rome.

La papauté a besoin d'alliés. C'est alors qu'elle se tourne vers le lointain royaume des Francs. Après une période d'effacement, sous les Mérovingiens, ces Francs disposent, grâce à un maire du palais énergique, Charles Martel, d'une armée puissante qui vient de vaincre les Arabes à Poitiers (732). Un troc se combine entre Pépin, héritier de Charles Martel et désireux de s'emparer de la couronne mérovingienne, et les papes. Pour sa défense, Rome accepte de légitimer l'usurpation de Pépin. En 754, le pape Étienne II se rend à Saint-Denis pour sacrer Pépin le Bref roi des Francs et *patrice* des Romains, renvoyant dans une abbaye le dernier des Mérovingiens, pourtant roi légitime et catholique depuis Clovis ! Il faut parfois faire des sacrifices. En échange de ce putsch légalisé, le nouveau roi part en Italie libérer le pape des Lombards. C'est une partie de campagne pour les troupes de Pépin et de son fils Charlemagne. Après la mort de Pépin, Charlemagne entrera même à Pavie pour ceindre « la couronne de fer », prenant désormais le nom de « roi des Francs et des Lombards ».

Mais la papauté ne veut pas seulement se débarrasser des Lombards. Elle demande aussi à Pépin qu'on lui « restitue » les territoires conquis, y compris l'exarchat de Ravenne (possession de Byzance). Mais « restituer » quoi ? Le pape ne possède rien en propre. C'est alors, pour appuyer cette étonnante requête, qu'il produit, à la grande surprise des Francs, un vieux parchemin, la *Donation de Constantin*, selon lequel l'empereur Constantin, avant de partir en Orient dans les années 310, aurait « donné » au pape Sylvestre Ier Rome et l'Italie. Impressionné, Charlemagne reconnaîtra alors au pape une « souveraineté » (laissons aux spécialistes le soin de discuter si elle était pleine ou non) sur « le patrimoine de saint Pierre ». Ainsi allait se constituer l'embryon des futurs États du pape. Or, ce document constitue l'un des plus grands « faux » de toute l'histoire occidentale. La donation a longtemps été tenue pour vraie, même si, dès le Xe siècle, certains empereurs germaniques, comme Otton III, en ont contesté la véracité. Mais ils ne pourront jamais en apporter la preuve. Les clercs utilisaient en effet une minuscule caroline qui leur permettait d'écrire sur des documents mérovingiens, voire plus anciens, archivés au Vatican, donnant à leur travail toutes les apparences de l'authenticité. Ce n'est pas le seul faux qui soit sorti alors des mystérieux *scriptoria* des officines pontificales[2]. Il faudra attendre 1440 pour que l'érudit Lorenzo Valla en démontre toutes les incohérences (de style et de faits), établissant ainsi pour la première fois, et avec humour, les règles qui serviront ensuite de base à la « science historique ». Il faut rendre hommage au pape humaniste, Nicolas V, qui, loin de pourchasser Valla pour ce travail, fut ébloui par son savoir et le nomma alors secrétaire apostolique !

Il est vrai qu'entre-temps l'Église n'avait plus besoin de ce genre de faux pour exister. A l'époque de Pépin et de son fils, Charlemagne, le pape n'était en revanche sûr de rien. C'est pour avoir l'appui définitif des Francs que, lors de la messe du 25 décembre 800, en cette nuit de Noël, le modeste pape Léon III, contesté par l'aristocratie romaine des Crescenzi et des Tusculani (qui se partageaient alors le trône de Pierre), pose la couronne impériale sur la tête du roi des Francs, le faisant fondateur d'un nouvel Empire chrétien *(imperium christianum)*. Il est cocasse de souligner que ce sont les descendants de ces empereurs établis par le pontife Léon III qui vont créer tant de souci aux successeurs du pape. Car l'empire de Charlemagne ne va pas durer longtemps. Ses trois petits-fils se le partagent en 843, lors du fameux traité de Verdun, regardé comme le fondement historique de l'Europe actuelle. Tandis que Louis le Germanique prend la *Francia Orientalis* (la future Allemagne), Charles le Chauve hérite de la *Francia Occidentalis* (la future France), l'Italie passe à Lothaire qui hérite également de la couronne impériale. Mais le pape, fort de sa fameuse *Donation*, revendique l'Italie.

Dès lors, des querelles de préséance, de plus en plus violentes, ne vont cesser d'opposer les différents titulaires de l'empire romain germanique (comme on l'appelle désormais) et les papes, affaiblis par la dégradation des mœurs[3], la simonie (trafic des bénéfices) et le nicolaïsme (mariage des prêtres). Jusqu'à ce qu'éclate la crise fatidique, sous le pontificat d'Hildebrand, devenu Grégoire VII, un ancien moine clunisien né vers 1020 en Toscane, d'origine modeste, mais proche, voire très proche de la comtesse Mathilde. Lorsque Grégoire VII accède au pontificat, le nouvel empereur germanique, Henri IV, a vingt-trois ans et il n'entend pas céder au pape. Il décide de nommer à sa guise les titulaires des évêchés vacants d'Allemagne et d'Italie, y plaçant certains de ses meilleurs soldats. Le pape menace alors de l'excommunier. Qu'importe, Henri IV répond en convoquant un concile d'évêques allemands, à Worms, qui dépose Grégoire VII. Celui-ci l'excommunie aussitôt et surtout délie ses sujets du serment de fidélité qu'ils avaient prononcé envers lui. Aussitôt Rodolphe de Souabe prend la tête d'une conspiration de féodaux et brigue la couronne impériale. Alors Henri IV se voit contraint d'aller demander au pape l'absolution.

Voilà pourquoi l'empereur se retrouve, en ce mois de janvier 1077, les pieds nus dans la neige, en train de faire les cent pas devant la forteresse de Canossa, attendant que, finalement, Grégoire VII accepte de le recevoir et de le pardonner, permettant ainsi d'officialiser la distinction essentielle (et propre au christianisme) entre le spirituel et le temporel[4]. Le pape a-t-il fixé la rencontre dans ce château par hasard ? Pourquoi chez Mathilde plutôt que dans ses nouvelles possessions romaines ? Les avis divergent. Selon certains, ce serait chez son amante que le pape aurait donné rendez-vous à l'empereur. Il est vrai que le mari défunt de Mathilde (mort en 1076, un an avant la rencontre) l'a accusée à plusieurs reprises, et publiquement, de le tromper avec le pape Grégoire VII. Mais peut-on faire confiance, en ce domaine, à un homme qui s'appelle Godefroi le Bossu ? La version pontificale est différente : elle insiste au contraire sur le caractère virginal de la comtesse qui s'attacha certes à la personne de Grégoire VII, le suivit partout et l'entoura jusqu'à la mort de ses soins pressants, mais parce qu'elle était une ardente chrétienne. Ainsi dispose-t-elle d'une fort belle statue de marbre, signée du Bernin, dans l'église Saint-Pierre de Rome. Et Michel-Ange prétendra que sa famille, les Buonarotti, descendent de Mathilde de Canossa[5]. Belle légende. Il est vrai, ironisera Voltaire dans son *Dictionnaire philosophique*, que la comtesse, n'ayant pas d'héritier, avait, à sa mort, donné à la papauté toutes ses immenses possessions (la Toscane, Modène, Reggio, et d'autres villes du Nord, Mantoue, Ferrare, Crémone), permettant ainsi aux successeurs de Grégoire VII de consolider ce qu'on allait désormais appeler les « États de l'Église ».

Mais ce combat victorieux que la Papauté a emporté contre l'Empire, alors la première puissance de l'Occident, elle ne réussit étrangement pas à le renouveler contre une forme de religiosité populaire qui s'était amplement développée autour de l'an Mil, en réaction contre la peur, la violence et l'insécurité de ces temps.

Chapitre X

Par les saints, le sang et les serpents…

La région des Abruzzes est restée une des plus sauvages d'Italie ; elle ressemble par certains traits à nos montagnes d'Auvergne, avec de vieux bourgs médiévaux, encore intacts, dominés par leurs églises romanes, et leurs châteaux forts perchés sur des crêtes neigeuses[1]. Aux confins des paysages sauvages du parc national des Abruzzes, Cocullo est un petit village de trois cents âmes, en dehors de tous les circuits touristiques, comme abandonné, à 900 mètres d'altitude, dans la haute vallée du Sagittaire. Rien n'y attire le visiteur, ni la tour encore debout de l'ancien château fort des Piccolomini, ni son église médiévale, construite sur un ancien temple romain. C'est une petite place forte encore intacte, comme il y en a tant d'autres dans cette région, un village désert joliment accroché à un massif rocheux, pour se protéger des brigands et des bandes armées qui ont longtemps infesté les environs. Mais tous les premiers jeudis du mois de mai, une foule intense se presse dans les ruelles du bourg. Ils viennent de toute l'Italie assister à une procession aujourd'hui célèbre, la procession *dei Serpari*.

Il n'est meilleur exemple de cette religiosité obscure que cette cérémonie de Cocullo. Pendant une journée, les habitants portent la statue en bois polychrome de leur saint,

Dominique, tout autour du village, sur un pavois rempli de serpents, qui s'enroulent autour du corps et de la tête du saint patron. D'autres pèlerins avancent seuls, un reptile à la main, ou enroulé autour du cou et, pendant plusieurs heures, sous le regard bienveillant des carabiniers en grande tenue, la procession et ses serpents avancent au pas lent jusqu'au petit pont pour revenir ensuite replacer sagement la statue dans l'église Santa Maria, où elle repose le reste de l'année. Cette procession renvoie à une croyance des âges les plus reculés de l'humanité, bien avant le christianisme. Il existait alors dans ces montagnes infestées de serpents une déesse antique, qui prit le nom latin d'Angizia (en latin, *angius*, serpent), divinité locale dotée de pouvoirs thérapeutiques, à laquelle les tribus païennes avaient l'habitude de porter des offrandes pour se protéger des morsures. Quand le paganisme fut interdit par Théodose Ier, à la fin du IVe siècle, le culte d'Angizia continua à se pratiquer discrètement. Car le christianisme fut longtemps regardé comme une croyance de citadins, de lettrés, on dirait aujourd'hui d'intellectuels. Même en ville, il s'en est fallu de peu pour qu'il soit concurrencé par le culte de Mithra qui aurait pu, comme disait Renan, devenir le culte officiel. Comment s'étonner que les bons paysans italiques soient restés pendant plusieurs siècles attachés à leurs vieilles croyances ! Le phénomène est si notable que le nom « païen » dérive du terme « paganus », qui signifie en latin rural. Car c'est surtout à la campagne, plus qu'à la ville, que les esprits ont étrangement (si on songe à la suite) su résister au christianisme.

Au Xe siècle, la religion chrétienne finit quand même par évincer définitivement les cultes païens qui n'ont plus ni desservants, ni temple pour entretenir le souvenir. Mais cette éviction n'est que de surface. Les ruraux s'attachent surtout à ce qu'il y a de moins essentiel dans la nouvelle religion, et qui ne les dépayse pas trop de l'ancienne : l'importance extrême donnée à une liturgie extérieure, la profusion de miracles, le culte des saints protecteurs, etc. Il suffit de remplacer la divinité antique par un saint local, sous le regard bienveillant du clergé.

À Cocullo, vivait dans la région, à cette époque sombre de l'an Mil, quand Mathilde se battait pour Grégoire VII à Canossa, un moine bénédictin très pauvre du nom de Dominique, né à Foligno et mort en 1031 à Sora. Il habitait dans une grotte, isolé de tous, à l'image du grand saint Benoît qui avait commencé sa retraite à Subiaco dans le Latium, avant de fonder son monastère du Mont Cassin[2]. Et on disait que Dominique guérissait les malades. Le bruit se répandit vite qu'il portait notamment secours aux paysans mordus par les vipères. Ainsi prit naissance le culte de ce saint des Abruzzes. On le porte en procession chaque premier jeudi de mai, au milieu des serpents, comme on faisait jadis offrande de reptiles à la déesse Angizia. À la fin du mois de mars, les hommes de Cocullo, avec un très grand savoir ancestral, se déploient dans la montagne, en soulevant les pierres à la recherche des serpents. La technique est savante : il faut pratiquer cette chasse particulière avec un chapeau. En bougeant la pierre, où se cache le reptile, on tend le chapeau pour qu'il se précipite dessus. Alors le paysan retire son couvre-chef d'un coup sec et doit capturer l'animal à la hauteur du cou, en l'étouffant suffisamment pour qu'il ne soit pas dangereux lors de la procession, mais pas trop non plus pour qu'il puisse avoir quelque vie. À la fin de la journée, on tuait jadis derrière l'église tous les serpents capturés, preuve de la persistance de l'ancien esprit païen de l'offrande. Aujourd'hui, on se contente de les relâcher dans la nature. C'est que, après avoir longtemps conservé intacte toute sa rugueuse authenticité paysanne, la procession de

Cocullo est devenue célèbre dans la région. Le petit bourg accueille le visiteur avec cette fière pancarte : « Le pays des serpents. » Aussi la procession a-t-elle perdu, avec cette publicité, un peu du frisson qu'elle avait voilà encore une trentaine d'années, où elle se pratiquait toujours, dit-on, avec de vraies vipères[3]. Désormais, pour éviter les drames, ce sont, selon cet habitant du village d'à côté, de grosses couleuvres, impressionnantes mais inoffensives, qui ont pris la place des vipères mortelles.

Si Cocullo est sorti de l'anonymat pour cette procession étrange, on ne compte pas en Italie du Nord, et plus encore du Sud, terre exubérante, fervente, colorée, les villages dont les cérémonies religieuses sont plus qu'insolites. Elles mettent en scène des saints étranges, à califourchon sur des chevaux ou en bateaux, des animaux, des fleurs, des arbres, toute autres sortes de produits naturels, même des tartines de miel, comme celles qu'on consacre, à Quartu Sant'Elena, en Sardaigne, au culte de sainte Hélène, etc. Évoquer toutes ces manifestations syncrétiques, qui témoignent souvent de la persistance d'un vieux fonds de paganisme dans cette ancienne terre latine, serait un catalogue assommant. D'ailleurs, au nord de l'Europe, et la France fait, en ce domaine, partie du bloc « protestant », l'Italie ou l'Espagne sont regardées avec amusement pour leur latinité excessive. Il y a certes deux poids et deux mesures. Le monde entier tolère, voire s'incline devant le Saint Suaire de Turin, quand bien même les analyses au carbone 14 ont établi voilà vingt ans que le linceul qu'il contient, imprimant la figure du Christ martyr, ne date que du XIIIe ou du XIVe siècle, compliquant sérieusement la tâche de ceux qui veulent y voir le linge qui aurait servi à envelopper Jésus après la crucifixion. Mais, étrangement, en ce cas précis, peut-être parce que la relique est d'une grande force d'expression, la légende est tolérée, voire consacrée[4].

Mais qu'on se mette à évoquer la *manne* de saint Nicolas de Bari, ces ossements du saint d'où s'échappe de temps à autre un liquide mystérieux, source de grande ferveur populaire, et le visiteur se reprend à sourire.

Dans l'imaginaire nordique, l'Italie, surtout celle du sud, c'est le pays du pape, du Sacré Collège, des docteurs de l'Église ; mais aussi des processions hystériques, des croyances superstitieuses, des alchimistes, de l'occultisme ; on songe aussitôt à l'entourage sulfureux de Catherine de Médicis, qui généralisa l'usage du poison à la cour de France, ou à Cagliostro, le célèbre charlatan du XVIIIe siècle qui réussit grâce à ses dons de mage à vivre grand train au frais d'une Europe des princes qu'on disait pourtant à l'époque « éclairés »[5]. Notons cependant que l'Italie n'est pas l'Espagne. Celle-là a donné saint Dominique, Domingo de Guzmân, le fondateur de l'ordre des Dominicains, qui s'illustrèrent au Moyen Âge par l'Inquisition, la torture et l'intolérance au nom de la foi. L'Italie est plutôt le pays de la foi douce, celle d'un saint François, le *Poverello* d'Assise, esprit allègre, plein de cet amour du message originel, le saint qui se dépouilla de tous ses biens, qui se débattait courageusement avec ses pulsions sexuelles, qui parlait aux oiseaux et qui suscita la vocation de sainte Claire... Son sourire, ses chants et son amour de la vie seraient plutôt de nature à réconcilier avec la foi les non-croyants même les plus inattendus. « Vive François d'Assise, patron des anarchistes », put lire, un jour de Mai 68, près d'une barricade Julien Green, l'auteur de *Frère François*. Tous les lecteurs du *Nom de la Rose* savent que certains disciples du saint ont confondu son message de pauvreté avec un appel à la révolte, s'appliquant à dépouiller les riches, au lieu de *se* dépouiller eux-mêmes. Nul doute, cependant, que cette religiosité à *l'italienne* soit plus douce, plus proche de l'esprit du temps, tout au moins le nôtre, que celle du Grand

Inquisiteur d'Espagne. Cette opposition saint Dominique/ saint François, le fondateur des frères prêcheurs et celui des frères mineurs, n'a rien d'anecdotique ; elle traduit un « esprit général » propre à chaque nation ; comme le dit Dominique Fernandez, les élites italiennes se défoulent à l'Opéra, tandis que celles d'Espagne vont à la corrida[6]. Le chant ou le sang.

L'Italie ayant cependant été occupée par l'Espagne à partir du XVIe siècle, pendant un long siècle, certaines de ses manifestations religieuses ont pris un peu des traits tragiques du maître ibérique. Deux des plus marquantes processions, parmi toutes celles que j'ai pu voir, suffiront pour traduire la persistance de cet esprit, à la fois fascinant et surprenant, de religiosité extrême. Tarente est le grand port des Pouilles qui donne sur la mer Ionienne, tout en bas de la Péninsule. Fondée par les austères Spartiates, elle constitue un des principaux centres oubliés de cette Grande Grèce continentale, avec *Metapontum* qui n'est pas loin. Partageant la « petite mer » *(mar piccolo)* de la « grande mer » *(mar grande)*, la vieille ville est une île étonnante, pleine de souvenirs antiques et baroques, perdue au cœur de la cité industrielle. Chaque année, durant la semaine sainte, deux processions, celle de la Vierge Douloureuse *(vergine addolorata)* et des mystères *(misteri)*, réveillent la ville assoupie. Elles remontent à l'époque de la domination espagnole (XVIIe siècle) ; celle du vendredi saint est la plus lente et la plus épuisante des processions italiennes. Pendant quatorze heures de suite, de cinq heures du soir à sept heures du matin, des hommes encagoulés, dont on ne voit que les yeux, comme à Séville, portent, pieds nus sur l'asphalte, huit lourdes statues de bois polychromes tout autour de la ville, au son de la *troccola*, un instrument de bois et de fer qui fait un bruit sec, évoquant les grincements de l'enfer. Le *troccolatore* ouvre cette procession inquiétante et fixe le pas des pénitents qui avancent derrière une croix géante, munie de tous les instruments barbares de la *Passion* (fouet, couronne d'épines, clous, tenailles, marteau, etc.), chacun glissant et se balançant de gauche à droite, sans paraître avancer, comme s'ils faisaient du surplace. C'est la seule manière pour supporter cette nuit entière de supplice. Car les statues, représentant des figures du chemin de croix (la flagellation, la chute, la crucifixion, le Christ mort, la Vierge douloureuse, etc.), sont très lourdes. Il faut quatre porteurs par statue et quatre hommes à leur côté, avec une fourche, pour leur permettre de se reposer par instant. « *Furcé* », entend-on parfois, ce qui, en dialecte tarentais signifie *forcella* (fourche). Et la statue s'immobilise quelques instants. « *Inguèdda* » et elle repart, portée par ces hommes encagoulés dont les pieds ne tardent pas à rougir de douleur, tandis que le poids du bois polychrome laboure leurs épaules.

Les pénitents revivent ainsi la tragédie du Christ portant la Croix. Au bout de quatorze heures, dans une ville presque déserte, ces pénitents anonymes sous leur cagoule (qu'on appelle *perdune* en tarentais) arrivent enfin à l'aube à l'église de la Madone du Carmel. Ils mettront plusieurs jours à s'en remettre. Mais pourquoi des hommes, encore aujourd'hui, s'infligent-ils un tel supplice ? Jacques Chegaray, dans son récit de voyage, s'enthousiasme à propos de ces pénitents anonymes, cachés par une cagoule qui leur « évite toute tentation d'exhibition. C'est la pénitence totale et austère dans son intégralité. Elle atteint le corps et l'esprit à la fois et conduit parfois le pénitent jusqu'au bord de l'épuisement physique », écrit-il[7]. La vérité est hélas un peu moins glorieuse. Les *perdune* appartiennent à une confrérie, les *fratelli del Carmine*, et ils ont acheté aux enchères un mois avant le droit de porter les statues. Ce privilège sanglant est très recherché, encore aujourd'hui, à Tarente ; certaines places peuvent se vendre jusqu'à 50 000 euros ! Mais il n'y a aucun anonymat, comme le croit notre témoin français. Les noms de ceux qui ont emporté les enchères sont publiés dans le journal et chacun des bénéficiaires en tire une grande fierté car elle témoigne de leur foi et... de leur richesse. La rumeur court même à Tarente que les plus acharnés à vouloir porter le Christ sont les *malavitosi*, les gens de la pègre locale, qui peuvent ainsi faire d'une pierre deux coups : racheter leurs péchés, tout en démontrant aux autres leur richesse !

À Naples, la foi dans le miracle de *San Gennaro* (saint Janvier) ne se dément pas, elle non plus, même si le privilège de toucher l'ampoule du saint est réservé aux grands personnages, notamment aux familles royales napolitaines, et non à la pègre du port. Familles royales au pluriel, car plusieurs dynasties se partagent en effet ce droit, Naples ayant été dans les deux derniers siècles, successivement gouvernée par les Bourbons jusqu'en 1860, puis les Savoie et, un court instant, les Murat ; ce sont peut-être ceux-là qui y ont laissé le meilleur souvenir[8]. Je me souviens d'un déjeuner de la Fondation Napoléon, à Paris, où l'actuel prince Murat, descendant du roi de Naples, évoquait avec émotion ce privilège d'avoir touché l'ampoule fameuse de *San Gennaro*. Car on a beau être prévenu, ce genre d'expression extérieure de la foi ne cesse d'intriguer. Les Évangiles eux-mêmes évoquent les miracles du Christ ; cette crédulité n'est pas seulement populaire et païenne. Tout dépend de ce qu'on fait dire à certains signes. Ainsi, chaque 19 septembre (mais aussi le samedi précédant le premier dimanche de mai), la capitale du Sud entre en ébullition. Depuis 1389, les regards des Napolitains sont tournés vers l'ampoule contenant le sang coagulé de saint Janvier. Celui-ci fut décapité en 305, à la suite de la dernière grande persécution des chrétiens ordonnée par l'empereur Dioclétien. Il existe toute une littérature sur la mort de Janvier, descendant d'une noble famille romaine, qui devint évêque de Bénévent, en Campanie[9]. Jeté aux bêtes fauves, Janvier n'aurait pas été touché par les lions qui se seraient même prosternés devant lui *(sic)*. Le proconsul ordonna alors qu'on lui tranche la tête avec une hache. Son sang aurait été pieusement recueilli à la nuit tombée par une nourrice qui en aurait conservé une partie dans deux fioles, dont l'une est celle qu'on peut admirer dans la chapelle de San Gennaro (le contenu de l'autre a été emporté par le roi Charles III de Bourbon, au XVIIIe siècle, lorsqu'il fut appelé à monter sur le trône d'Espagne).

Ce sang va-t-il se liquéfier ? Certains Napolitains sont convaincus que s'il ne coule pas, de nombreux malheurs vont s'abattre sur la ville. Là réside évidemment la superstition. Mais elle a des semblants de preuve. En mai 1944, le sang ne s'est pas liquéfié et la région a été victime d'une éruption terrible du Vésuve. Il ne faut pas oublier qu'outre la peste, les épidémies de choléra et les guerres, aujourd'hui passées (espérons-le), Naples est situé dans une zone de faille et reste toujours sous la menace d'un tremblement de terre, comme en 1980, ou d'une catastrophe volcanique[10]. Aussi prend-on l'événement très au sérieux. Le 19 septembre, la procession part du Duomo, vers cinq heures de l'après-midi, et se rend à l'église Sainte-Claire où doit se produire le miracle. Qui assiste à la cérémonie peut avoir la chance de s'en rendre compte : le sang se liquéfie bel et bien. D'abord rigide comme la pierre et semblable à du marc de café, il se transforme tout à coup, dans la petite boule (l'ampoule), en liquide rougeâtre. Mais il arrive qu'il tarde. Alors le peuple s'impatiente, s'adresse au saint, le supplie puis l'invective. Dans *Naples 44*, très beau témoignage sur la Naples populaire, l'officier américain, Norman Lewis, qui a assisté à la messe où le sang ne s'est pas liquéfié, témoigne :

« On aurait dit une foule électrisée par la perspective de la défaite à l'entrée d'un stade[11]. » Et le baron d'Haussez, au XIXe siècle, note « l'assistance s'inquiétant du regard, murmurant, grondant, injuriant le saint, menaçant de jeter sa relique à la mer si le miracle ne se faisait pas ; et enfin le miracle s'opérant, les acclamations de la foule en extase ».

Quant au phénomène en lui-même, force est d'admettre que personne n'est vraiment parvenu à l'expliquer jusqu'à nos jours. Les plus grands scientifiques ont tenté de donner une explication « naturelle » à cette liquéfaction. D'abord, on a douté que ce soit du sang mais des analyses spectroscopiques (on ne peut pas ouvrir l'ampoule) de 1902 ont bien fait apparaître qu'il s'agit d'hémoglobine. Puis on a pensé que cette liquéfaction s'expliquerait en raison des cierges qu'on allume à l'occasion de la fête, ou tout simplement à cause de la chaleur de la foule. Pourtant, le sang coagulé ne redevient « normalement » jamais liquide par le réchauffement. Chauffer du sang solidifié le durcit au contraire et ne le liquéfie pas. Je passe sous silence les centaines d'explications les plus ésotériques, comme celle envisageant que le sang du saint ne serait pas celui d'un mort mais un sang « endormi » qui se réveille de temps en temps… Le mystère de saint Janvier déjoue toutes les analyses rationnelles et irrationnelles. Voltaire détestait cette cérémonie, estimant que le clergé de Naples ferait mieux de « faire bouillir la marmite » des « dix mille gueux » impressionnés, plutôt « que de faire bouillir le sang d'un saint pour les amuser ». Mais Voltaire se trompait. Aujourd'hui, tout le monde mange à peu près à sa faim à Naples. Le culte de saint Janvier reste pourtant bien vivant. Il se dit même que l'ancienne procession de la Madona di Piedigrotta est en train de renaître de ses cendres, après 50 ans de sommeil… La foi échappe au calcul rationnel.

CHAPITRE XI

Rome n'est plus dans Rome

« Le pape, combien de divisions ? » Si Staline a vraiment prononcé ce mot, comme le prétendait Laval, c'est une des plus grandes idioties du matérialisme historique. En ce domaine, le stalinisme semble avoir été encore plus aveugle que l'utilitarisme marchand. N'est-il pas singulier de constater que le prestige de la papauté s'est accru à mesure qu'elle perdait son territoire temporel ? En 1870, au concile de Vatican I, alors que l'armée piémontaise envahissait ses États, le pape réussit à faire reconnaître son infaillibilité, chose qui aurait été inconcevable, même dans le siècle précédent. Il suffit de lire les missives de Louis XV, via son ministre Choiseul, au successeur du trône de Pierre. Elles montrent que le Très Chrétien traitait le souverain pontife de l'époque avec la désinvolture d'un seigneur pour son valet. Napoléon fera de même en capturant Pie VII à Fontainebleau. Le Bourbon et le Bonaparte avaient un devancier célèbre en la personne de Philippe le Bel. La plus terrible offense qui ait jamais été faite à un pape par un souverain français fut celle, infligée par les hommes de main de ce monarque. Elle rappelle qu'en ce Moyen Âge les rois, comme Staline, traitaient moins bien les papes que les chefs d'État.

L'attentat d'Anagni, en 1303, est resté dans les mémoires des spécialistes de l'Église comme cette expression d'un gallicanisme agressif. L'événement dit peu aujourd'hui au grand public français. C'est dommage car le souvenir de ce geste permet de se rendre dans la jolie cité médiévale d'Anagni. La petite ville appartient à ces lieux magnifiques du Latium, chargés d'histoire, qu'un tourisme pressé néglige bêtement pour courir en Toscane ou sur la côte amalfitaine. Le Latium est trop près de Rome ; l'*Urbs* attire le touriste comme un aimant et l'empêche de découvrir cette campagne romaine qui charmait tant Stendhal : « Admirable solitude de la campagne romaine ; effet étrange des ruines au milieu de ce silence immense. Comment décrire une telle sensation ? » Aujourd'hui encore, en certains endroits, à l'extérieur du Mur Aurélien, près de la via Appia, vers Cinecittà, l'EUR ou Bel Poggio, on peut voir, au milieu d'un paysage de *borgate* (banlieues), des échappées sauvages, comme abandonnées, traversées par ce Tibre injustement ignoré[1], coupées de longs fragments d'aqueducs, restes épars d'une splendeur passée, paysage triste que Stendhal considérait comme « la plus sublime des tragédies ». En allant plus loin et en prenant l'ancienne via Valeria, à l'est de Rome, qui mène à Tivoli puis à Palestrina, on arrive à ces lieux isolés, propres à la plus parfaite méditation comme Subiaco. En redescendant ensuite au sud, avant les superbes et étranges jardins aménagés dans le village désert de Ninfa, on tombe sur la petite ville d'Anagni. La cité médiévale a encore gardé tout son charme ancien, et certains de ses beaux palais.

C'est là qu'à l'aube du 7 septembre 1303, une troupe armée, guidée par l'envoyé de Philippe le Bel, Guillaume de Nogaret, et son comparse romain, le cruel Sciarra Colonna, pénètre en cachette dans la ville. Ces hommes se rendent à la hâte au palais du pape, Boniface VIII, personnage ombrageux, susceptible et vaniteux. On peut encore visiter ce palais, en contrebas de la belle cathédrale romane, et notamment la fameuse salle *dello Schiaffo* (de la gifle). La légende veut que Guillaume de Nogaret y aurait giflé le pape. Mais on a fini par obscurcir totalement la réalité des faits. Que s'est-il exactement passé ? La mission de l'envoyé de Philippe le Bel est simple : il doit capturer le pape et le conduire en France pour le soumettre au jugement d'un concile. Pourquoi ? Tout simplement parce que le roi a appris que le colérique Boniface VIII, rempli des vieilles théories de l'augustinisme politique (affirmant la supériorité des papes sur les rois), s'apprêtait à l'excommunier. Le roi de France avait osé ordonner des levées d'impôts sur le clergé de France. Comme l'empereur est affaibli, le roi capétien, dont les juristes commencent à dire qu'il est « empereur en son royaume », entend prendre sa place en Italie. Cela passe par la mise au pas de la papauté qui ne doit pas se permettre d'excommunier les rois pour un oui ou pour un non. Sciarra Colonna et les autres seigneurs du Latium qui l'accompagnent poursuivent eux des intentions plus sombres. Ils entendent tout simplement tuer le pape qui n'a cessé d'aider son clan, les Caetani, au détriment des autres grandes familles romaines, les princes Colonna notamment. D'ailleurs, dès leur arrivée dans la ville, les hommes de main de Colonna pillent et saccagent les palais des cardinaux du clan Caetani.

Voilà l'état d'esprit des assaillants quand ils pénètrent dans le palais. Le siège a duré plusieurs heures, il a fallu s'y reprendre à trois reprises. Lorsque les soldats arrivent, à l'heure des vêpres, dans sa chambre, le pape, habillé de ses habits pontificaux et coiffé de sa tiare, les attend seul sur son lit, tenant une croix à la main. Elle aurait été fabriquée avec le bois du Golgotha. Colonna veut le tuer mais les autres l'en empêchent. Nogaret se vantera plus tard d'avoir ainsi sauvé le pape. Contemporain des faits, Dante, dans *Le Purgatoire*, n'aura pas cette vision. La « Fleur de lis » est coupable au premier chef. Le pape a-t-il été giflé ? Selon les chroniqueurs français de l'époque, c'est Sciorra Colonna qui l'aurait giflé « de la main armée du gantelet ». Il l'a toujours nié. On ne le saura jamais. Car l'expédition tourne court. Les habitants d'Agnani profitent des tensions entre Nogaret et Colonna, l'un ne voulant qu'enlever le pape, l'autre persistant à vouloir le tuer, pour se révolter. Tout en admettant que le pape, alors fort impopulaire, « avait fait beaucoup de vilaines choses dans sa vie », les citadins ne veulent pas qu'on le tue à Anagni, craignant que ce sang ne jette sur eux les foudres de toute la chrétienté. Alors, le 9 septembre, au petit matin, ils courent en armes vers le palais du malheureux Boniface VIII, en criant « vive le pape, mort aux étrangers ». Le choc est sanglant, Nogaret est même blessé au cours de la lutte. Finalement, le pape est libéré à midi. Colonna doit s'enfuir, comme Guillaume de Nogaret, qui rentre piteusement à Paris. L'image de la France est gravement ternie. Mais personne ne sortira indemne de cette affaire. Boniface VIII meurt peu après, le 12 octobre 1303, « profondément triste parce qu'il sait qu'il ne peut se réfugier nulle part ailleurs qu'à Rome ; il a partout des ennemis », dit un témoin principal[2]. Des cardinaux adverses l'auraient empoisonné.

Une chose est à noter. Le pape ne veut pas retourner à Rome. Étrange. D'ailleurs, ce n'est pas au Latran, demeure historique des papes à l'époque, qu'il se réfugie, mais au Vatican, proche du château Saint-Ange et des palais des Orsini, ses « protecteurs ». Pourquoi cette méfiance vis-à-vis de Rome ? Tout simplement parce que depuis le XIIIe siècle, les papes ne séjournent plus dans la ville sainte ! Bien avant l'exil d'Avignon, en 1309 qui fera suite aux péripéties de Boniface VIII, les papes avaient déjà abandonné pratiquement la ville de saint Pierre depuis un siècle[3]. Ce point est souvent oublié. Mais c'est un fait d'importance : « depuis l'élection d'Innocent IV, à Anagni en 1243, six papes ne se sont pas même montrés une fois à Rome durant leur pontificat », rappelle Jean Favier[4]. Anagni pouvait être à l'époque qualifiée de « seconde Rome », car elle a été la ville natale de quatre papes, qui y ont vécu, Innocent III, Grégoire IX, Alexandre IV et Boniface VIII. Elle n'est pas la seule ville du Latium où les papes se sont alors réfugiés. Beaucoup ont séjourné à Viterbe, où ils ont bâti aussi un palais pontifical ; mais on trouve également des papes en Ombrie, dans les jolies villes d'Orvieto, Todi et Pérouse. Une occasion de visiter aujourd'hui ces villages de tuf perchés dans l'ancienne Étrurie, au-delà du lac de Bracciano, comme Tuscania, Civita di Bagnoregio, jadis abandonné, etc. C'est une magnifique plongée dans ce Moyen Âge pontifical si troublé. Pendant près d'un siècle, « Rome n'était déjà plus dans Rome ». Comme les Romains étaient d'ailleurs choqués par cet abandon de la tombe de Pierre au Vatican, les canonistes ont dû reprendre l'adage romain pour justifier cet exil : où est le pape, là est Rome. *Ubi est papa, ibi Roma*...

Mais que fuyaient les papes d'Anagni et de Viterbe ? Qu'était ce danger qui les tenait éloignés de la Ville Éternelle ? Comme beaucoup de cités italiennes, Rome était alors la proie de bandes rivales, armées par les puissantes familles aristocratiques, les Colonna, les Caetani, les Orsini. Si la plupart des cardinaux et les papes appartenaient à ces familles, ils étaient toujours à la merci d'une bande rivale. En outre, à partir du XIe siècle, Rome commença à manifester un nouvel état d'esprit républicain qui ne pouvait convenir au chef de l'Église universelle. Ce Moyen Âge est marqué en effet par plusieurs « révolutions » à Rome. C'est l'époque où les lettrés redécouvrent le modèle de la Rome des tribuns de la Plèbe, s'opposant aux deux modèles autocrates, celui des Augustes et celui des papes. La première « révolution », au XIe siècle, tente de rétablir l'institution sénatoriale, s'appuyant sur la querelle des Investitures qui affaiblissait pape et Empereur. Mais Grégoire VII sut reprendre en main la situation. La seconde révolution, de 1139 à 1155, est l'œuvre de l'hérétique Arnaud de Brescia. Ce prêtre sera le premier à dénoncer, bien avant Luther, les turpitudes du clergé. Après de multiples condamnations, Arnaud parvient en 1143 à chasser le pape qui doit se réfugier à Tivoli. Il installe dans la ville de saint Pierre une République sur le modèle de l'antique Rome. Mais, comme tous les puristes, il en fait trop. Non seulement il envisage de rétablir les consuls, l'ordre équestre (entre la noblesse et la plèbe) mais aussi de restaurer le tribunat de la plèbe pour défendre le pauvre peuple. L'aristocratie romaine se rapproche alors du pape qui réussit à son tour à conclure une trêve (brève) avec l'empereur Frédéric Barberousse pour se débarrasser de l'agitateur. Les barons de Campanie, où Brescia s'est réfugié, le livrent alors au pape qui le condamne à être brûlé vif en 1155.

À Rome, ce mouvement républicain sera toujours chaotique et impuissant, même à l'époque de l'exil des papes en Avignon. La place manque pour évoquer ici la dernière tentative républicaine de Cola di Rienzo. En mai 1347, ce notaire apostolique, d'origine populaire, tente d'établir par un coup d'État une nouvelle république à Rome. Il s'empare du Capitole mais, d'Avignon, le pape l'excommunie et le 15 décembre le peuple romain, pris en main par la noblesse, le renverse. Cola réussit à s'enfuir. Il réapparaît en 1354 à Avignon et convainc le pape de l'envoyer à Rome pour reconstruire les États du pape. Mais il établit un régime tyrannique, de sorte que, le 8 octobre, un groupe de nobles l'assassinera au pied du Capitole où il a aujourd'hui une statue[5]. Si cette « renaissance communale » échoue à Rome, elle réussit dans de nombreuses autres villes de l'Italie septentrionale. Beaucoup se réclament alors de l'exemple des républiques antiques.

Cette époque communale est particulièrement riche pour la Péninsule. Profitant de l'affaiblissement de l'empereur, qui a reconnu, dès le traité de Constance (1183), la liberté communale sur ses possessions italiennes, les villes du Nord connaissent un développement rapide, qui va durer du xe au XIIIe siècle. C'est d'Italie, on l'oublie trop souvent, que le mouvement d'émancipation bourgeoise a été lancé en Europe. Le grand penseur libéral Sismondi, auteur d'une monumentale *Histoire des Républiques italiennes*, a affirmé : « La liberté, à partir du xe siècle, a fait le tour de l'Europe, en commençant par l'Italie, puis les petites principautés d'Espagne, puis la Suisse [...], les Provinces-Unies au XVIe siècle, l'Angleterre au XVIIe siècle, et la France au XVIIIe siècle, la dernière après huit siècles d'une marche presque imperceptible[6] ». Si 1789 consacre ce mouvement, son impulsion première est née, ici, dans ces petites communes médiévales du nord et du centre de la Péninsule qui prennent leur indépendance du pape, de l'Empereur et des grands féodaux. Les villes ont su exploiter cette longue querelle des Investitures pour affirmer pleinement leur indépendance. L'Italie vit alors une parenthèse de prospérité, « un exemple à jamais mémorable, ajoute Sismondi, de républiques démocratiques où le peuple était réellement souverain[7] ».

Certes, dans ces communes, seul le *populo grosso* (bourgeois) peut gouverner avec les nobles, le *populo minuto* étant exclu des affaires. Mais, sur le modèle de l'antique république romaine, les villes se dotent de conseils de gouvernement, de podestats, et trouvent un accord rare entre nobles et bourgeois, une sorte de modèle de « gouvernement mixte », comme on l'enseignait depuis Aristote. Il permet le développement des cités italiennes, dont témoignent encore aujourd'hui la richesse architecturale des villes de Toscane, notamment Sienne, puis Florence, des Marches, de l'Émilie-Romagne, de Lombardie, etc. Quel contraste avec nos provinces françaises ! Les villes se dotent alors de monuments magnifiques qui ont tant impressionné les chevaliers français lors des guerres d'Italie. Car les édiles de l'époque avaient autant, sinon plus de goût que ceux de la Renaissance. Un décret pris à Sienne en 1297 déclare par exemple : « La beauté est le seul problème qui devrait préoccuper ceux qui se mêlent du gouvernement de la cité. » Un principe que devraient méditer en France ces maires qui ont doté les ronds-points extérieurs de leur ville de sculptures si ridicules... Ces cités italiennes ne se contentent pas d'esthétisme ; elles se montrent souvent tolérantes. Par exemple, l'hérésie cathare, célèbre dans le Languedoc, trouve refuge, après la sanglante croisade de saint Dominique et de Simon de Montfort, dans certaines villes de Lombardie ou de Toscane. À Crémone, à Vicence, à Cuneo, on trouve la trace de Cathares ayant pu fuir les persécutions du Languedoc. Se rendant compte que des « parfaits » ont infiltré certains gouvernements communaux, l'Église est obligée de réagir. Elle frappe d'interdit Florence en 1173, elle menace Viterbe de lui ôter son siège épiscopal... L'essor du commerce et de la banque permet à ces fières cités de tenir tête aux puissants de l'époque.

Mais cet équilibre précaire ne va pas durer longtemps car les luttes intestines entre les petits seigneurs et les notables vont, comme dans la Rome des papes, avoir raison de cette liberté communale. Très vite, le pouvoir va revenir partout aux grandes familles aristocratiques.

CHAPITRE XII

Les faux amants de Vérone

« Deux familles égales en noblesse, dans la belle Vérone où nous plaçons notre scène, sont entraînées par d'anciennes rancunes à des rixes nouvelles où le sang des citoyens souille la main des citoyens. Des entrailles prédestinées de ces deux ennemis a pris naissance, sous des étoiles contraires, un couple d'amoureux... » On connaît le célèbre prologue de *Roméo et Juliette* dans la traduction de François-Victor Hugo. La tragédie shakespearienne a pris pour cadre une petite ville italienne typique du début du XIVe siècle. Les luttes entre les successeurs de Grégoire VII et les Empereurs ont repris au XIIIe siècle jusqu'à l'élection de Rodolphe de Habsbourg sur le trône impérial, en 1273. Alors les prétentions de l'Empire en Italie cessent définitivement. Mais les haines que ces querelles ont soulevées, elles, se poursuivent bien au-delà du XIIIe siècle. Ces conflits vont profondément diviser l'Italie du Nord en deux camps. Chaque cité épouse un « parti » qui prendra des noms devenus célèbres. Ce sont parfois les « noirs » contre les « blancs », comme à Florence, ou le parti populaire contre le parti des nobles, ce qui n'est rien moins qu'une forme anticipée de la lutte des classes. Mais le plus souvent les partis opposés sont les *Guelfes* et les *Gibelins*. Jadis, les partisans du pape étaient appelés les *guelfes*, du nom de la famille des Welfs de Bavière, adversaires de l'Empire, tandis que les partisans de l'Empereur étaient les *gibelins*, du nom du château de Waibligen, propriété des Hohenstaufen en Souabe. *Guelfes* contre *Gibelins*. Ainsi Vérone, la cité de Roméo, est *gibeline*, comme Pavie, Padoue, Turin, tandis que d'autres cités de Lombardie se sont jadis associées contre l'empereur dans une ligue *guelfe* qui donne naissance à la première *Ligue lombarde*, non celle d'Umberto Bossi, mais du marquis Obizzo Malaspina, qui soutient le pape Alexandre III. Au sein de chaque ville, le parti minoritaire compte néanmoins des défenseurs, ce qui entraîne souvent entre familles *guelfes* et *gibelines* des rixes et des haines ancestrales, comme on en voit encore dans certains petits villages sardes ou siciliens.

Ces guerres ont donné naissance à la tragédie qui a immortalisé Vérone dans le monde entier. En 1301, dans l'espoir d'y surprendre la jolie Rosaline, Roméo Montaigu *(Romeo Montecchi)*, dont le père est à la tête du parti gibelin, se rend en cachette au bal masqué donné par les Capulet, en l'honneur de leur fille Juliette *(Giulietta Capuleti)* qui doit se marier avec le comte Pâris *(Paride)*. Mais, en apercevant une jeune fille qu'il ne connaît pas, Roméo est ébloui par sa beauté et il oublie sa Rosaline. « Mon cœur a-t-il aimé jusqu'ici ? Non ? Jurez-le mes yeux ! Car jusqu'à ce soir, je n'avais vu la vraie beauté » (I, 5). Roméo se rend auprès de la belle inconnue et lui déclare courtoisement sa flamme. Le coup de foudre est réciproque. Roméo supplie la belle de lui accorder un baiser.

« [...] chère sainte, que les lèvres fassent ce que font les mains. Elles te prient ; exauce-les de peur que leur foi ne se change en désespoir. »

La jeune fille acquiesce et Roméo l'embrasse à deux reprises. Juliette se retire et Roméo apprend de sa nourrice qu'elle est la propre fille de l'amphitryon. Une Capulet, la fille des seigneurs guelfes ennemis mortels de son père. Roméo est au désespoir. Juliette aussi car elle apprend à la fin de la soirée l'identité du jeune homme dont elle est tombée amoureuse. « Mon unique amour émane de mon unique haine. Je l'ai vu trop tôt sans le connaître et je l'ai connu trop tard. Il m'est né un prodigieux amour, puisque je dois aimer un ennemi exécré ! »

Mais comme le dit le Chœur qui entre alors en scène, « la passion leur donne la force, et le temps l'occasion de goûter ensemble d'ineffables joies dans d'ineffables transes ». À l'acte II, Roméo franchit, de nuit et en cachette, le haut mur du jardin des Capulet et s'approche sous la chambre de Juliette. Dans la célèbre *scène du balcon* (II, 2), il lui renouvelle son amour et elle le conforte dans ses sentiments.

> Roméo : Oh ! Vas-tu me laisser si peu satisfait ?
>
> Juliette : Quelle satisfaction peux-tu obtenir cette nuit ?
>
> Roméo : Le solennel échange de ton amour contre le mien.
>
> Juliette : Mon amour ! Je te l'ai donné avant que tu l'aies demandé. Et je voudrais pourtant qu'il fut encore à donner.
>
> Roméo : Voudrais-tu me le retirer ? Et pour quelle raison mon amour ?
>
> Juliette : Rien que pour être généreuse et pour te le donner encore…

Juliette et Roméo sont prêts à affronter leurs parents, Vérone et le monde entier. Fort de cet amour, Roméo se confie le lendemain à Frère Laurent, un moine habile, en espérant qu'il puisse lui venir en aide, notamment pour réconcilier les deux familles. Mais la situation se complique lorsque Tybald *(Tebaldio)*, cousin de Juliette, provoque Roméo en duel. Le jeune homme, plein d'une sympathie déjà « fraternelle », refuse le combat. Tebaldio insiste et c'est Mercutio, le confident et ami de Roméo, qui accepte de le remplacer. Tebaldio est plus fort et Mercutio est grièvement blessé ; il meurt en maudissant la querelle des deux familles. « Ce jour fera peser sur les jours à venir sa sombre fatalité : il commence le malheur, d'autres doivent l'achever », dit prophétiquement Roméo qui doit venger la mort de son ami. Il tue Tebaldio, ce qui oblige alors le prince de Vérone à le chasser de la ville. Roméo trouve refuge à Mantoue. On connaît alors les tristes vers qu'il prononce :

> « Il n'y a pas de monde hors des murs de Vérone, mais purgatoire, torture, enfer lui-même. Le banni d'ici c'est le banni du monde et l'exil du monde est la mort » (acte III, 3).

Ce n'est évidemment pas Vérone, ni le monde, qu'il pleure, mais Juliette. Celle-ci est désespérée. Son père, inquiet, n'a plus qu'une idée : hâter son mariage avec le comte Pâris. Il lui annonce que tout doit avoir lieu le lendemain, mais Juliette s'y refuse et se précipite chez Frère Laurent qui lui propose alors une solution : il suggère à la jeune fille de boire un philtre pouvant lui donner l'apparence de la mort pendant quarante-deux heures. La croyant morte, sa famille renoncera évidemment au projet de mariage ; Frère Laurent la fera enfermer dans le tombeau des Capulet et le moine viendra ensuite la rechercher avec Roméo ; ils pourront alors fuir tous les deux. Juliette accepte. De retour chez elle, seule dans sa chambre, elle boit le philtre. Le lendemain matin, la nourrice la découvre inanimée. Toute la famille pleure sa mort. Frère Laurent s'arrange pour que tout se déroule suivant ses indications. Mais il a oublié une chose : à Mantoue, un serviteur zélé de Roméo vient d'apprendre au jeune homme la mort de

Juliette. Effondré, perdu, Roméo n'a plus qu'une idée : se procurer du poison et revenir à Vérone pour mourir au côté de celle qu'il aime. En retournant près du corps de Juliette, plus vite que le moine ne l'espérait, Roméo contemple à nouveau l'éclatante beauté de son adorée. Il l'embrasse une dernière fois avant de boire le poison et de mourir. Frère Laurent arrive trop tard. Il est horrifié quand il découvre le mortel spectacle. Attendant alors le réveil de Juliette, il veut la convaincre d'aller se réfugier au couvent. Mais quand, en émergeant de sa léthargie, Juliette découvre le corps de Roméo, elle se poignarde à son tour avec la dague de son amant. À la fin de la terrible pièce de Shakespeare, le prince, les Capulet, et les Montaigu se rendent sur le parvis de l'église. Les deux pères, broyés par le chagrin, déplorent finalement cette haine, cause de tous leurs malheurs. Ils se réconcilient sur le corps de leurs enfants et promettent de leur faire élever des statues. Ainsi s'achève, par une mince note d'espoir, ce qui est la plus terrible tragédie d'amour de la littérature. « Nous parlerons encore de ces faits douloureux », conclut le prince. Il ne se trompait pas. Le succès de cette pièce ne se démentira plus jamais.

On peut se demander aujourd'hui pourquoi Shakespeare écrivant au XVIe siècle, dans l'Angleterre des Tudor, est allé chercher une histoire se déroulant en Italie au XIVe siècle ? Les faits étaient-ils si célèbres à l'époque ? Qui étaient réellement ce Roméo et cette Juliette de Vérone ? En allant aujourd'hui dans la deuxième ville de la Vénétie, célèbre pour ses arènes romaines, où se donne chaque année un grand festival lyrique, on peut admirer dans les belles ruelles de cette cité médiévale la fameuse maison de Juliette *(Casa di Giulietta)*, avec le balcon et la statue de la jeune fille, en bronze, que touchent tous les amants superstitieux. Vérone, qui a pourtant donné naissance à deux des plus grands penseurs antiques, Pline l'Ancien et Vitruve, le père de l'architecture, qui est certainement une des plus charmantes cités médiévales d'Italie, célèbre pour son bon vin (Valpolicella), se revendique avant tout de Juliette et Roméo ; elle se proclame même la « cité de l'amour », la *Città dell'amore*. Certaines rues du centre ne font pas mystère de la vocation de la ville : *Via Amanti, Vicolo Amanti*, etc. Le syndicat d'initiative a même mis en place un parcours fléché qui permet au touriste de se rendre de la maison de la jeune fille, 27 via Capello, avec son célèbre balcon en marbre, à la maison de son amant, via Arche Scaligeri (du nom des anciens seigneurs de la ville) pour finir au cloître de l'église San Francesco al Corso, où un sarcophage contient les corps des deux malheureux. Le lieu est romantique et a dû inspirer des générations d'amants et de jeunes mariés qui sont venus y déposer des fleurs. Combien ont parcouru le monde, depuis les coins les plus reculés des Amériques, de l'Australie, de l'Afrique ou de l'Asie, pour aller se recueillir sur cette tombe où s'achève la grandiose tragédie d'amour ? Il a même fallu en 2005 que la commune de Vérone prenne des mesures sévères pour interdire aux amoureux d'écrire sur les murs de la maison de Juliette ou d'y glisser un petit billet. La tradition s'était prise en effet chez tous les amants du monde de laisser à Vérone une trace écrite de leur passage. Mais cette mauvaise habitude finissait par ruiner le lieu, symbole de l'amour éternel…

Mais Roméo et Juliette ont-ils jamais existé ? Et si, tout cela n'était qu'un faux historique, une illusion ? *Beaucoup de bruit pour rien*, en d'autres termes plus shakespeariens. Ce parcours, cette maison, ce sarcophage, tout serait inventé ? Rien ne permet de l'affirmer, ni, bien sûr, de l'infirmer. Il faut y croire. C'est comme avec les mannes de saint Nicolas de Bari. C'est peut-être ça qui est le plus insolite dans cette histoire. Car les fameux amants de Vérone sont probablement une simple invention littéraire. Et tout ce parcours pourrait bien être une belle fable. La pièce de Shakespeare s'inspire bien sûr d'écrits plus anciens, mais ces sources n'ont jamais été autres que littéraires. L'archéologie de la pièce est bien connue des érudits. Pour son drame, qui date de 1592, Shakespeare s'est inspiré du poème d'un de ses compatriotes, Arthur Brooke, rédigé en 1562, qui avait puisé dans une traduction française (1559) d'un texte italien de Matteo Bandello (1554) qui reprenait à son tour une nouvelle de Luigi da Porto, *Istoria novellamente ritrovata di due nobili amanti* (Histoire nouvellement retrouvée de deux nobles amants, 1524), vaguement empruntée à Masuccio Salernitano.

La clé de l'énigme se trouve donc chez ce Luigi Da Porto (1485-1529) vers qui tout converge. L'auteur, aujourd'hui oublié, n'était pas n'importe qui. Capitaine de guerre mais aussi gentilhomme lettré, apparenté par sa mère aux Gonzague, seigneurs de Mantoue, il a fréquenté entre 1503 et 1505 la brillante cour d'Urbino du duc Guidobaldo Malatesta, ce qui a été pour lui, comme pour beaucoup de seigneurs humanistes, une expérience fondamentale. À Urbino, se tient en effet une petite société de seigneurs très raffinés, comme Pietro Bembo, mais surtout Baldassare Castiglione (1478-1529), arrivé à la cour du duc en 1504. Ses écrits vont révolutionner l'histoire de la civilité occidentale. En 1528, peu de temps avant sa mort, Castiglione, immortalisé par un portrait de Raphaël, publiera en effet un livre auquel il avait médité toute sa vie et dont l'action se passe justement à la cour d'Urbino, *Le Livre du courtisan*. Ce traité sous forme de dialogues, mettant en scène notamment Pietro Bembo, l'ami de Da Porto, marquera le passage essentiel d'une rugueuse courtoisie chevaleresque à la « civilisation des mœurs » décrite par Norbert Élias. On peut dire que *Le Courtisan*, qui servait de livre de chevet à Charles Quint, fixe les règles de la nouvelle société raffinée jusqu'à la Révolution française[1]. Castiglione y évoque notamment les règles de l'amour platonique… Il n'a eu qu'à puiser dans la littérature italienne du Moyen Âge qui, depuis Dante et Béatrice ou encore Pétrarque et Laure, abondent en récits platoniciens. Étonnante littérature d'amour qui ne peut retenir que le rapport platonique ou tragique…

Nul doute que Luigi Da Porto ait été marqué, à son tour, par cette expérience d'Urbino pour écrire son *Histoire* qui, elle, est surtout dominée par le tragique. D'ailleurs, c'est ce qui distingue principalement sa nouvelle de la pièce de Shakespeare. Tandis que, chez l'Anglais, l'élément dominant est *Éros*, ce qui a assuré son immense succès, chez Da Porto, l'élément dominant est surtout *Thanatos* (la mort). Il a puisé toute son inspiration dans les récits antiques qu'on lisait à la cour des Malateste, notamment une nouvelle d'Ovide, *Pyrame et Thisbé*, tiré des *Métamorphoses* (IV, 55-166), qui contient déjà tous les éléments structurants du drame shakespearien : à Babylone, deux jeunes amants, appartenant à de riches familles nobles opposées, sont contraints de se rencontrer en cachette. Arrive un malentendu par lequel Pyrame croit que Thisbé est morte et il se suicide. La jeune fille, apprenant la mort de l'amant, se tue à son tour. Le thème est ensuite repris dans la littérature courtoise, chez Chrétien de Troyes *(Roman de Cligés)*, puis chez Boccace (*Décaméron*, IV, 10 et X, 4). Enfin, il faut ajouter l'apport de Dante, non pour l'intrigue, mais pour les protagonistes. C'est dans *La Divine Comédie* qu'est mentionné pour la première fois le nom des deux familles, les Capuletti et les Montecchi *(Purgatoire*, IV, 106). *Vieni a veder Montecchi e Cappelletti […] color già tristi…* Da Porto s'est-il inspiré de Dante ? Dans sa nouvelle, l'action est censée se dérouler entre 1301 et 1304, soit exactement les années où Dante, fuyant Florence, a résidé à Vérone, invité par les Scaligeri, les seigneurs de la ville[2]. Aurait-il donc mentionné des familles qu'il avait connues ? Les Capulet et les Montaigu auraient donc bien existé ? Peut-être.

Mais, à notre connaissance, il est plus qu'hasardeux de rattacher les lieux qu'on nous présente comme ceux de Roméo et Juliette, avec les protagonistes de ce drame mythique. La maison de Juliette est bien une maison qui date du XIVe siècle. Mais c'est une ancienne auberge et son balcon a été rajouté. Si elle est devenue la maison de la jeune fille, c'est parce qu'elle a appartenu à un certain Capello, qui a donné son nom à la rue ; on en a rapidement tiré la conclusion que ce Capello est forcément un Capulet. De fait, en français, les deux noms sont assez proches mais, en italien, Capuleti est plutôt éloigné de Capello. Passons. Les Véronais sont très attachés à ce point. « Depuis toujours, cette maison a été attribuée à Juliette... » Ils l'ont décidé. C'est ainsi. *Depuis toujours.* Pourquoi s'y opposer ? Ne vaut-il pas mieux les croire après tout. Car, au fond, cette légende est suffisamment belle pour appartenir à tous, y compris au syndicat d'initiative de Vérone[3]...

Chapitre XIII

Visconti, Sforza, Médicis, tyrans et autres *condottiere*

« Frappez, écrasez-les. À bas les Montaigu ! À bas les Capulet », crient les citoyens de Vérone dans la pièce de Shakespeare. Il ne faudrait pas croire qu'en ce *Trecento*, les habitants des cités italiennes se soient encore laissés dominer par les puissants. Un fort esprit démocratique continue à hanter ces petites républiques même si, à l'époque de Roméo et Juliette, ce souffle de liberté est déjà condamné. Il existe dans la Salle de la Paix du *Palazzo Pubblico* de Sienne, sur la magnifique place où se joue le Palio, deux fresques d'Ambrogio Lorenzetti, représentant *Le Bon Gouvernement* et le *Mauvais*. Peintes au milieu du XIVe siècle (1338-1339), elles résument à elles deux le destin tragique de l'Italie médiévale. La fresque du *Buon Governo* représente la figure allégorique du Bien Commun, sous les traits des vingt-quatre gouverneurs, évoquant le passé de Sienne, celui de la grande époque où elle prit son indépendance et devint une République alors plus puissante que Florence. Elle était alors gouvernée par les Vingt-Quatre qui firent participer pour la première fois le peuple aux affaires de la cité. Mais la fresque du *Mauvais Gouvernement* du même Lorenzetti, qui lui fait face, indique que cette Italie des républiques communales, qui a redonné au monde civilisé le souvenir de la liberté politique et le goût du beau, va être dominée par une autre Italie. Celle des seigneuries avec leurs tyrans, leurs princes sanguinaires et leurs *condottiere*, ces chefs de guerre issus souvent des branches cadettes des tyrans.

Des seigneurs qu'on a peut-être un peu trop tendance à « admirer » aujourd'hui parce qu'ils ont eu le bon goût (au moins) de faire du mécénat. Sans ces tyrans et leurs successeurs, que seraient devenus Léonard, Botticelli, Michel-Ange, Titien, Raphaël ? Mais, pour le commun des mortels de l'époque, le prix fut dur à payer, ce fut celui de la perte de leur liberté[1]. Ah ! quelle belle invention que ce mécénat qui offrait hier aux tyrans, comme aujourd'hui aux prédateurs économiques, la possibilité de s'acheter une conscience... Plusieurs grands noms, plusieurs grandes familles, marquent cette transition violente vers la modernité en Italie : les Este à Ferrare, les Gonzague à Mantoue, les Scaliger à Vérone, les Malateste à Rimini, les Montefeltre à Urbino, les Visconti à Milan ou les Médicis à Florence, etc. Ce serait abuser de la patience du lecteur que de lui raconter en détail les rivalités de ces grandes familles qui se découpent l'Italie des communes avec un appétit d'ogres féroces. Évoquons seulement l'épopée respective des Visconti et des Médicis car, à des titres divers, chacune de ces familles a fort à voir avec l'histoire de France.

Si ce point est bien connu pour les Médicis, qui ont donné deux régentes au royaume (la célèbre Catherine et la triste Marie), l'affaire est plus obscure pour les Visconti. Et pourtant, ils sont un peu à l'origine des coûteuses guerres d'Italie des règnes de Charles VIII, Louis XII et François Ier. Aujourd'hui, le patronyme de Visconti est connu dans le monde entier grâce à Luchino, le réalisateur génial de *Senso*, du *Guépard*, de *Violence et Passion*. Pourtant, les

Visconti, dans l'histoire italienne, sont surtout célèbres pour avoir régné sur Milan du XIVe au XVe siècle[2]. Étrange histoire que celle de cette dynastie qui, comme toutes les maisons féodales, naît de la nuit des temps, auréolée d'une légende mystérieuse remontant à la mort de Théodose Ier. À cette époque reculée de la fin de l'Empire romain, un terrible dragon, dit-on, terrorisait les habitants de Milan. Ce dragon aurait établi son repère près de l'église de San Dionigi, aujourd'hui détruite, et transformée, avec ses alentours, en jardins publics au XVIIIe siècle. La présence même de cette bête infernale provoquait des morts par dizaine, ne serait-ce que par l'air sulfureux qu'il dégageait, nous dit, avec grand sérieux, *l'Historia dell'antichità di Milano*, de Paolo Morigia (Venise, 1592). Mais personne n'osait l'affronter quand un valeureux, du nom d'Uberto, se confronta à lui et le tua. Il aurait été le fondateur de la dynastie des Visconti. Cette légende familiale explique la présence du dragon dans les armes de cette glorieuse maison. Elle devint très puissante quand l'archevêque de Milan, Ottone Visconti, chassa en 1277 l'autre grande famille rivale, les Torriani (della Torre), et qu'il transmit le pouvoir qu'il avait sur la ville à son neveu, Matteo.

Matteo Ier Visconti (1250-1322) réussit, grâce à ses talents combinés de juriste et d'homme de guerre, à garder la maîtrise de la ville. Il supprima toute trace de gouvernement républicain. Ses descendants régnèrent ainsi 170 ans sur Milan et ses environs, en grands seigneurs, menant une agressive politique d'extension territoriale. Matteo prit le parti de l'empereur et il attaqua toutes les villes lombardes qui avaient pris celui du pape. Ses successeurs étendront la domination des Visconti jusqu'en Toscane, en Piémont, dans le Tessin et toute l'Italie du Nord. Seule la République de Venise pouvait leur faire face. En 1378, la seigneurie de Milan passa dans les mains de Gian Galeazzo Visconti (mort en 1402), probablement le plus grand des Visconti. On va voir que, pour lui, le nom de « tyran » n'était pas usurpé. Ayant épousé la fille de son oncle Bernabo, pour ne plus avoir à partager le pouvoir, il la fit ensuite assassiner en 1385, jeta ses cousins en prison et voulut bâtir un grand État comme il s'en constituait alors en France, en Angleterre ou en Espagne. Fourbe, sans scrupule, il obtint du roi de Germanie de transformer son titre de vicaire impérial en titre ducal. Le duc de Milan, fort de sa puissance, va alors se montrer plutôt un homme d'État intelligent, gérant habilement son duché, entreprenant de grands travaux, comme le *Duomo*, attaquant toutes les villes, comme Venise ou Florence, qui ne cesse de dénoncer sa « tyrannie ». Il songe même à se faire couronner roi d'Italie. Mais, en 1402, la mort le rattrape avant qu'il ne puisse réaliser son rêve. Après lui, le duché est partagé entre ses trois fils mais la puissance des Visconti ne sera plus jamais la même. Dans les belles villes du Milanais, d'anciens tyrans ou chefs de guerre, les *condottiere*, prennent leur indépendance, tandis qu'une ligue réunit tous les anciens adversaires de Gian Galeazzo, Florence, Venise, le pape, les Este, les Carraresi de Vérone, etc.

Le duché de Milan passe alors au *condottiere* Francesco Sforza. Mais, entre-temps, une des sœurs du dernier duc de Milan, Valentine Visconti, a épousé en 1389 le duc Louis d'Orléans, grand-père du futur roi de France, Louis XII. De ce mariage naît le début des prétentions françaises en Italie. Tout est parti de l'affaire de Naples. L'ingrat et complexé Charles VIII, fils de Louis XI, nourrit le projet « mégalomane », pourrait-on dire, d'aller s'emparer de la couronne de Naples. Le roi de France excipe de sa lointaine parenté avec les rois de Naples dont le premier, Charles d'Anjou, était frère de Saint Louis, pour revendiquer le trône passé ensuite aux Aragon et que réclament les Espagnols. C'est le début de la première « phase » des complexes guerres d'Italie. Au départ, tout se passe à merveille pour la France. La *furia francese* peut franchir les Alpes, traverser le Milanais qui l'accueille avec faste, obtenir la bienveillante neutralité de Florence et du pape, pour fondre sur les États de Naples. Victorieux sans combattre des armées aragonaises, Charles VIII se trouve bien embarrassé une fois à Naples. Il ne sait pas quoi y faire et son armée est atteinte d'un mal nouveau, le « mal napolitain », qu'on va appeler en Italie le « mal français », la syphilis. Voyant les Milanais se retourner contre lui en faveur des Espagnols, Charles VIII préfère alors rentrer vite en France pour reconstituer son armée ; il s'apprête à repartir en Italie lorsqu'il meurt accidentellement en 1498. Son successeur, le fin lettré Louis XII, se rappelle que sa grand-mère était une Visconti. Il entend faire payer chèrement au duc de Milan, Ludovic Sforza, dit le More, son retournement.

Le roi de France commet l'erreur de se rapprocher du pape Alexandre VI Borgia, et, à l'été 1499, il fond sur le Milanais, avec le *condottiere* Francesco Trivulzio, ennemi des Sforza. Après avoir vaincu le duc de Milan, qui finira ses jours en prison en France, Louis XII n'a qu'un objectif : descendre au sud de Rome pour récupérer le royaume de Naples. Hélas, en 1503, la mort du pape Borgia bouleverse tous ses plans. Car c'est l'ennemi personnel des Borgia, Giuliano della Rovere, qui est élu pape sous le nom de Jules II. Ce grand mécène et guerrier est hostile à la France qui défendait son pire ennemi à la curie. Le pape s'allie aux Espagnols et les *tercios* écrasent l'armée française. L'Espagne prend définitivement possession du royaume de Naples. Louis XII a perdu la partie au sud. Il tente de se reprendre au nord mais le pape, qui se montre un étonnant chef de guerre, n'entend pas laisser la moindre initiative aux Français. Jules II rassemble les seigneurs italiens dans une « sainte Ligue » pour « chasser les Barbares d'Italie », comme il dit. Isolés, les Français remportent quelques victoires mais ils sont finalement contraints d'évacuer le Milanais et de repasser les Alpes en 1512. Louis XII s'entête et retourne en Italie en 1513. Mais son armée subit une nouvelle et écrasante défaite à Novare contre les Suisses du cardinal Schiner. Les affaires italiennes ne réussissent pas aux Français. C'en est bel et bien fini de l'époque où tout cédait devant la *furia francese*.

La première « phase » des guerres d'Italie se solde par un échec cuisant pour Louis XII. Il envisage encore de repartir à la conquête de la Péninsule lorsqu'il meurt le 1er janvier 1515. Le bilan des règnes de Charles VIII et de Louis XII s'avère catastrophique pour la présence de la France en Italie. Elle perd définitivement Naples, qui va à la couronne espagnole, et le Milanais, qui passe sous le contrôle des Suisses. À peu près toutes les villes et les seigneuries ont abandonné les Français. Même leur plus fidèle alliée, Florence, les a lâchés car les Médicis ont été renversés par une révolution. Étrange famille que celle des Médicis ! Si les Visconti sont d'origine chevaleresque, les Médicis, eux, sont de simples banquiers, dont la fortune ne remonte qu'au XIIIe siècle. Les Médicis se sont élevés à Florence en épousant le parti de la plèbe. Avec des moyens démagogiques très modernes, ils s'opposent au parti des nobles, dirigé par les Albizzi. Ces derniers sont d'habiles diplomates, mais ils ne savent pas se rendre populaires. C'est en commettant l'erreur de prendre une sorte d'impôt sur la fortune qu'ils perdent le soutien du *populo grasso*, la bourgeoisie qui, en 1434, les chasse du pouvoir au profit des Médicis.

Cosme de Médicis (1389-1464), le grand-père de Laurent, est investi d'un pouvoir personnel qu'il va exercer pendant trente ans. C'est lui le véritable grand homme de la famille Médicis. Rusé, il fait attention à ne pas se comporter en souverain, préservant les apparences du gouvernement républicain ; il affirme qu'il n'est que « le premier citoyen » de Florence. Derrière cette modestie bourgeoise, c'est un habile diplomate, à l'extérieur, qui s'impose comme l'arbitre des conflits en Italie ; mais, à Florence, c'est un autocrate, plus hypocrite que les autres tyrans, intransigeant, gérant sa ville comme son entreprise. Ce qui semble déjà en Italie une sorte de label. C'est un mécène éclairé (Fra Angelico, Uccello, Donatello, Brunelleschi). Quand il meurt en 1464, son petit-fils, Laurent (1449-1492), entre en scène, après un brève intermède. Pendant longtemps, l'histoire culturelle jeta un regard fort complaisant pour ce prince-poète, dit le Magnifique, protecteur des arts, mécène de Michel-Ange, de Donatello, Botticelli ou de Ghirlandaio. Il eut surtout le génie de s'entourer d'écrivains, comme Ange Politien, Pic de la Mirandole ou Marcile Ficin ; c'est à eux qu'il doit ce qualificatif de *magnifique*. Étrange surnom pour ce médiocre homme d'affaires qui mènera à la faillite la maison-mère de la banque Médicis, deux ans après sa mort. Il n'est même pas un homme d'État très brillant ; plus cynique que son grand-père, même s'il est plus cultivé. En art, sa réputation serait également abusive, selon Dominique Fernandez. « Le mécénat de Laurent fut des plus modestes [...]. Il ne comprit pas la grandeur de Léonard de Vinci qu'il laissa filer à Milan. Bon poète, il ne dépassa jamais le niveau de l'églogue aimablement ciselée. Rien de vraiment "magnifique" dans cette carrière d'amateur éclairé, comme il y en avait cent autres dans une ville comblée alors par toutes les muses[3]. » Après la légende « rose », forgée par les grands-ducs de Toscane au XVIe siècle, la légende « noire » ?

Les historiens soulignent surtout aujourd'hui sa cruauté et sa tyrannie sanguinaire. Pour Lauro Martines, fasciné par ce rapport douteux du mécénat et du despotisme, il n'est plus question de laisser les arts et la façade respectable du régime dissimuler les pratiques les plus sombres[4]. Laurent avait des ambitions de prince ; il s'était marié avec Clarisse Orsini pour rehausser le prestige des Médicis. Mais sa politique fastueuse suscita de nombreuses vexations. En 1478, certains seigneurs proches des Pazzi décidèrent de le tuer lors de la messe de Pâques. Le 26 avril, le frère de Laurent fut sauvagement poignardé en sortant du *Duomo* mais le Magnifique put se réfugier dans la sacristie. Il réussit à reprendre la situation en main, et se crut protégé par une grâce surnaturelle. La répression fut alors terrible. Tous ceux qui étaient soupçonnés d'avoir participé à cette conspiration des Pazzi furent exécutés et le rescapé se comporta désormais en véritable tyran. Car il était seul. Le pape et le roi de Naples avaient soutenu la conspiration. Venise aussi. Laurent le Magnifique n'avait qu'un allié, mais lointain, le roi de France, Louis XI, qui lui envoya pour le soutenir son homme de confiance, Philippe de Commynes.

Le Magnifique meurt le 4 avril 1492, deux ans avant que les Français ne débarquent en Italie. Son fils Pierre, dit le Malchanceux, porte bien son surnom. Pour avoir ouvert la ville de Florence aux armées françaises de Charles VIII, alors détestées en Italie, Pierre est chassé en 1494, à la suite d'une révolution menée par un moine dominicain, Savonarole, esprit illuminé, qui instaure une dictature puritaine, étrangement soutenue par la France. En Italie, nos rois choisissent bien mal leurs alliés, les luxurieux Borgia, les Médicis puis l'inquiétant Savonarole...

Étrangement, ce Robespierre religieux n'a pas laissé en Italie un souvenir si terrifiant. Encore aujourd'hui, on peut rencontrer des esprits lucides qui prennent sa défense contre le pape Borgia. Il est vrai que son ennemi n'a rien de bien fréquentable. Mais les méthodes de Savonarole à Florence ne le sont guère plus. Elles font songer à celles utilisées par tous les dictateurs du XXe siècle. Savonarole est un despote chrétien. De son monastère de Saint-Marc, qu'on visite encore, le dominicain dirige la riche cité, proclame le Christ « roi de Florence », fait brûler les livres, les parfums, les étoffes, interdit les jeux, torture les « sodomites et les blasphémateurs ». Il veut faire de la ville marchande un vaste couvent. Il règne alors dans les rues de Florence un climat de terreur proche de la révolution culturelle chinoise. L'intelligentsia florentine s'oblige à faire son examen critique. Botticelli doit regretter publiquement d'avoir consacré certaines de ses œuvres à la beauté païenne ! Le prêtre a mis en place dans la ville un maillage policier étroit. Comme à Cuba, ou jadis dans l'Allemagne hitlérienne, chaque quartier, chaque rue, est livrée à la surveillance d'un fidèle de Savonarole. Mais ces hommes de main sont d'un genre très particulier. Savonarole s'appuie sur des milices d'enfants, son « armée d'anges », vêtus de blanc, qui sont sensés sauver ce monde dépravé. Ils procèdent à des redistributions de richesses ou à des opérations morales. Les « anges » bloquent les femmes dans les rues, leur ôtent leurs bijoux précieux, les forcent à se voiler. La morale devient terrible. Pourtant, Savonarole continue à exercer sur les Florentins un magnétisme profond. Des milliers de personnes assistent à ses prêches. En février 1497, il décide d'allumer des bûchers pour permettre aux Florentins d'expier leurs péchés. Le carnaval est interdit et les *anges* de Savonarole sont chargés d'aller s'emparer dans les maisons des riches de tous les objets de valeur. Vêtements, bijoux, cartes à jouer, tableaux luxurieux, comme ceux de Botticelli, sont livrés aux flammes du fameux « bûcher des vanités ». Face à ces extravagances, le pape Alexandre Borgia décide en 1498 d'excommunier Savonarole et, habilement, fait planer la menace d'une excommunication plus large de toute la ville, ce qui aurait signifié la fin de son commerce extérieur. C'est cette menace qui va aussitôt faire perdre à Savonarole ses partisans. Le moine tente de maintenir son pouvoir en se soumettant à l'épreuve du feu. Mais, pendant sept heures, il hésite à se jeter dans une haie de flammes et, à la dernière minute, il renonce. Sa popularité s'effondre et le lendemain même ses ennemis le font arrêter. Le peuple versatile qui l'a applaudi peu avant, le hue désormais. Torturé dans le palais de la Seigneurie, il finit pendu le 23 mai 1498. Son corps sera ensuite brûlé.

Mais les Médicis ne peuvent retrouver leur pouvoir. Pierre le Malchanceux est trop impopulaire. Il meurt d'ailleurs en se noyant après la défaite de l'armée française au Garigliano. C'est un noble florentin, Piero Soderini, qui prend les rênes du pouvoir. Son principal conseiller est un certain Nicolas Machiavel. Mais Soderini, trop médiocre, quitte le pouvoir en 1512 et Machiavel, le futur auteur du *Prince*, est exilé à son tour dans sa petite terre de San Casciano. Une plaque y indique encore la modeste demeure où il médita ses œuvres majeures. Machiavel tentera un retour en grâce en dédiant *Le Prince* à la famille Médicis qui est revenue au pouvoir avec le cardinal Jean, élu pape en 1513 sous le nom de Léon X. Ce sera, lui, le grand mécène des Médicis, protecteur de Raphaël et de Michel-Ange. Son frère sera à son tour élu pape en 1523 sous le nom de Clément VII. Il va proposer sa parente, la petite duchesse d'Urbino, au second fils du roi de France. Cette nièce du pape n'est autre que la future Catherine de

Médicis, née miraculeusement alors que sa mère mourait en couche et que son père agonisait de la syphilis[5]. Le pape organise son mariage avec Henri d'Orléans (futur Henri II), afin d'obliger le roi de France, François Ier, à défendre Florence contre les ambitions sans limites de la nouvelle grande puissance occidentale : l'empire de Charles Quint. Mais très vite Clément VII meurt et la cour de France regrette d'avoir fait une alliance avec une famille qu'on considère comme peu digne des lys. Se tenant stratégiquement effacée, Catherine saura, par son intelligence et son habileté, séduire François Ier. Telles sont les origines de l'ascension de la future régente du royaume…

François Ier ! Avec lui s'ouvre ce qu'on a appelé la deuxième « phase » des guerres d'Italie qui vont se solder comme les premières par un nouveau désastre pour la France, ce qu'on évite souvent de rappeler. Le « roi chevalier » a vingt ans quand il accède au trône. Il est vigoureux et plein de rêves de conquête. Petit-fils, lui aussi, de Valentine Visconti, il revendique ses droits sur le Milanais et part à sa conquête. Le début de l'expédition se solde par la célèbre victoire de Marignan (Melegnano) près de Milan, contre les Suisses. Mais, très vite, le vent se retourne. En 1521, Charles Quint écrase l'armée française. Bayard est tué au cours de la retraite, près de Milan, le connétable Charles de Bourbon passe à l'ennemi et, le 25 février 1525, François Ier en personne est fait prisonnier après la terrible défaite de Pavie. Il est aussitôt envoyé en prison à Madrid. Libéré contre une forte rançon, François Ier tentera bien de reprendre la lutte en 1526, mais il se heurtera toujours à la puissance supérieure de Charles Quint. Son intervention ne fera qu'aboutir à la terrible *razzia* des lansquenets allemands qui s'emparent de Rome, le 5 mai 1527. Avec l'appui de la famille Colonna, ils vont mettre la ville à sac, montrant une sauvagerie qui dépasse celle des Vandales.

Les mercenaires luthériens profanent les reliques, jouent à la balle avec les crânes des Apôtres. Pendant dix mois, jusqu'au 16 février 1528, la ville vit dans une terreur telle que les cloches des églises cessent de sonner.

À la mort de François Ier, les ambitions françaises en Italie sont scellées. Le fils de François Ier, Henri II, par son mariage avec Catherine de Médicis, tentera bien de poursuivre le « rêve » italien. Mais en vain. Le seul résultat positif de toutes ces guerres perdues est culturel. La cour de France qui, « au seuil du XVIe siècle en était encore au XIVe », comme le dira Michelet, se raffine en accueillant les exilés italiens (les *fuorisciti*) qui ont défendu la cause malheureuse des Français et doivent fuir la Péninsule. Ainsi s'explique l'arrivée en France de familles brillantes, habituées aux mœurs et aux complots de cour, comme les Fieschi, les Biragues, les San Severino, les Gondi, dont l'un des descendants, le fameux cardinal de Retz, s'illustrera sous la Fronde[6]. Les chevaliers français qui reviennent d'Italie importent à leur tour en France cet esprit nouveau qui les a électrisés en Italie. « Jetée dans un monde de beauté, tout au moins de lumière, où rien n'était médiocre » (Michelet), la France chevaleresque passe en quelques années de la barbarie à la Renaissance. Car, comme à l'époque de Jules César, c'est surtout en France que l'esprit de Rome s'implante durablement. Pour le reste, les guerres d'Italie sont un franc succès pour… les Habsbourg. C'est à peine si les Français sont responsables du rétablissement de la puissance des Médicis sur Florence. Après l'assassinat en 1537 d'Alexandre de Médicis par son neveu Lorenzino, qui se réfugiera à Paris et deviendra le fameux *Lorenzaccio* de Musset, une branche cadette va devenir ducs puis grands-ducs de Toscane jusqu'en 1737, entraînant Florence dans un lent déclin. C'est de cette dynastie qu'est issue la médiocre Marie de Médicis, fille du cardinal Ferdinand de Médicis qui lui fera épouser le roi de France, Henri IV, moyennant une grosse dot. La couronne de France s'était encore alliée aux Médicis par besoin d'argent mais elle accueille cette famille de « boutiquiers » avec mépris ; la maîtresse du roi, Henriette d'Entragues, ne cessera de traiter Marie de « grosse banquière »[7]. Elle deviendra à son tour, comme sa lointaine parente Catherine, régente du royaume après l'assassinat du roi en 1610. Mais sa régence n'eut pas le prestige de sa devancière. L'histoire lui reproche de s'être laissé manipuler par d'obscurs aventuriers italiens, la Galigaï, et son mari, Concino Concini, qui ont peut-être, eux aussi, été victimes d'une propagande noire de leurs ennemis. La mort courageuse de la Galigaï illustre la lâcheté et la versatilité de la cour de France. La reine Marie finira elle aussi ses jours en exil, ayant tenté de barrer la route à l'ascension de Richelieu.

*
* *

Un ultime témoignage de ces guerres d'Italie est resté à la fois célèbre et méconnu dans les mémoires hexagonales. C'est le fort de *Pinerolo*. Son nom italien ne dit pas grand-chose aux Français. Pourtant, cette petite ville, située sur la route de Turin à Briançon, dans la paisible vallée de Suse, a été, voilà plusieurs siècles, le centre d'un des mystères les plus fascinants de l'histoire de France. Aujourd'hui, seule l'église romano-gothique domine de son clocher les maisons accrochées à la montagne. Mais, à la Renaissance, un austère château venait assombrir la vallée de sa masse lugubre. Cette forteresse à cinq grandes tours constituait un poste avancé français au cœur du duché de Savoie, une sorte d'antenne militaire comme l'est aujourd'hui, pour les États-Unis, Guantanamo sur l'île de Cuba. Les diplomates savent que le triste donjon de Pignerol (c'est ainsi qu'on appelle *Pinerolo* en français) a toujours été une des positions stratégiques pour le contrôle du Piémont. Aussi la forteresse est-elle l'objet d'âpres combats et tractations entre Français et Impériaux. La France occupe les lieux une première fois entre 1536 et 1574, puis, ayant dû rendre la forteresse à la maison de Savoie, elle n'aura de cesse de vouloir la reconquérir au XVIIe siècle. C'est le cardinal de Richelieu en personne qui mettra le siège devant Pignerol le 30 mars 1630, à la tête d'une armée de 30 000 hommes. Le duc Charles-Emmanuel de Savoie dut l'année suivante céder la forteresse « à titre perpétuel » à la France, Pignerol est une des quatre « nations », avec l'Artois, la haute Alsace et le Roussillon, qui servira à donner son nom au collège des *Quatre Nations* construit par Mazarin en 1665 et qui est aujourd'hui le siège de l'Institut de France.

Perdu au milieu des montagnes de Savoie, le donjon de Pignerol va devenir une prison idéale où Sa Majesté Très Chrétienne enverra les prisonniers d'État. C'est là que Louis XIV enferme le surintendant Fouquet qu'il vient de destituer après sa somptueuse fête de Vaux-le-Vicomte et qu'il n'est pas parvenu à faire condamner à mort. C'est là aussi qu'il envoie, au début des années 1670, un prisonnier étrange, tenu au plus grand secret. Le bruit court vite dans la vallée qu'il doit s'agir d'un homme de très haute naissance car on a jugé bon de couvrir son visage d'un masque pour qu'on ne le reconnaisse pas. Ainsi a pris naissance la fameuse légende du « masque de fer » qui ne serait rien d'autre, disent les esprits informés, que le propre frère de Louis XIV ! Cette étonnante histoire a été immortalisée par Alexandre Dumas. Qui était en vérité ce prisonnier de Pignerol qui achèvera sa vie à la Bastille en 1703 ? D'après l'historien Jean-Christian Petitfils, qui a mené la plus sérieuse enquête sur la question, il s'agirait en vérité d'un certain Eustache Danger, domestique et espion, qui aurait eu vent du traité secret de Douvres, conclu en 1670 entre Louis XIV et Charles II Stuart[8]. En échange d'armes, ce dernier acceptait de se convertir au catholicisme. Le Roi-Soleil avait donné à son cousin Stuart sa promesse que le secret en serait gardé coûte que coûte. Louis XIV n'était pas homme à trahir des engagements aussi privés. L'espion au masque de fer en paya le prix... Aujourd'hui, le premier week-end d'octobre, on célèbre encore dans la petite ville de Pignerol l'*uomo della maschera di ferro*. Saltimbanques et arquebusiers se répandent dans la rue de la petite cité, tandis que les *tamburini* de Pignerol annoncent l'arrivée du Masque de fer, accompagné de D'Artagnan et de ses mousquetaires... Même en Italie, le succès de Dumas et la réputation du capitaine gascon ne se démentent toujours pas.

CHAPITRE XIV

Lucrèce Borgia, fille de pape et sœur d'assassin

Il y a des réputations abusives dans le bien (Laurent le Magnifique). Mais aussi dans le mal. La légende de Lucrèce Borgia est de celle-là. Sang, inceste et népotisme. Tel est, en résumé, le parfum laissé dans l'histoire par la dynastie des papes Borgia. « Famille de démons que ces Borgia ! », s'écrie dans sa pièce célèbre Victor Hugo *(Lucrèce Borgia*, 1833). Ce nom évoque encore aujourd'hui la perversité diabolique ; il fait frémir comme les patronymes de Néron ou de Caligula. L'histoire se fait par les historiens, dit-on. Mais les jugements de l'Histoire sont affaire d'opinion. Le plus averti des érudits ne pourra lutter contre une injuste réputation sulfureuse, lorsqu'elle est entrée dans les têtes, surtout si un génie comme Victor Hugo y a prêté sa plume. Pour l'éternité, Lucrèce Borgia restera cette Messaline incestueuse qui combinait, dans les couloirs du Vatican, les pires forfaits sur la couche de son frère ou de ses nombreux amants. La réalité est, comme souvent, moins « poivrée ». Certes, comme on dit aujourd'hui, la jeune fille, d'une beauté légendaire, a une « lourde » hérédité. Son père, qui était le cardinal Rodrigo Borgia quand il l'a conçue, est le neveu de Calixte III Borgia, pape de 1455 à 1458, déjà célèbre en son temps pour son népotisme. C'est lui qui pousse la carrière de son neveu. Le futur Alexandre VI n'est pas encore arrivé à Rome qu'il est nommé à vingt-cinq ans cardinal avant d'être ordonné prêtre. C'est alors qu'il fait la rencontre d'une jeune femme de l'aristocratie romaine, Vanozza Catanei. De sa liaison secrète avec elle, le cardinal Borgia donne naissance à plusieurs enfants, dont César et la belle Lucrèce. À l'époque de son accession sur le trône de saint Pierre, en 1492, moment charnière dans l'histoire du monde, Alexandre VI Borgia a déjà une réputation sulfureuse derrière lui. Mais c'est le propre de tous les papes de son époque. Ses prédécesseurs, Nicolas V, Pie II ou Sixte IV, ont tous à leur actif une ardente politique de népotisme dont les raisons ne sont pas seulement honteuses : elle répond au besoin des souverains pontifes d'échapper à la domination des grandes familles romaines, les Orsini et les Colonna, en se créant une « clientèle », composée souvent de neveux qu'on nomme cardinaux et qu'on dote de biens importants.

Alexandre VI n'a fait que poursuivre la politique de son oncle. C'est la propagande de ses rivaux, notamment le cardinal Giuliano della Rovere, le futur pape Jules II, qui a laissé d'Alexandre VI cette image terrifiante. Il y a quand même une spécificité Borgia car, comme dit le dicton, *jamais de fumée sans feu*. La famille compte un véritable et sadique psychopathe ; c'est César, le frère de Lucrèce, celui qui inspira Machiavel – décidément aveugle – pour le modèle du *Prince !* Les grands criminels ont toujours fasciné certains intellectuels en mal d'action. Cardinal à 23 ans, César s'est fait remarquer une première fois pour avoir tué en 1488 son propre frère, Juan Borgia, qui lui faisait de l'ombre[1]. Cela ne l'empêche pas d'épouser Charlotte d'Albret, la sœur du roi de Navarre. Comme la France soutient les Borgia, César va même devenir duc de Valentinois, c'est-à-dire prince français. Cette alliance diplomatique des Valois et des ambitieux

Borgia est une tache sur les lys de France. Mais que devient Lucrèce dans tout ça ? La jeune fille, reconnue pour sa beauté, n'a pas treize ans quand son père la marie d'abord à un Sforza, de la famille des tyrans de Milan. Le pape a décidé de faire de sa fille un instrument de sa politique personnelle. Tant qu'à avoir des enfants, autant qu'ils servent à quelque chose ! Ce premier mariage donne lieu, le 12 juin 1493, à une fête mémorable dans les célèbres appartements Borgia du palais Vatican[2]. À l'époque, l'actuelle cathédrale Saint-Pierre n'est pas encore construite (les travaux ne débuteront qu'en 1506), mais la Curie est déjà devenue un palais magnifique, avec la fameuse Chapelle Sixtine peinte par Michel-Ange (1478-81). Les Borgia poursuivent l'œuvre d'embellissement de leurs prédécesseurs, faisant appel à Bramante, Sangallo, le Pérugin, le Pinturicchio. Mais, ce 12 juin, la fête semble un peu « déplacée », eu égard au lieu. Suivant la légende, le banquet fastueux se serait achevé par un étrange ballet, celui d'une cinquantaine de courtisanes, courant les seins nus dans les appartements pontificaux pour recueillir les dragées avec leurs poitrines[3]. Ce beau mariage va s'achever très brutalement. Les Sforza n'intéressent plus Alexandre VI car celui-ci veut se rapprocher des rois de Naples. Il entend ainsi que Lucrèce épouse l'héritier de la couronne napolitaine, Alfonse d'Aragon. L'opération est rondement menée. Jean Sforza est obligé, sous la menace, d'affirmer que son union avec Lucrèce n'a pas été consommée. Le 22 décembre 1497, dans la salle du trône, le pape déclare que Lucrèce est encore vierge, alors même qu'elle est déjà enceinte, non de son mari, mais d'un amant, un certain Pedro Calderon, dit *Perotto*[4]. L'enfant qui naît en avril 1498 est d'abord déclaré fils de César, puis fils du pape lui-même. Jean Sforza n'a alors aucun mal, pour se venger, à faire courir le bruit que son ancienne épouse, Lucrèce, entretient des rapports incestueux avec son père (le pape) et son frère (le tueur). Belle famille !

En 1500, Lucrèce est désormais mariée avec Alphonse d'Aragon mais il prend une nouvelle lubbie à Alexandre VI. Il entend donner à Lucrèce, qui n'a que vingt ans, un troisième mari. Il la destine à Alphonse d'Este, fils du duc de Ferrare, qui ne voit pas d'un très bon œil cette union avec la fille si controversée du pape Borgia. Mais, d'un autre côté, il est difficile de se mettre à dos le pape en refusant l'union qu'il propose. Rappelons que le principal allié des Borgia est le puissant roi de France, Louis XII. Mieux vaut donc céder, au prix le plus élevé. Mais l'affaire n'est pas si simple. Car Lucrèce a eu un enfant légitime d'Alphonse d'Aragon, ce qui rend l'annulation plus difficile qu'avec le Sforza ; et, de surcroît, elle est tombée amoureuse de son mari. Ce n'est pas un problème pour Alexandre VI qui confie à son fils César la mission d'aplanir les obstacles. Le 15 juillet 1500, en pleine année sainte, Alphonse d'Aragon est attaqué alors qu'il se rend à Saint-Pierre par un groupe anonyme de gens armés ; il est sauvé par la foule. Blessé, on le porte aussitôt à la Tour des Borgia. Lucrèce qui a bien compris d'où venait le coup, cherche à rester le plus près possible de son époux pour le protéger. Il est bien soigné de sorte qu'il semble sur le point de s'en sortir. Alors César décide d'achever le travail. Le 18 août, il se rend à la Tour avec ses hommes de main pour « protéger », comme il dit, son beau-frère. Il demande à Lucrèce de sortir de la chambre pour parler avec Alphonse. Elle résiste mais, sous la menace, elle doit s'exécuter, laissant son pauvre mari avec son terrible frère. Celui-ci ne perd pas de temps. Le Borgia fait entrer son fidèle spadassin espagnol, le terrible *Michelotto*, qui, en moins de deux, étrangle le blessé dans son lit. En rentrant dans la chambre, Lucrèce n'a plus qu'à s'incliner. Son père la destine à l'héritier des ducs de Ferrare, Alphonse d'Este, car il entend, par cette alliance, permettre à César de réaliser ses ambitieux projets en Romagne.

Ce dangereux criminel est un politique ambitieux. César est parti à la conquête de l'Italie centrale pour constituer une principauté allant de la mer Tyrrhénienne à l'Adriatique. Il s'empare de Rimini, occupe Urbino, massacre tous les barons rebelles dans un guet-apens à Sinigaglia. Il s'institue alors duc de Romagne, espérant transformer son duché en principauté pour devenir, ensuite, roi d'Italie et, qui sait, empereur... Et tout cela avec la bénédiction du roi de France qui juge ses féroces actions « digne d'un Romain » *(sic)*. Mais César a besoin d'alliés au nord de ses futurs États. Le duché de Ferrare, qui appartient à la grande famille d'Este, est crucial pour mener à bien son affaire. Il faut donc marier Lucrèce une troisième fois... Le mariage est célébré à Rome en 1501 après de multiples tractations. Le duc de Ferrare a vendu chèrement son fils. Les ambassadeurs de la cour de Ferrare, comme Gianluca Pozzi, qui rencontrent Lucrèce à cette occasion la décrivent alors comme « élégante, mais discrète, prudente et modeste », bien différente de la créature perverse qu'on prétend. Pozzi affirme même qu'elle semble être « bonne catholique ». Le contraire serait un comble pour la fille d'un pape ! En 1503, la dynastie des Borgia est arrivée à son terme. Le pape Alexandre VI s'éteint et César n'a pas eu assez de temps pour asseoir son pouvoir. Il tente bien de monter un coup d'État contre l'éphémère Pie III. Mais son successeur sur le trône de Pierre, Jules II, le fait arrêter, s'empare de ses possessions de Romagne et met fin à l'épopée des Borgia. César réussit quand même à s'enfuir et il finira piteusement ses jours de l'autre côté des Alpes, chez le roi de Navarre, son beau-père.

Que va devenir Lucrèce ? Loin de s'effondrer, elle renaît. La mort de son père et l'élimination de son terrible frère marquent pour elle le commencement d'une nouvelle vie, loin des manipulations de la Curie pontificale. Elle a d'abord eu très peur que les d'Este ne la répudient. Il devenait embarrassant pour eux de compter une Borgia comme belle-fille. Mais Lucrèce a su rapidement donner plusieurs héritiers à la famille, notamment le cardinal Hippolyte d'Este (celui de la villa d'Este à Tivoli) qui sera fait évêque à l'âge de deux ans. Il sera probablement le seul cardinal de l'histoire à pouvoir se dire petit-fils de pape ! Comme elle a su rester étrangère aux ambitions frénétiques de son frère qu'elle haïssait depuis l'assassinat de son deuxième mari, Lucrèce n'est pas inquiétée. Il est vrai que, dès son arrivée à Ferrare, elle a su séduire les habitants de cette cité majestueuse de la plaine du Pô, patrie de l'Arioste et de Giorgio Bassani. À l'époque, il ne devait pas y régner cette étouffante atmosphère provinciale et petite-bourgeoise de l'Italie fasciste que décrit Bassani dans ses deux chefs-d'œuvre, *Le Jardin des Finzi-Contini* et *Les Lunettes d'or*. Dans les années 1530, le fils aîné de Lucrèce transformera même sa cour en refuge de tolérance, sa femme, fille du roi de France, y accueillant de nombreux exilés, comme Clément Marot ou Calvin[5].

Mais revenons à Lucrèce. De 1502 à sa mort, en 1519, elle est très appréciée par les Ferrarais, on la trouve pieuse et exemplaire, en opposition totale en somme avec sa légende passée. C'est peut-être tout aussi excessif. Lucrèce est un personnage complexe, comme la plupart de ces grandes personnalités de la Renaissance italienne. C'est aussi pour cela qu'elle ne cesse de fasciner et de nourrir la controverse. Belle, attachée à son prestige et à sa splendeur, elle n'a jamais été une sainte. Elle a séduit ses contemporains et on ne s'étonnera donc point de la multitude d'œuvres (tableaux, poèmes) qu'elle inspira, depuis l'Arioste qui loue sa beauté dans le *Roland furieux*. Il semble que la relation qu'elle eut avec son mari, Alphonse, devenu duc de Ferrare en 1505, à la mort de son père, ait été heureuse. Il n'empêche qu'elle nourrissait depuis 1503 une passion secrète (et peut-être platonique) qui dura jusqu'à sa mort, avec un gentilhomme lettré, l'écrivain Pietro Bembo, l'ami de Castiglione et della Porta, qui lui dédia son récit amoureux *Gli Asolani*. Cette belle relation, noble et discrète, nous est connue par une correspondance classée à la Bibliothèque ambrosienne de Milan. Lucrèce réussit même à la fin de sa vie à séduire la sœur de son mari, la belle Isabelle, épouse du duc François Gonzague de Mantoue, une des femmes les plus brillantes de la Renaissance italienne. La duchesse Isabelle s'était d'abord opposée au mariage de son frère avec une Borgia. Mais, lorsque Lucrèce mourut, à 39 ans, le 14 juin 1519, elle admit la regretter, comme la plupart des Ferrarais.

Le nom d'Isabelle Gonzague rappelle l'importance qu'a joué, lors du *Rinascimento*, la grande famille des Gonzague de Mantoue. C'est à Mantoue que Jules Romain travaille au palais du Té dont l'architecture servira de modèle à l'Europe entière. Comme il faut faire vite, et qu'il n'est pas possible d'évoquer en détail cette grande famille, aux multiples branches (de saint Louis de Gonzague jusqu'aux ducs de Nevers en France), je me bornerai à évoquer l'étrange figure de Vespasien de Gonzague. Pourquoi lui ? Tout simplement parce qu'il a créé *ex nihilo* une des petites villes les plus fascinantes, à mon goût, de cette Italie stendhalienne, celle du triangle Parme, Mantoue, Crémone : la cité idéale de Sabbioneta. Aujourd'hui, avec ses 4 000 habitants, dans une enceinte presque trop grande pour elle, c'est une cité du silence qui ne peut qu'intriguer le visiteur. Construite entre 1550 et 1590, selon une symétrie absolue, avec des remparts militaires qui lui donnent un air troublant, le matin dans un brouillard fellinien, cette petite ville possède des monuments étonnants pour sa taille, notamment un théâtre olympique de style déjà palladien, un palais ducal, une impressionnante galerie des Antiques de 96 m, une des plus longues de la Renaissance, etc. Mais j'ai promis que je ne parlerais pas d'histoire de l'art. Toutefois la vie de Vespasien de Gonzague, né en 1531, est digne de celle des Borgia. Même si elle est totalement oubliée, comme sa petite capitale. Cette frénésie architecturale répondait, chez Vespasien, à une immense angoisse. Ce grand seigneur de la Renaissance tardive, proche de l'empereur Maximilien qui le nommera vice-roi de Naples, était un passionné et un grand tourmenté. Son idée d'une *Cité du Soleil* est un magnifique rêve d'Italie, dont le grand Campanella sera le génial théoricien[6]. Vespasien est aussi un cœur ardent. Il épouse sur un coup de foudre une jeune femme, Diana Cardone. Et le mariage est heureux jusqu'à ce qu'au retour d'une de ses missions, en Autriche, il reçoive une lettre anonyme, l'informant que sa femme l'a trompé avec un certain Annibal Ranieri. Il condamne aussitôt à mort ledit Annibal et, selon la légende, fait murer sa femme vivante, avec le cadavre de son amant. Pour seule nourriture : une coupe de venin ! Puis, il envoie à sa tante, la célèbre Julie de Gonzague, amie du Tasse et de l'Arioste, ce mot laconique : « Il a plu de rappeler à Dieu ma femme de ce que l'on appelle apoplexie, sans qu'elle ait pu prononcer une parole. » Il se remarie avec Anne d'Aragon qui lui donne un fils qu'il assassine un jour, dans un élan de colère. Sa femme meurt à son tour. Alors Vespasien sombre dans la mélancolie et, peut-être, les regrets. Il est couvert d'honneur par les Espagnols, qui régnent désormais sur la Péninsule, et notamment sur la région. En 1585, il est fait chevalier de la Toison d'Or, le plus grand ordre de chevalerie. Il apparaît aux yeux du monde comme le prince parfait d'une cité exemplaire. Mais ces honneurs terrestres ne sont rien pour un personnage comme lui. Il écrit, dans un style rare pour un homme de cette époque : « L'état de mon âme est le malheur [...]. Je me détruis [...]. Que me font les biens de la terre s'il me manque ceux de l'âme ? » Lorsqu'il meurt, le 26 février 1591, il aurait dit : « Enfin. Je suis guéri ! »

Chapitre XV

Divorce à l'italienne

« Être amoureux, c'est se créer une religion dont le Dieu est faillible », disait Borges. Peut-être les Italiens, qui grandissent dans la religion révélée, sont-ils moins bien placés que les autres pour entendre cette vérité. Un détail de leur littérature semble le confirmer. Quel est le plus grand roman d'amour italien ? *Les Fiancés (I promessi sposi)* de Manzoni, un livre des années 1840 que personne, avouons-le, ne lit en dehors de la Péninsule. Est-ce parce qu'il serait un « typique produit bourgeois ou Biedermeier », comme le disait très sévèrement le grand critique Mario Praz[1] ? N'est-ce pas, plus simplement, parce qu'il ne correspond pas, au fond, à l'idée qu'on se fait de la passion à l'italienne ? Le livre de Manzoni est pourtant un chef-d'œuvre ; il évoque dans un style nouveau pour l'époque, avec humour et dans une langue qui servira à l'unification de l'Italie, une belle histoire d'amour qui a pour sujet l'occupation espagnole du Milanais au XVIIe siècle. Dès l'époque de notre Vespasien de Gonzague, le funeste génie de Sabbioneta, la Péninsule est en effet définitivement passée, pour un siècle, sous la domination des Rois Catholiques de Madrid. Les Français, perdus dans leur guerre de religion, ont abandonné tout espoir sur le Milanais. Fernand Braudel peut en faire le sujet de sa thèse célèbre : la *Méditerranée de Philippe II* (1556-1598) est bel et bien, à l'exception de Venise, aux mains des Espagnols.

Le roman de Manzoni se présente comme un manuscrit anonyme des années 1628-1630 dont l'auteur se serait contenté de corriger la langue et le style. Le sous-titre : *Chronique milanaise du XVIIe siècle.* Elle relate les malheurs de deux jeunes paysans, Lucia Mondella et Renzo Tramaglino, promis l'un à l'autre, mais que le curé du village, le médiocre et craintif Don Abbondio, refuse de marier. Il en a reçu l'ordre de Don Rodrigo, seigneur vaniteux, qui a croisé Lucia et a décidé de l'épouser. À l'arrière-plan de ce roman historique, il y a la peste, la corruption, la domination étrangère des Espagnols, la guerre. L'intrigue est riche en rebondissements qui permettent à Manzoni, en commentaire extérieur, de donner son opinion sur la lutte entre le bien et le mal, dialoguant ainsi avec le lecteur pour mieux l'associer à son récit. Évidemment, derrière les Espagnols, ce sont les occupants autrichiens qui sont visés par ce texte dont les préoccupations nationalistes sont réelles. *I promessi sposi* sera le grand roman du *Risorgimento*. Pourtant, ce qui touche encore aujourd'hui dans ce texte, c'est sa conception du monde. Manzoni a d'abord été, comme beaucoup d'intellectuels italiens de son temps, marqué par l'esprit des Lumières françaises. Mais il a craint que le matérialisme extrême d'un d'Holbach ou d'un Helvétius, en désacralisant l'homme, ne serve finalement de tremplin à l'utilitarisme marchand. Aussi Manzoni est-il revenu à la religion chrétienne, sans perdre sa lucidité sur l'Église elle-même, comme en témoigne le portrait au vitriol de Don Abbondio, le curé dur avec les pauvres et flagorneur avec les puissants. Ou l'ambiguë sœur, la *monaca di Monza*, entrée dans les ordres contre sa volonté et livrant Lucia, qui s'est réfugiée dans le couvent, à *l'Innominato* (l'innommable), sorte de grand seigneur dépravé à la Sade… Mais l'inspiration chrétienne de Manzoni est indéniable. À la fin du roman, le bien est récompensé, le mal puni. L'*Innominato*, qui capture Lucia dans le couvent, pour la remettre à Don Rodrigo, est frappé par la grâce. Il est touché par la douleur de la jeune fille et il décide finalement de la laisser partir pour retrouver son fiancé. On voit mal le *divin marquis* accomplir un tel geste (quoiqu'il se soit montré généreux en sauvant, sous la Terreur, la vie de sa belle-mère, la présidente de Montreuil, source de tous ses malheurs)… Au final, les deux paysans peuvent enfin se marier et ils vivent un amour tranquille.

C'est probablement cette fin heureuse qui surprend et ne convainc pas le public étranger. Dans l'esprit commun, la passion à l'italienne ne peut être que volcanique, tragique et sanglante. Il est vrai que les annales italiennes sont pleines d'histoires de maris jaloux, de femmes adultères ou trompées, de crimes conjugaux, surtout dans un pays où le divorce a mis tant de temps à être reconnu par la loi (il faudra attendre son adoption définitive en 1975). La littérature populaire et le cinéma se sont emparés de ce thème et la comédie italienne en a fait le sujet de l'un de ses films célèbres, *Divorce à l'italienne*. Dans une Italie où les époux ne pouvaient pas se séparer, les « crimes d'honneur » étaient regardés avec une certaine bienveillance par la justice. Un article fameux du vieux Code pénal, l'article 587, permettait à celui qui avait été trompé de bénéficier d'une peine symbolique s'il tuait son conjoint en invoquant « le délit d'honneur ». Ce fut le cas de ce baron sicilien, Féfé Cefalù, joué dans le film par Mastroianni, qui ne savait comment se débarrasser de sa femme pour se marier avec sa jeune et jolie cousine. Il poussa alors la baronne dans les bras d'un de ses anciens amants et, feignant de les surprendre, abattit son épouse « sous le coup de la colère ». Une fois sorti de prison, après une courte peine, il put enfin se marier avec celle qu'il aimait. Cette ironique mise en scène un peu surfaite exploite évidemment des stéréotypes attendus sur la société sicilienne. Elle ne s'en inspire pas moins de faits réels.

Le « délit d'honneur » est une spécialité italienne depuis le Moyen Âge. Car l'Italie est le pays de la passion assumée. En effet, comme l'a fort bien noté Stendhal, dans *De l'amour*, les Italiens n'ont pas la vanité des Français, ils se moquent bien de ce que peuvent penser les autres de leurs tourments. Ils préfèrent d'ailleurs la passion au calme. Dans ses *Neufs essais sur Dante*, Borges a très bien montré pourquoi l'auteur de *La Divine Comédie* a autant insisté sur la faute de Francesca da Rimini et de son amant Paolo Malatesta. En visitant les Enfers, avec Virgile, Dante reconnaît ce couple condamné à tourner sans fin dans les flammes éternelles. Oubliée en France, l'histoire de Paolo et Francesca est fort célèbre en Italie, presque autant que celle de Roméo et Juliette. Il est vrai que pendant des générations, Dante était lu aussi bien par l'artisan que par l'intellectuel ou le bourgeois. Paolo et Francesca ont préféré céder à la passion et à l'amour terrestre plutôt qu'à l'amour divin. Ils ont trahi, l'une son mari, l'autre son propre frère. Pourtant, Dante semble les en approuver. Eux, au moins, se sont aimés, même si leur amour criminel les a conduits à la chute. Même dans les flammes, ils sont unis.

> « Amor, ch'a nullo amato amar perdona,
> mi prese del costui piacer si forte,
> che, come vedi, ancor non m'abbandona[2]. »

Dante, lui, ne peut en dire autant. Le grand amour de sa vie, sa chère Béatrice, il n'a pu, selon *La Vita Nuova*, que lui adresser un chaste salut, à deux reprises, puis elle est morte, peu après, à l'âge de 22 ans. Au Paradis, leur rencontre sera d'ailleurs des plus brèves. Béatrice le regarde de loin, lui sourit, « poi si torno a l'eterna fontana » (puis elle se tourna vers l'éternelle fontaine) (chant XXXI, 91). Dante est condamné à vivre toujours sans celle qui a rejoint le cercle des anges ; à sa place se tient un vieillard, saint Bernard. Dante veut-il nous dire, à travers Paolo et Francesca, que la passion, même tragique, est toujours plus vraie que l'amour platonique vanté par saint Bernard de Clairvaux ? Pour décrire la tragédie de Paolo et Francesca, Dante se serait inspiré d'une histoire vraie qu'il connut alors qu'il vivait à Ravenne chez les seigneurs da Polenta. Francesca da Polenta, de la noble famille de Ravenne, avait épousé Giangiotto Malateste, le plus ancien des frères Malateste, puissants seigneurs de Rimini. Giangiotto était une brute épaisse et d'une grande laideur mais il avait un frère, l'aimable Paolo, qui était un esprit sensible. Francesca nourrit vite une passion impossible pour Paolo qui était lui aussi secrètement amoureux d'elle. Ils se voyaient souvent et le désir les consumait chaque instant un peu plus. Un jour, alors qu'ils lisaient tous les deux l'histoire d'amour secrète de Lancelot et de Guenièvre, l'épouse du roi Arthur, leurs nerfs cédèrent. En arrivant au passage où Galehaut (Galeotto) favorise le baiser entre Lancelot et Guenièvre, Paolo et Francesca s'embrassèrent à leur tour[3]. Dante s'attarde sur cette scène du baiser qui est devenu un « classique » de la littérature italienne. Mais le mari les surprend et les tue tous les deux avec son épée.

Si elle peut s'appuyer sur des faits avérés[4], cette tragédie n'a rien d'unique en ces temps médiévaux. La liste des barons sourcilleux et ombrageux, perdant la raison en découvrant la « trahison » de leur femme, est impressionnante. Mais peut-être est-ce partout la même chose en Europe en ce temps-là ? Femmes emmurées vives avec la dépouille de leur amant, comme la pauvre épouse de Vespasien de Gonzague ou la pauvre Esterina da Portole, épouse de Frédéric da Ratisperga, qui, sur une simple rumeur, l'enferma à vie dans la forteresse de Duino (Trieste), où elle mourut de faim. Femmes égorgées ou trucidées par leur mari, comme la pauvre Béatrice de Tende, accusée sans preuve d'avoir trahi son mari, le sanguin Filippo Maria Visconti en 1418, tandis que le 15 juillet 1576, Paolo Giordano Orsini tue sa femme Isabelle Médicis pour l'avoir trompé avec son cousin Troilo Orsini[5]. Bien que d'origine moins « féodale », les Médicis ne sont pas en reste ; Pierre de Médicis tue à la même époque sa femme, Éléonore de Tolède, dans sa villa de Cafaggiolo, parce qu'elle l'a trompé avec un jeune Florentin. Il le fait atrocement, en l'étranglant au lasso, comme une vache du Texas... On lasserait le lecteur en lui évoquant la liste infinie de ces « délits d'honneur ». Précisons toutefois qu'au pays de Cesare Lombroso (1835-1909), le père de la criminologie, auteur de plusieurs essais étranges de morphopsychologie, et notamment *L'Uomo delinquente (L'Homme criminel)*, ces tragédies à l'antique n'appartiennent pas uniquement aux siècles obscurs.

Dans la nuit du 30 août 1970, un drame a éclaboussé l'aristocratie milanaise. La police romaine, en arrivant dans un grand appartement de Parioli (l'équivalent du XVIe arrondissement romain), 9, via Puccini, découvre le corps de la marquise Anna Casati, âgée de 40 ans, et de son amant, Massimo, âgé de 25 ans. Tous les deux ont été assassinés par le mari, le marquis Camillo Casati Stampa di Soncino. Celui-ci descend d'une vieille famille milanaise dont une ancêtre aurait même servi de modèle pour la *monaca di Monza*, celle du célèbre roman de Manzoni.

Mais la famille a perdu de son lustre au début du XXe siècle avec la marquise Luisa, extravagante amie de Cocteau, de D'Annunzio, de Man Ray et de Marinetti qui l'a définie comme « la plus grande futuriste du monde ». Avide de reconnaissance, Camillo, de tempérament colérique, a été obligé de se frotter aux milieux d'affaires pour rehausser le nom des Casati. Il devient un industriel important, tout en continuant à fréquenter le « monde ». À Cannes, en 1958, alors même qu'il est déjà marié, il rencontre une jeune romaine, Anna Fallarino. La vie d'Anna résume à elle seule l'histoire de l'Italie de la reconstruction et du boom économique, avec ses illusions de progrès et de bien-être, l'Italie d'*Una vita difficile* ou de *Poveri ma belli* du grand Dino Risi. Anna vient d'une famille de pauvres employés de Bénévent, en Campanie. Sa grande beauté lui a permis de « monter » à Rome et de commencer à fréquenter le monde du cinéma. Quand Camillo la remarque, il tombe aussitôt sous son charme. Il obtient de la Curie romaine de faire annuler son premier mariage – il a de bonnes relations dans la noblesse *noire* – et il épouse Anna. Dès la nuit de noces, la jeune femme comprend qu'elle n'a pas affaire à un homme comme les autres. Au serveur de l'hôtel qui apporte le champagne dans la chambre nuptiale, le marquis lui intime l'ordre de faire l'amour avec sa femme ! Son grand penchant est le « voyeurisme ». Il entend « brocanter » Anna au garçon d'étage, au plagiste ou aux militaires et regarder le spectacle.

Le journal intime du marquis donne la nausée : « Aujourd'hui, Anna a fait l'amour avec un garçon de façon si efficace que, moi aussi, de loin, j'ai participé à sa joie... » Tout est du même ordre. Pourquoi Anna se soumet-elle à ces jeux scabreux ? Elle tire de sa nouvelle position sociale des avantages. Elle fait alors partie de la jet-set romaine et milanaise. Peut-être le petit jeu lui plaît-il aussi. Serait-elle exhibitionniste ? Tout fonctionne jusqu'au jour où Anna rencontre le beau Massimo, un petit *play boy* fasciste. Anna tombe amoureuse. Le marquis l'apprend et devient très jaloux. Il entend bien « prêter » sa femme, mais cela doit se faire avec son consentement *et* en sa présence. Il le rappelle brutalement à Anna. Mais elle continue à fréquenter Massimo et, pendant des mois, le marquis souffre atrocement ; il rumine sa vengeance et explose parfois dans de terribles colères ; il se sent pris à son propre jeu. Comment imposer à la marquise le devoir de « fidélité » après ce qu'ils ont vécu ? Alors il la menace, lui rappelle d'où elle vient, ce qu'elle lui doit. Les domestiques témoins des scènes conjugales prétendent avoir entendu Anna s'écrier un jour :

> Mieux vaut manger du pain et des oignons plutôt que d'accepter les règles de ce monde corrompu, habité de gens comme toi qui sont à vomir. Si ça continue, un jour ou l'autre, je retourne au pays.

Elle n'en aura pas le temps. Le 29 août 1970, alors que le marquis est à la chasse chez des amis, en Vénétie, il appelle Anna. Celle-ci lui répond qu'elle dîne à la maison avec Massimo et des amis romains. Doutant de la présence d'autres amis, le marquis prend sa voiture dans la nuit et redescend jusqu'à Rome. Le lendemain, en fin d'après-midi, après avoir convoqué les deux amants, il abat sa femme, son amant et se suicide. Les inspecteurs s'étonneront de voir un étrange liquide blanc s'écouler d'un des seins d'Anna, celui transpercé par une balle. Ils découvriront que la marquise s'est fait agrandir les seins par un produit alors réservé à une très petite élite, du silicone[6].

Avec la modernité, ce ne sont plus toujours les femmes adultères qui sont les victimes de ces tragédies ; elles peuvent aussi en être les acteurs principaux. Les annales italiennes du crime passionnel retiennent le nom de la comtesse Pia Bellentani, épouse, elle aussi, d'un industriel milanais, mère de deux enfants, et amante d'un autre homme marié, Carlo Sacchi. Leur relation adultère dure depuis huit ans, malgré des hauts et des bas, et de plus en plus de bas. Le 15 septembre 1948, lors d'une soirée mondaine sur le lac de Côme, Pia perd la raison. Blessée à mort par les nouvelles remarques cyniques et désobligeantes de son amant, elle remonte dans sa chambre d'hôtel, prend le pistolet de son mari (pourquoi tous ces pistolets, on ne se croirait pas en Europe mais au Far West ?) et redescend dans le grand salon où elle abat son amant. On reconnaîtra à la comtesse des circonstances atténuantes puis le professeur Saporito, le grand psychiatre de l'époque, affirmera qu'elle souffre de troubles héréditaires, ayant songé toute sa vie à se suicider. Au fond, en tuant son amant, c'est elle qu'elle aurait cherché à atteindre. Elle bénéficiera à la prison d'Aversa (Campanie), où elle est enfermée, d'un traitement un peu particulier. On l'autorisera à y faire venir son piano à queue et elle y donnera de petits concerts aux prisonniers ! Au bout de sept ans de prison, elle sera libérée. Ce cas fait songer que ce ne sont pas toujours les maris trompés à être les principales victimes de ces drames passionnels. Le cas de la comtesse de Sant'Elia achèvera de nous en convaincre.

Depuis le 11 août 1909, la comtesse Giulia Trigona di Sant'Elia, dame de cour de la reine Hélène d'Italie, l'épouse de Victor-Emmanuel III, entretient une relation adultère avec un officier de cavalerie, le baron Vincenzo Paterno. Au début de l'année 1911, malgré des rencontres furtives dans un hôtel modeste d'un quartier de Rome, le *Rebecchino*, le comte Romualdo di Sant'Elia découvre la liaison et s'en émeut. D'autres personnes sont au courant, le scandale menace d'éclater et d'éclabousser les familles, la reine Hélène elle-même. L'amant de Giulia, le baron Paterno, juge lui aussi que les choses sont allées trop loin. Il faut cesser ce petit jeu. Mais Giulia est une passionnée ; elle aime le baron et ne veut pas que cette intrigue prenne fin. L'amant ne sait plus quoi faire. Alors, le 2 mars 1911, avant que son régiment ne parte le lendemain à Naples, il décide de voir une dernière fois la comtesse pour mettre les choses au clair. Il lui donne rendez-vous à midi à l'hôtel *Rebecchino*, comme toujours. Mais, en chemin, Paterno achète un grand couteau de chasse. Au cas où… Quand il retrouve son amante, toujours éprise de lui, il ne lui reste plus qu'une solution. Puisqu'elle refuse d'arrêter cette liaison, il la poignarde et se tire une balle de pistolet. Elle meurt sous les coups mais lui, s'il se défigure, ne parvient pas à mourir. Il est accusé de meurtre par préméditation et condamné à la prison à vie[7]. Pour bénéficier du « délit d'honneur », il faut en effet que le crime ait été commis sous l'impulsion du cœur. Ayant acheté un couteau avant le crime, le baron ne peut bénéficier de l'article 587. C'est aussi le cas d'Arnaldo Graziosi, pianiste de 32 ans, qui tue sa jeune femme, âgée de 24 ans, dans une sordide auberge de Fiuggi, la nuit du 21 octobre 1945. Au lieu de jouer la carte de la surprise, il tente de camoufler le crime en suicide. Mais il sera prouvé que la lettre où sa femme déclare vouloir mettre fin à ses jours n'est pas de son écriture. En outre, Arnaldo a une liaison avec une de ses jeunes élèves, ce qui signe son crime. Il est condamné à vingt-quatre ans de prison et, en 1959, après quatorze ans de détention, où il compose des musiques de film, il est gracié à la demande de sa fille. Peu de temps après, il tient un concert au théâtre Sistina de Rome[8]. L'histoire ne dit pas si ce fut un succès.

Il est évident que la « passion à l'italienne » a perdu de son acuité après l'adoption tardive en 1975 de la loi sur le divorce. Un écrivain d'avant-garde, Giorgio Manganelli, avait publié un pamphlet provocateur, intitulé *Objection au divorce*, dans lequel il donnait avec ironie les raisons de son hostilité à cette réforme tant attendue par beaucoup de couples malheureux. Selon Manganelli, le droit de divorcer entraînerait, d'une part, la disparition de toute vie intellectuelle en Italie car l'élite cultivée serait nécessairement la première concernée par la réforme et se ruinerait en pensions alimentaires, ce qui l'empêcherait d'acheter des livres. D'autre part, le divorce mettrait fin à la seule école d'anarchie que représentait le mariage catholique. En contraignant des millions de couples italiens à l'adultère, l'institution du mariage indissoluble était une source de vie et de liberté. L'adoption du divorce « calviniste » entraînerait, selon lui, le triomphe du conformisme moral…

CHAPITRE XVI

Les jardins monstrueux, ou comment sauver son couple à l'italienne (I)

Pour éviter d'en arriver à ces extrémités sanguinaires, certains princes ont eu une idée originale : terrifier leurs jeunes épouses frivoles et les contenir par la force édifiante des pierres. Leur folie passionnelle a donné naissance à de magnifiques œuvres architecturales, d'un style fort bizarre, très italien, maniériste ou baroque. Je pense à deux parcs « monstrueux », l'un en Sicile, près de Palerme, l'autre dans le Latium, près de Viterbe. Tous deux ont été mystérieusement construits par des princes jaloux. C'est ainsi qu'est née la villa Palagonia, à Bagheria, dans la banlieue de Palerme. Aujourd'hui, la spéculation immobilière a ruiné l'agrément de cette petite ville qui servait au XVIIe siècle de lieu de villégiature pour l'aristocratie palermitaine (villa Valguarnera, villa Trabia, villa Cattolica). Après Leonardo Sciascia, l'écrivain Dacia Maraini a évoqué dans son récit autobiographique, *Retour à Bagheria*, la grandeur et la décadence de cet endroit. Mais on en a une impression encore plus forte dans son beau roman, *La Longue Vie de Marianna Ucria*, qui évoque cette Sicile du XVIIIe siècle, aux personnages étranges. Elle s'inspire notamment d'un de ses aïeux célèbres, Don Ferdinando Gravina e Crujilla, prince de Palagonia, chevalier de la Toison d'or et proche du roi d'Espagne, Philippe V, le petit-fils de Louis XIV.

La légende veut que ce prince, qui était d'une jalousie maladive, ait conçu le jardin de sa grande villa de telle manière que sa belle épouse, qu'il tenait recluse dans son palais, perde toute envie de le tromper. Il a ainsi fait placer dans le parc, et sur les murs qui l'entourent, des statues de pierre représentant des créatures monstrueuses, difformes, inquiétantes, destinées à rappeler chaque jour à la jeune femme les horreurs de l'enfer où ne manquerait pas de la précipiter un adultère... C'est un frère dominicain Tommaso Maria Napoli qui fut le principal responsable de ce chantier effrayant commencé en 1715 et qui ne verra vraiment le jour qu'en 1749, alors que le prince était déjà mort. On surnomma dès lors la villa des Gravina la « villa des Monstres ». Dès l'entrée, marquée par deux gnomes, on peut voir encore aujourd'hui les murs extérieurs couronnés de statues représentant des animaux légendaires, des créatures anthropomorphes, des dames et des chevaliers aux traits déformés par la caricature. Beaucoup de ces statues ont été perdues ou abîmées par le temps. Qu'importe, Sciascia a écrit que « cet état d'abandon et de dépérissement lui paraissait originairement intrinsèque[1] » à la construction. Au XVIIIe siècle, on comptait près de 200 sculptures, il n'en reste plus que 62. L'intérieur de la maison n'est pas moins surprenant. On a dit qu'en son temps, la villa était meublée de manière très étrange, avec des sièges tordus, aux pieds inégaux, recouverts d'un velours clouté dont les pointes sortaient des dossiers, des « candélabres chinois » confectionnés avec des débris de porcelaine, etc. La chambre du prince était décorée d'un bestiaire étouffant qui occupait tous les murs de la pièce, comme dans un château envoûté. Aujourd'hui, il reste encore l'escalier monumental, à double révolution, l'entrée et les fresques d'Hercule et la galerie des miroirs, toute de marbre dont le plafond est couvert de glaces aux effets kaléidoscopiques.

Dans son *Voyage d'Italie*, Goethe visite la villa et en reste horrifié. Elle le dégoûte sur le plan esthétique et l'inquiète. Pourquoi cette fantaisie morbide du prince ? À la fin du XIXe siècle, des dizaines de livres, notamment de psychiatres, ont été consacrés à Palagonia ; on a scruté la personnalité méconnue du prince. Il aurait été un fou mélancolique, un jaloux atteint de délire de persécution... Le surréalisme nous a, depuis, appris à nous méfier de ces savantes et positivistes études sur la folie. On se souvient du mot de Dali : « L'unique différence entre moi et un fou, c'est que moi, je ne suis pas fou. » Laissant au lecteur ces méditations savantes[2], je n'ajouterai qu'un détail. On trouve dans les *Mémoires* de Saint-Simon un petit portrait du prince Gravina. Saint-Simon était fasciné par tous les Grands d'Espagne parce qu'il entendait obtenir cette dignité pour son fils cadet. Le rang de Grand d'Espagne égalait celui de duc et Saint-Simon n'avait qu'une obsession : laisser à ses enfants un rang ducal ! Il s'était rendu en ambassade à Madrid en 1721 à cet effet. Il y a alors connu le prince Gravina, Grand d'Espagne. Voici le portrait laconique qu'il fait de lui : « Il [...] s'était fort endetté pour soutenir le parti de Philippe V tant qu'il avait pu ; en considération de quoi il avait obtenu la grandesse. Il était venu à Madrid pour y faire sa couverture [...]. Il était vieux, estimé et accueilli ; mais la tristesse de sa situation le rendait obscur. Comme toute sa famille était en Sicile où il comptait retourner, je ne m'y étendrai pas davantage » (*Mémoires*, tome XVIII, 16). Dommage. Une chose est sûre : Gravina est célèbre alors pour son caractère « obscur ».

Tel était aussi, dit-on, l'esprit du prince Pier Francesco Orsini, surnommé Vicino, qui fit construire au XVIe siècle, sur ses terres familiales de Bomarzo, près de Viterbe (Latium), un « bois sacré » qui peut être considéré comme l'antécédent du jardin de la villa Palagonia. On peut aujourd'hui le visiter. En contrebas de son immense château de 400 pièces, dans le creux d'un vallon, le prince a fait bâtir ce parc étrange qui fait songer aux forêts enchantées des légendes médiévales. Il a profité des immenses pierres qui peuplaient le vallon, comme à Fontainebleau, pour les faire sculpter sur place par ses artistes, sous le contrôle, dit-on, du grand architecte Pirro Ligorio, qui a aussi aménagé la villa d'Este à Tivoli. L'entrée du jardin, clos de murs et d'un ruisseau, accueille le visiteur : « Vous qui errez dans le monde, désireux de voir des merveilles imposantes et magnifiques, venez ici... », peut-on lire un peu plus loin sur un banc étrusque. En parcourant la « villa des Merveilles », comme on l'appelle aussi, chef-d'œuvre méconnu de la Renaissance, ce sont bien sûr les figures de Bosch, de Brueghel ou d'Arcimboldo qui viennent immédiatement à l'esprit. Sphinx, monstres marins, mausolée en ruine, tortues géantes, Pégase, maison penchée, dragon protecteur, cerbère, ogre poussant un cri d'épouvante, et dont la bouche énorme semble directement conduire aux enfers... En regardant ces étranges statues, dont certaines, gigantesques, font aussi songer aux géants du *Voyage de Gulliver* de Swift, on se demande les raisons qui ont amené Orsini à bâtir Bomarzo. Elles sont encore plus obscures que celles du prince Gravina. Et elles le resteront peut-être à jamais car le secret du parcours initiatique a été perdu.

Voulait-il jouer sur son nom, Orsini, *Orcini*, qui en latin signifie « appartenant au royaume des morts » ? Indéniablement, certaines statues sont destinées à perpétuer la gloire de cette grande famille romaine, notamment, à l'entrée du parc, celle de Glaucos, l'affreux dieu marin qui porte sur sa tête un globe terrestre surmonté du château des Orsini, comme si cette maison devait dominer le monde ! De même sur l'immense colosse symbolisant la lutte entre deux géants, celui du Bien et celui du Mal, le prince a fait inscrire ces mots : « Si Rhodes est fière de son colosse, je peux aussi me glorifier de mon bois, et personne ne pourra faire mieux que moi »... Mais ce n'est pas principalement la mégalomanie princière qui est intéressante dans ce parc. André Pieyre de Mandiargues, qui a visité le « bois sacré » à une époque où le jardin était encore laissé à l'abandon, ce qui devait en renforcer le mystère, en a donné une description forte, s'interrogeant sur les influences qui ont pu marquer ces artistes locaux. Certaines statues lui évoquent les monstres de l'Inde ou les temples khmers. Comment imaginer une telle influence lointaine en ces lieux reculés ? Aujourd'hui, le parc est bien entretenu, ce qui lui ôte un peu de son charme secret ; mais il n'y a presque jamais personne durant la semaine et il faut se promener dans ces allées ombragées, silencieuses, dominées dans le lointain par l'imposante *rocca* médiévale des Orsini. On imagine au XVIe siècle les seigneurs descendre de leur demeure pour y accompagner leur entourage et réfléchir, dans ces lieux protégés, au sens de la vie. Car tel est le plus souvent l'objet de ces jardins ésotériques de la Renaissance. Du *Songe de Poliphile* à *l'Astrée* d'Honoré d'Urfé, la littérature exalte ces balades initiatiques dans les dédales des jardins mystérieux. Selon la légende, les monstres de Bomarzo ont été conçus en 1552 pour donner à l'épouse du prince Orsini une garde imaginaire de dragons et de monstres ; c'est du moins leur sens le plus probable : « l'imagination humaine ne conçoit pas qu'une telle collection de formes monstrueuses ait été déployée gratuitement, sans un trésor à garder.

S'il y a tant de bêtes, c'est pour veiller sur une Belle ». La légende ne satisfait pas Dominique Fernandez. Il propose une autre version séduisante : « Pourquoi ne pas attribuer à des influences locales le sceau de l'Orient apposé aux sculptures du parc. Nous sommes ici au cœur de l'ancien territoire étrusque », et Tarquinia, l'antique capitale de ce peuple originaire d'Asie mineure, n'est pas loin. De là à penser qu'un peu de son esprit se soit transmis jusqu'aux artisans de Bomarzo[3]...

Retenons ce goût italien pour les monstres protecteurs de la vertu des femmes ! Même dans le splendide palais (XVIIe-XVIIIe siècle) de l'isola Bella, une des trois îles Borromées du lac Majeur, bâtie pour l'amour de sa femme Isabella par Carlo III Borromeo (1586-1652), on trouve un théâtre de marionnettes avec un répertoire de monstres mythologiques et infernaux. L'Italie était déjà prête à devenir la patrie d'un Buzzati, l'auteur du *Désert des Tartares*, et d'autres contes plus fantastiques encore, avec leurs êtres monstrueux et sadiques, notamment ses femmes à quatre yeux... propres à surveiller tout adultère.

CHAPITRE XVII

Les sigisbées florentins, ou comment sauver son couple à l'italienne (II)

En 1775, Sade voyage en Italie, fuyant la France du prude Louis XVI. Dans ce périple qui le mène jusqu'à Naples, le divin marquis note, très irrité, à propos de Florence : « Le *sigisbéatisme*, plus en usage dans cette ville que partout ailleurs, laisse peu d'accès à un étranger qui voudrait faire sa cour et s'attacher à quelqu'une de ces femmes. » Sade empêché de faire sa cour par le *sigisbéatisme* ? Quel peut bien être un bouclier aussi puissant pour paralyser l'auteur de *Justine ?* Traduisant à sa façon le terme italien de *cicisbéo*, qui donne en français sigisbée, Sade témoigne d'une pratique fort répandue en Italie. Le divin marquis s'attendait peut-être à connaître dans la Péninsule de grandes passions avec des femmes animées par « ce feu brûlant de l'Italie », comme le dira plus tard Musset. Et que constate-t-il à son arrivée à Florence ? Rien, le désert. C'est un terrible fiasco. Et pourquoi ? Parce qu'il ne peut approcher en tête à tête la moindre Italienne d'un certain rang. Seraient-ce les maris qui font barrage ? En aucun cas. Il est même jugé indigne qu'une femme du monde sorte avec son mari. Seule la petite bourgeoisie et le peuple ont ces habitudes conjugales dans la Péninsule. Au siècle des Lumières, les Italiennes vont dans le monde sans leurs époux. Mais elles sont accompagnées d'un chevalier servant qui est bien plus gênant qu'un mari. C'est le sigisbée.

Qui sont ces importuns ? Toute femme de la société se doit au XVIIIe siècle d'avoir au moins un sigisbée, parfois même plusieurs. Pour les grandes-duchesses italiennes, il y a le sigisbée du matin, celui de la promenade de l'après-midi, celui du soir, le sigisbée de l'Opéra, celui du souper, parfois même le sigisbée du gant et de la toilette... Mais n'allons pas croire tout de suite que ces sigisbées sont des amants. Ces gros notables qui traînent derrière les jeunes femmes dans la rue, sont avant tout des protecteurs, des galants, souvent approuvés par le mari, pour accompagner sa femme et l'empêcher de faire des mauvaises rencontres. Quand ils n'ont vraiment aucune chance, on leur donne même le surnom encore plus déplaisant de *patito*, petit canard en espagnol. Ce sont eux qui ont tant incommodé Sade. On imagine aisément son désarroi. Il fuit la France où ses ébats érotiques scabreux ne sont que trop connus ; il aurait pu profiter de son séjour à Florence, où sa réputation est encore intacte, mais le voilà qui doit affronter le regard inquisiteur de ces sigisbées et de ces patitos, plus sourcilleux que tous les maris du monde, surtout français. Aussi enrage-t-il contre Florence : « Tous les ménages sont arrangés, écrit-il. Le mari ne peut décemment aller avec sa femme. Il faut que cette femme prenne ce qu'on appelle un chevalier servant qui ne la quitte pas d'un pas et qui, soumis à ses moindres caprices, soit toujours prêt à y satisfaire. Ce n'est pas tout. S'il en était quitte pour cela, il serait, selon moi, fort heureux, mais sa bourse s'en ressent. L'usage est de payer la *signora* au service de laquelle on a l'honneur d'être attaché[1] ». On peut se demander si les remarques d'un écrivain comme Sade sont fiables. Il cultive certaines fantaisies de plume qui laissent parfois douter de son propos. Dans son *Histoire de Juliette* (1797), n'imagine-t-il pas les pires turpitudes commises par le pape Pie VI sur le trône même de saint Pierre ? Rien ne résiste à la patte féroce du marquis. Surtout pas le chef de l'Église universelle…

Pourtant les propos de Sade, à propos des sigisbées, sont confirmés par tous les Français qui visitent l'Italie au XVIIIe siècle. Montesquieu, plus célèbre pour *L'Esprit des lois* que pour ses frasques d'alcôve, s'étonne lors de son voyage d'être toujours incommodé par la présence de ces sigisbées. Ils l'empêchent d'entretenir avec les femmes ces relations intimes où son esprit lui permet de compenser un physique plutôt banal. Il s'en ouvre d'ailleurs avec humour à une dame, peut-être la comtesse Borromée. Dans une lettre d'octobre 1728, il lui propose de jouer ce rôle, qu'il juge ridicule, de sigisbée : « Je prie votre Seigneurie illustrissime de me faire savoir à quelle heure Elle sortira de chez elle. Je me tiendrai à la porte, mes gants blancs à la main […]. Nous sigisbées, sommes des animaux qui se nourrissent de peu et, comme les caméléons, nous vivons d'air, pendant que le mari, comme un fier et superbe lion, rugit, détruit et dévore. » Mais le Français reprend vite son naturel car il n'ambitionne pas du tout de rester indéfiniment un brave sigisbée. Montesquieu ajoute même avec audace à sa correspondante : « Il est vrai que, quand viendra le temps où son mari lui fera quelque infidélité, je pourrai croire que ma charge auprès d'Elle sera un peu plus importante et considérable, parce que j'ai entendu dire qu'une dame offensée était bien vite vengée[2]. »

Les sigisbées étaient-ils des amants cachés que la bonne société italienne tolérait pour le bonheur de tous ? La question mérite d'être posée. En effet, il est probable que nombre de dames aient fini par céder à leur sigisbée, à force de les fréquenter quotidiennement. Mais, au départ, cette institution sociale n'avait pas pour but de « camoufler » un adultère généralisé. Au contraire, le sigisbée était un instrument de contrôle social, en même temps qu'une soupape nécessaire pour échapper à l'enfermement mortifère des mariages arrangés. L'amour étant, à cette époque, banni du mariage, il paraissait cruel d'obliger une femme à suivre constamment son mari. Ainsi est née cette idée que les couples ne pouvaient sortir ensemble dans le monde, mais que chaque femme devait aller au bras d'un chevalier servant. La femme pourra prendre quelqu'un avec qui elle s'entend, tandis que le mari, de son côté, sera le sigisbée d'une autre. Ainsi les sociétés bloquées trouvaient-elles les parades les plus acrobatiques aux inconvénients du mariage de raison. Mais le sigisbée est connu de tous, à commencer du mari. Son nom est même parfois inscrit dans le contrat de mariage ! Aussi n'est-il pas rare de voir un jeune abbé suivre le carrosse d'une dame ou lui donner la main à l'église. Si les prédicateurs s'opposent à ces abbés galants qui jouent les sigisbées, il n'empêche : tous les gentilshommes de l'Italie des Lumières sont les sigisbées d'une dame[3]. C'est ce que notent le président de Brosses, le marquis d'Argens, le comte d'Espinchal, jusqu'à Stendhal qui connaît l'institution alors qu'elle est en plein déclin.

Chaque société a sa façon de gérer les rapports entre les sexes. Les Français sont habitués à entretenir des liens faciles avec les femmes. Mona Ozouf a souligné que les voyageurs étrangers sont frappés par cette façon de « mêler » si facilement les sexes[4]. C'est là un trait de la « galanterie » à la française. Au siècle des Lumières, dans les salons de Paris ou de Versailles, l'homme aborde les femmes comme il l'entend, notamment à table où les dîners placés sont interdits, ou réservés aux soupers de la petite bourgeoisie cérémonieuse. Dans le monde, en dehors des réceptions officielles de la cour, chacun se place à table comme il l'entend et dispose de tous les ressorts du langage pour tenter de séduire une femme. Aussi les Français sont-ils agacés par cette coutume italienne du sigisbéisme qui n'est pas sans faire songer à un usage espagnol, plus archaïque encore, celui de la *duègne*, ces terribles marâtres qui accompagnent chaque sortie des jeunes filles et rendent vaine toute entreprise de séduction. L'origine du sigisbéisme vient d'ailleurs probablement de l'époque de la domination espagnole. On prit alors l'habitude d'interdire aux femmes de sortir seules. Mais les Italiens l'ont traduit à leur façon : ils n'ont pas fait protéger leur femme par de vieilles dames mais par des hommes plus engageants. Il n'empêche que cela ne fait guère l'affaire des Français. Énervé, Montesquieu, qui adore l'Italie, perd son sang-froid quand il évoque les sigisbées : « C'est la chose la plus ridicule qu'un sot peuple ait pu inventer : ce sont des amoureux sans espérance, des victimes qui sacrifient leur liberté à la dame qu'ils ont choisie. Enfin, après les chevaliers errants, il n'y a rien de si sot qu'un sigisbée. » Je me souviens avoir évoqué un jour à Rome cette vieille institution du sigisbéisme à deux amies directrices de communication qui y ont vu une idée « moderne » pour « sauver le couple ». Elles ont publié dans *Libération* une tribune d'une page entière titrée : *Au bon temps des sigisbées*... Un extrait : « Le sigisbée rompt l'alternative trahison-fidélité qui réduit la vie amoureuse à cinq noms communs : mari, femme, amant, maîtresse, cocu et un participe passé : trompé[5]. » Je reste convaincu que le sigisbéisme n'a pas sa place dans une société où, en théorie, on se marie par amour. Toutefois, certains journaux féminins ont été fort séduits par le concept. « Sauver votre couple :

prenez un sigisbée », a même titré un de ces magazines pour femmes « libérées ».

La Florence du XVIIIe siècle ne présenterait-elle aucun intérêt pour qu'on n'en évoque que ses sigisbées ? N'y a-t-il rien de plus intéressant à dire ? A-t-on remarqué que l'ancienne patrie des Michel-Ange, des Brunelleschi, des Donatello, des Buontalenti, semble comme perdre tout intérêt à l'âge des Lumières. N'y aurait-il rien à en dire ? Bien au contraire. La Florence de la fin des Lumières est certainement un des laboratoires de la modernité en Europe. Après les derniers Médicis, qui ont conduit l'État à un déclin achevé, le grand-duché de Toscane est passé aux Habsbourg qui vont y appliquer, de 1765 à 1790, sous le grand-duc Léopold (le frère de Marie-Antoinette), un vaste programme de réformes très ambitieuses. Sait-on que c'est la Toscane de Léopold qui a été le premier État du monde civilisé à avoir aboli la peine de mort en 1787 ? Rappelons que la révolution française hésitera à le faire en 1791 puis se ravisera[6]. Mais le grand-duc ne s'arrête pas là. Il fait venir Pompeo Neri, qui a mené déjà de grandes réformes dans le Milanais, et il lui fait appliquer un vaste plan de réforme agraire dans un but humanitaire. Prince des Lumières, le modèle même du despote éclairé, Léopold permet aux pauvres d'acheter les biens des Jésuites qui ont été dissous en 1768, il abolit certaines pratiques féodales (le *fidéicommis*), il propose des exemptions fiscales pour les paysans. Le futur empereur d'Autriche est un esprit réformateur, sincère, épris de justice sociale. Mais les grands propriétaires toscans feront tout pour s'opposer à ces réformes qui ne survivront pas à son départ, en 1790, lorsque Léopold sera appelé à succéder à son frère sur le trône de Vienne. Son expérience ne reste pas moins une des plus estimables et des plus modernes de l'Europe des Lumières. Pourtant, si on continue toujours à rêver de la

Florence de Laurent le Magnifique (dont on sait ce qu'il faut en penser), il ne viendrait à personne, dans le grand public, de songer à la Florence de Léopold. Stendhal, qui s'y connaissait un peu en ce domaine, décrit la Florence de son temps avec cruauté : « quelque chose de sec, d'étroit, de raisonnable, de sans passions ». Comme s'il y régnait déjà ce calme de retraite qui a tant séduit les vieilles Anglaises[7].

Pourquoi cette indifférence pour un des États les plus modernes de l'Europe des Lumières ? La raison semble simple et devrait être méditée par nos bons esprits. Peut-on citer un seul écrivain de renom qui ait donné un peu de lustre à la Toscane du XVIIIe siècle ? Léopold a bien pu s'entourer des meilleurs administrateurs et des meilleurs économistes, il lui a manqué de s'adjoindre un Politien ou un Marsile Ficin qui puisse en faire, pour la postérité, le véritable *Magnifique* dont cette splendide terre toscane était digne.

Chapitre XVIII

Une leçon d'amour, par Casanova

On quitterait injustement cette Italie galante, si on laissait croire qu'elle n'est formée que de maris jaloux, de femmes adultères, de fous paranoïaques ou de sigisbées grotesques. La péninsule a aussi donné dans le domaine de l'amour une image plus aimable et elle le doit notamment à un esprit célèbre mais, au fond, assez méconnu, Casanova, l'auteur de la monumentale *Histoire de ma vie*. Les esprits rapides confondent aisément Don Juan et Casanova. Tout homme à femmes est qualifié sans distinction de Don Juan ou de Casanova. La différence est pourtant considérable. Pas seulement parce que le Vénitien Giacomo Casanova[1] a, contrairement à Don Giovanni, existé (même si sa vie est un roman). Mais surtout parce que leur vision des femmes sépare profondément l'aristocrate espagnol et l'aventurier vénitien. Don Juan est un être pervers, cruel, qui multiplie les conquêtes pour transgresser les lois de la morale ; son seul courage aura été de rester fidèle à son personnage lors du dîner ultime où le convie la statue du commandeur. Don Juan a plu à certains intellectuels parce qu'il a une logique de transgression. Mais il n'aime pas les femmes ; elles sont dans ses mains les simples objets de sa vengeance contre les conventions communes, celles de son Père, de la Loi ou de Dieu. Qu'importe au fond après qui il en avait ! Casanova n'a pas tous ces problèmes. Il voue un culte au sexe féminin et il l'assume avec une heureuse simplicité, si déconcertante au nord de l'Europe, qu'on est parfois amené à la croire tout simplement « italienne ».

« Casanova est l'homme le plus admiré des imbéciles et le plus décrié des gens d'esprit », a écrit avec finesse Dominique Fernandez, soulignant que tout le monde est plus ou moins passé à côté du personnage. Les « coureurs de jupons », comme on disait à la campagne, voient en lui le modèle du séducteur et admirent cette vie mouvementée, pleine d'aventures. Sa rocambolesque évasion de la prison des Plombs de Venise, en 1756, appartient au répertoire le plus usé des visites du palais des Doges. Il la relate dans son *Histoire de ma fuite* qui, à défaut d'être véridique, est fort divertissante. Et, pour cette raison, les gens d'esprit tiennent, à l'inverse, Casanova pour un être méprisable, futile, sinon secondaire, la caricature de l'Italien immature et séducteur, un *cialtrone* de comédie, ce qui ne correspond guère à ce que fut le véritable Casanova. Rares sont ceux capables d'apprécier ce dernier à sa juste mesure. Je me souviens de Maurice Lever, ce grand spécialiste du XVIIIe siècle dont il me plaît ici à saluer la mémoire, évoquer lors d'un dîner amical la figure de Casanova qui était au passage l'ami du prince de Ligne, l'un des meilleurs esprits du XVIIIe siècle[2]. Malgré cela, Casanova restait pour moi un auteur un peu répétitif par ses conquêtes réelles ou imaginaires. Pas du tout, rétorquait Lever, il faut lire les *Mémoires* de Casanova dans leur version originale, et non celle, expurgée au début du XIXe siècle par Jean Laforgue. Jacques Casanova est un prodigieux auteur et ses propos, souvent fort brillants, sur la littérature, la morale, le théâtre, n'ont rien de ceux d'un médiocre aventurier. Le

Casanova de Fellini nous a embrouillé l'esprit. C'est un film brillant mais faux. Il met en scène un automate du sexe, qui fait l'amour avec une mécanique rodée et froide à faire frémir. Les corps se touchent à peine, les regards ne se croisent pas, il n'y a ni baiser ni tendresse.

Mais ce n'est pas l'amour chez Casanova que décrit Fellini, c'est l'amour chez Sade, où le corps est toujours un objet sans âme, le plus souvent mis en scène dans des pyramides complexes, glaciales et savantes. Casanova aime au contraire le corps des femmes, leur sensualité, leur charme. S'il ne refuse pas ces parties de plaisir où les corps se chevauchent brutalement, comme chez le Divin marquis, il n'en tire aucune jouissance réelle. Dans ses *Mémoires*, il avoue même un léger dégoût, après une séance à quatre, avec un ami et deux belles prostituées. « Le lendemain, je me réveille fort tard et de mauvaise humeur [...] à cause de la débauche de la nuit qui laisse toujours l'âme triste, *affigit humo* », formule d'Horace qui signifie « il le jeta par terre ». Ce n'est pas cette débauche vaine et qui avilit que recherche Casanova ; ce qu'il apprécie avant tout, c'est le plaisir des femmes, de toutes les femmes, de celles qui passent, la grisette, la bourgeoise, la duchesse, peu importe, toutes celles qui savent si joliment retenir l'attention. Mais ce n'est pas le catalogue grotesque et cruel de Don Juan. Casanova est toujours un amant gentil, il ne torture pas Donna Anna, il ne tente pas de séduire Zerlina avec des mots d'amour. Le marché est clair. Il s'agit de vivre dans l'instant, un moment heureux, sans lendemain. Rien de ces fatales arrière-pensées que les femmes veulent bizarrement ignorer dans ces entrevues qu'elles chérissent tant. Bref, Casanova plaide pour le bonheur fugace contre le romantisme larmoyant et l'hypocrisie de l'amitié entre les sexes. « Nous n'avions été amants que parce que nous n'avions fait aucun cas de l'amour, et nos jouissances avaient cimenté entre nous une amitié sincère et capable de dévouement », écrit-il. Difficile aujourd'hui d'accepter une telle liberté. Il est plus que moderne et, en même temps, est-il si en phase avec notre époque ? Apprécierait-on cette honnêteté si crue ?

Il faut encore à beaucoup de femmes « modernes » de la verroterie sentimentale pour céder à la bagatelle. Et pourtant, comme tout serait plus juste et plus simple avec un peu de sincérité. Après tout, les maîtresses de Casanova ne lui ont jamais reproché les quelques instants de plaisir sincèrement consentis. Lorsqu'il les croise des années après, ils se retrouvent aimablement car personne n'a été dupe de l'autre. Est-ce que Casanova n'a jamais été capable d'aimer ? Admettre le plaisir de l'instant n'entame pas la vérité des sentiments profonds. Ce sont des ordres différents. Comme le disait Barnave, le grand « enragé » de 1789, révolutionnaire aimable et brillant, il y a la « relation sérieuse » et il y a les autres. Casanova a aimé, on le sait, notamment Henriette, et il a souffert. Il s'en confie d'ailleurs dans une étude qu'il a laissée sur *Paul et Virginie*, le roman de Bernardin de saint Pierre. Le grand amour, tel que le rêvent les âmes romantiques, est pour lui une passion qui « peut avoir tous les caractères de la beauté » ; « celui qui en est atteint peut trouver délicieuses même ses peines ». Mais cet amour-passion, Casanova le condamne en invoquant l'esprit même des Lumières. « Je fus amoureux presque à la fois, et je me souviens parfaitement de tout ce qui se passait dans ma cervelle dans ce temps-là [...]. Grand Dieu ! que je me sens humilié quand je réfléchis à ce que ma raison était, lorsque je voyais concentrés tous les bonheurs imaginables dans l'objet que j'aimais. »

Que conseille-t-il ? Il n'est pas question pour lui d'approuver Rousseau qui se croyait profond en affirmant que « si l'homme désire jouir de l'objet qu'il aime, c'est qu'il ne l'aime pas ». Pour Casanova, on aime d'abord par la chair. Mais il faut conserver un équilibre. Je lui trouve beaucoup de bon sens dans ce propos : « Le fait est que l'amour est le plus brutal de tous nos instincts et qu'il n'est bon que lorsqu'il est dans un mouvement moyen qui n'exclut pas une certaine tranquillité ; ce qui lui donne naissance ne peut être que l'instinct toujours physique [...]. Lorsqu'un homme devient amoureux, il doit examiner sa flamme, et s'il la trouve convenable, il doit la combiner avec la raison et s'il voit des grands obstacles à son bonheur, il doit, par un effort, changer d'objet. » Serait-ce là la philosophie italienne de l'amour ? Dans un passage très juste, Dominique Fernandez a écrit que « nous tenons en Casanova le type le plus pur de l'Italien. Tous les Italiens sont païens, leur société est pour cette raison si agréable, ils ont la passion exclusive de l'instant, de la chair, des choses pleines, immédiates et tangibles[3] ». À l'inverse, *Les Souffrances du jeune Werther* relèvent d'une sensibilité plus nordique.

*

* *

Avec Casanova, nous quittons l'Italie du Nord pour nous enfoncer dans une autre Italie, plus insolite encore, celle de l'ancien royaume de Naples, le fameux *Mezzogiorno*, dont les différences sont si marquées avec le nord. Ici, pas de liberté médiévale, pas de Moyen Âge des communes, ni des *condottieri* ou des princes indépendants ; mais une histoire monarchique unitaire. Après une Antiquité tardive confuse, et un bref épisode sarrasin, le royaume de Naples puis des Deux-Siciles sera d'abord possédé par les Normands, puis les Anjou, les Aragonais, les Espagnols, enfin les Bourbons jusqu'à ce qu'il soit rattaché, en 1860, au reste du royaume d'Italie – après un bref intermède de Napoléonides. Dans cette partie qui va de la Campanie à la Sicile, une seule monarchie et une seule capitale : Naples. Le Sud a connu une monarchie toujours unifiée, comme en France, mais qui fut toujours soumise au pouvoir des barons, comme si Louis XIV avait perdu contre les Frondeurs. Ce poids de la féodalité imposa un certain recul par rapport au reste de la Péninsule qui fut ensuite tragiquement aggravé par la gestion des vice-rois espagnols qui traitèrent le *Mezzogiorno* avec la même avidité que leurs colonies d'Amérique. Aussi cette terre qui fut à l'origine de notre civilisation en pâtit-elle furieusement. Stendhal disait avec une affectueuse ironie : « En Italie, le pays civilisé finit au Tibre. Au midi de ce fleuve, vous verrez l'énergie et le bonheur des sauvages. » Il y a quelque ironie à imaginer que le berceau de la civilisation, la Grande Grèce, puisse être revenu à l'état sauvage. Le propos est un peu fort. Il faut surtout retenir les mots « énergie » et « bonheur » qui marquent bien cette terre du sud. Il y règne ici comme un esprit d'enfance, une insouciance désarmante, qui ne doit nullement cacher les drames qui s'y jouent, mais les font voir d'une autre manière. Inutile, après tant d'amateurs de Naples et du *Mezzogiorno*, depuis Alexandre Dumas jusqu'à Régis Debray, d'insister sur son charme particulier. Pour reprendre une distinction du célèbre humoriste et penseur napolitain, le défunt Luciano De Crescenzo, sorte de « nouveau philosophe » italien (mais qui aurait de l'humour), nous quittons maintenant la civilisation du sapin pour pénétrer dans la civilisation de la crèche.

Bienvenu dans les mondes du silence, de *l'omertà*, des « codes d'honneur » et des mafias, mais aussi des mondes glorieux du baroque, cet art magnifique de l'enfance, ornements bavards, sensuels, impudiques, mais universels, qu'on retrouve aussi bien dans les palais et les églises que dans les modestes crèches populaires et sur les convois mortuaires. Il est à l'image de ce charme du sud, si différent, aristocratique ou populaire, fastueux ou décrépi, mais jamais pragmatique, jamais bourgeois. C'est une évidence, le Sud italien a conservé des traits qu'on ne retrouve pas au Nord et qui le rend aujourd'hui si insolite. Un amoureux de Naples prétend que l'impression singulière que certains peuvent ressentir à Naples se rapproche d'une forme de retour aux origines. « À Naples, tout me rappelle les émotions de la première enfance, le bonheur de humer, de palper, de regarder, [...] la félicité d'être pleinement moi-même, de m'éprouver comme une totalité de sensations, l'euphorie jubilatoire d'ignorer le temps, l'horaire et toutes les tâches assignées à la raison, à la conscience, à la maturité[4]. » Naples, l'antithèse de Londres ? Au XVIIIe siècle, les deux villes étaient les plus importantes d'Europe avec Paris. Mais Londres était déjà une cité de négoce. « Paris et Naples, les deux seules capitales », selon Stendhal. Force est de reconnaître que Paris n'a pas tardé à suivre Londres sur le train de la « maturité » commerciale et financière. Les deux capitales du Nord ont voué un culte nouveau à cette « science lugubre », comme disait Carlyle en parlant de l'économie, cette science qui nous mène depuis deux siècles au bord du désastre écologique.

Naples paraît la seule à avoir échappé à ce monde apocalyptique. Elle est restée une ville de traditions, de culture, une des universités les plus réputées d'Italie, qui a connu Vico, Benedetto Croce, les plus grands juristes comme Giannone, Filangieri et Galiani. Mais la ville s'est comme assoupie, fidèle à ses rêves d'enfant, tournant volontairement le dos, non au progrès, mais à la religion du progrès.

Au XIXe siècle, elle y a peut-être été un peu aidée par l'unification italienne qui s'est faite volontairement au profit du Nord, contre l'ancienne capitale des Bourbons vaincus, à qui il fallait bien faire payer quelque chose. Elle en a gardé une certaine philosophie, à cent mille lieues des espérances des Modernes. « De Milan à Bruxelles, poursuit Fernandez, c'est la même course au mieux-être, au pouvoir, au succès, par la discipline dans la vie privée, le respect des lois, l'ordre dans l'économie. » Il a raison. Max Weber nous a bien eu en nous faisant croire que « l'éthique du protestantisme » avait engendré le capitalisme (c'est du moins ainsi que la plupart le lisent). C'était oublier les banquiers lombards du Moyen Âge, les financiers florentins, les brasseurs d'affaires toscans. N'étaient-ils pas tous catholiques ? En Europe, cet esprit d'affaires n'a que peu à voir avec la religion, mais beaucoup avec la géographie. Les Italiens qui savent bien faire la distinction entre un Milanais et un Napolitain (tous les deux catholiques) ne s'y trompent pas. Difficile, quand on est né à l'ombre des beautés naturelles de Capri ou de la côte amalfitaine, de partager entièrement la leçon d'Adam Smith. Ce dernier faisait du « désir de se distinguer » l'un des ressorts psychologiques de l'économie. Mais quels besoins de se distinguer quand on possède le plus beau ciel du monde et que cette richesse appartient à tous ceux qui savent en profiter. Alexandre Dumas constatait ce trait chez tous les *lazzaroni* de Naples, les petits bandits qui vivaient comme des princes en dormant aux portes des palais. Ne partageaient-ils pas avec eux le bien le plus précieux et le moins privatisable : le soleil ? *O sole mio*, chante la rengaine napolitaine... Je n'ai pas les statistiques sous les yeux, mais il est établi qu'on se suicide beaucoup moins à Naples qu'à Londres ou Paris. L'esprit d'enfance a parfois du bon...

Mais cette joyeuse insouciance napolitaine cache un danger mortel. « Danser sur un volcan », dit-on à propos d'un viveur qui dilapide sa fortune. Naples aussi danse sur un volcan, mais un vrai. Et c'est peut-être ce qui explique cette insouciance, cet appétit de vivre, ce rejet de l'esprit puritain d'épargne. C'est qu'ici, tout peut s'arrêter en un instant.

Chapitre XIX

L'entrée des Enfers

« Il y avait une caverne profonde qui s'ouvrait monstrueusement dans le rocher, comme un vaste gouffre défendu par un lac de couleur sombre et par les ténèbres des bois » (*Énéide*, VI). À une vingtaine de kilomètres de Naples, le long de la mer Tyrrhénienne, au-delà de la petite ville de Pouzzoles, une route en lacets mène vers l'antique Baiae et le cap Misène. Elle longe une vaste dépression d'où s'échappent des vapeurs étranges. Sols criblés de cratères, animés de convulsions, échappées de gaz enfouis, traces d'un monde souterrain qui s'active dans l'ombre, furieux de son sort et toujours prêt à se venger. Nous sommes au cœur de l'immense *caldeira* des Champs Phlégréens (12 km de diamètre), cette forge de Vulcain qui compte actuellement une cinquantaine de centres éruptifs. C'est là une terrible Terre de Feu (*phlégréen* vient du grec qui veut dire brûler), au cœur d'un des plus beaux paysages d'Italie. Dans l'Antiquité, cet endroit avait une réputation particulière. Pour les Anciens, il représentait la porte des Enfers. C'est précisément au lac d'Averne, près de Misène, que Virgile situe la bouche qui conduit au royaume des morts. Encore aujourd'hui, l'endroit se prête à une imagination lugubre. Les eaux noires du lac, les parois abruptes et sauvages du cratère concourent à accroître l'aspect fabuleux et mythique du lieu qu'a emprunté Énée pour pénétrer dans l'autre monde. Il y était accompagné de la fameuse Sibylle dont le sanctuaire se situe non loin de là, à Cumes. Dans une autre page célèbre de *l'Énéide*, Virgile évoque le repère de la vierge prophétesse inspirée des dieux. Elle vivait là, à l'époque de la Grande Grèce (ve siècle avant J.-C.), isolée au fond d'une immense galerie de tuf, de 130 mètres de long qui existe toujours[1]. Elle y prononçait ses fameux oracles que personne ne comprenait vraiment. Une sorte de sociologue « bourdivine » avant la lettre. En proie à des visions terribles, elle se débattait en poussant des cris furieux qui se répandaient, en échos, par les cent portes de son antre. Qui sait précisément ce que professait cette « voyante » dont les propos obscurs sont retranscrits dans les fameux *Livres sibyllins*, recueillis à Rome et dont le titre même suffit à ne pas chercher à aller plus loin...

Aura-t-elle prévu un jour la disparition de ce monde de luxe naturel ? Il se trouve que les environs de Naples, la troisième agglomération d'Italie, avec plus de trois millions d'habitants, se développe depuis l'Antiquité au milieu de ces zones volcaniques très actives. Au sud-est, tous les vulcanologues amateurs connaissent le fameux Vésuve (1 281 m), dont on a pu estimer à 300 000 ans l'âge des premières manifestations éruptives. Chacun sait que le volcan a enseveli Pompéi et Herculanum, dans les années 70 après J.-C. (la date fait aujourd'hui débat). Mais seuls les spécialistes pensent que le danger est aussi au nord-ouest, dans ces Champs Phlégréens, large effondrement d'où s'échappent fumerolles et gaz nocifs qui bordent la capitale parthénopéenne. Les touristes admirent aujourd'hui ces fumées étranges de près de deux cents degrés ; on y sacrifiait au début du xxe siècle des chiens pour convaincre les voyageurs que ces vapeurs étaient mortelles. La nature se manifeste là d'une façon plus que menaçante et très souvent oubliée. Naples est encerclée de volcans. Il y a 35 000 ans, un véritable cataclysme, une éruption « ignimbritique » campanienne, a donné naissance à la *caldeira* et, il y a 12 000 ans, l'éruption dite de tuf jaune recouvrit la plaine sur près de 1 000 km^2, avec un volume de tufs estimé entre 10 et 30 km^3. C'est dans ce tuf que les premiers Grecs creusèrent l'antre de la Sibylle qui semble aujourd'hui bien inoffensive.

Mais c'est peut-être à cause de ces Champs Phlégréens que le pire peut arriver. Leur présence volcanique peut à tout instant se réveiller en cas d'une éruption du Vésuve. Au total, entre Ischia, les Champs Phlégréens et le Vésuve, ce ne sont pas moins de cinq cents volcans qui sont en activité dans une zone qui n'est guère plus grande que la région parisienne ! Alors, il suffit d'un rien pour aboutir à une terrible catastrophe. Précisons d'abord quelques données simples. Comme le Vésuve, les Champs Phlégréens continuent à cracher le feu. Grâce aux archives de l'Église, on peut fixer avec assez de précisions les diverses périodes dites de « bradyséismes ». Ce bradyséisme ou bradisisme est un phénomène fort étrange d'élévation ou d'affaissement du sol. À la fin de l'Antiquité, la terre s'affaissa et causa la disparition de la ville romaine de Baiae sous quinze mètres d'eau. En 1538, la terre se souleva au contraire et donna naissance au Monte Nuovo (150 m de hauteur). Depuis, les Champs Phlégréens connaissent régulièrement des crises d'intense déformation. Au cours de l'avant-dernière crise, de 1969 à 1972, le centre de la ville de Pouzzoles a bougé de quelques dizaines de centimètres. Dix ans plus tard, en juillet 1982, une nouvelle crise s'annonce. Le 1er avril 1984, 500 séismes sont enregistrés en six heures et, en octobre, la protection civile décide d'évacuer 20 000 personnes vivant dans des immeubles et maisons fragilisés par les secousses répétées. Le niveau de déformation du sol a atteint plus de deux mètres en 1985 ! Ces épisodes prouvent que les entrailles de la terre sont, dans cette région de faille, toujours en pleine activité. Les Champs Phlégréens sont actuellement surveillés par l'observatoire du Vésuve car les responsables prévoient une prochaine éruption qui obligerait, selon une première estimation, une migration de la population vers le nord-ouest de 30 km.

Reste le Vésuve. Les spécialistes savent à peu près tout de l'irruption fatale des années 70 après J.-C., sous le règne de l'empereur Titus. Le 24 août, dès une heure de l'après-midi, après plusieurs jours de tremblement de terre, une pluie de *lapilli*, de très petits fragments de lave, s'abat sur la ville de Pompéi, la première touchée. On pourrait comparer cela à une averse de pierres très légères. Ceux qui décident de sortir de chez eux s'attachent des oreillers sur la tête à l'aide de ceintures pour se protéger. Eux seuls auront la vie sauve. Les autres se réfugient bien maladroitement dans les caves de leurs maisons... Ils vont très vite se retrouver emmurés et ils périront étouffés ou écrasés. En peu de temps, la quantité de pierres s'élève à plusieurs mètres de hauteur, le jour passe à la nuit et ces pierres provoquent l'effondrement des toits des maisons. À Herculanum, située à sept kilomètres à l'ouest du Vésuve, la catastrophe ne se produit que durant la nuit, lorsque l'immense nuage de cendres s'abat sur la terre. Le 25 août, vers une heure du matin, une nuée ardente (nuage de gaz mélangé à des matériaux volcaniques dont la température dépasse les 400 degrés) déferle sur la ville à l'allure d'un train à grande vitesse. Il brûle tout sur son passage. Impossible d'y échapper. Les habitants qui n'ont pas encore quitté la ville ne pourront rien faire. Leur cervelle se met à bouillir, à couler par les trous des yeux, leur crâne explose. Ils fondront littéralement sur place. En moins d'une heure, la petite cité d'Herculanum est ensevelie sous une couche compacte. Ceux qui espéraient être secourus par la mer doivent déchanter. L'amiral de la flotte de Misène, Pline l'Ancien, oncle de Pline le Jeune, a tenté de secourir certains de ses amis. Mais la mer est devenue très agitée à cause de l'éruption. Les marins seront pris au piège et tous succomberont, notamment l'amiral. Ce dernier assistera à la scène depuis le golfe de Misène, comme il le racontera en détail trente ans plus tard dans une lettre fameuse à Tacite.

Aujourd'hui, si la terre explose à nouveau, le pire est à craindre. Car, depuis 1944, le volcan ne fume plus. Sur les anciennes estampes, on voyait toujours une fumée s'échapper du cratère. Celle-ci a disparu. Signe de son extinction ? C'est ce que certains ont cru. Depuis un demi-siècle, le Vésuve n'a plus connu d'éruption mortelle. Les gens ont fini par oublier. La spéculation immobilière a fait le reste, de sorte que la zone qui va des Champs Phlégréens au Vésuve est une des plus denses d'Italie. Mais le fait que le Vésuve ne fume plus est très préoccupant. Cela signifie que le conduit du cratère s'est rebouché. Le géant risque d'exploser d'autant plus fort quand il se réveillera. Il faut savoir que l'histoire du volcan révèle ce que les spécialistes appellent un « comportement éruptif complexe », caractérisé par des éruptions d'intensité et de type très différents. On peut les classer en trois catégories : les éruptions modestes, comme celle de 1906 (« quelques » centaines de victimes) ; les éruptions intermédiaires dites subpliniennes, comme celle de 1631 (6 000 victimes) ; et les éruptions explosives catastrophiques, dites pliniennes, en référence à la description faite par Pline le Jeune de l'éruption. Au cours des derniers 25 000 ans, il y eut sept éruptions pliniennes, toutes précédées de longues phases de repos, d'environ 1 000 ans. Ce cycle peut être interrompu par des éruptions subpliniennes, plus faibles, qui se produisent à un rythme assez soutenu, approximativement tous les 100 ans. L'éruption qui détruisit en deux jours Pompéi, Herculanum, Oplonti et Stabia, arriva après une période de repos d'environ 700 ans. Après l'éruption de 70, le Vésuve a déversé des produits volcaniques pendant 1 000 ans, jusqu'en 1139, puis, pendant cinq siècles (de 1139 à 1631), il se tint calme. On le crut éteint. Mais une nuit de décembre 1631, le réveil du volcan surprit la population et tua 6 000 personnes. Il dévasta une zone de 500 km^2. Entre 1631 et 1944, les éruptions se succédèrent, caractérisées par de petits phénomènes explosifs et des émissions effusives de lave, les périodes de repos ne dépassant jamais sept ans. La dernière éruption en date fut courte : du 18 mars 1944 aux premiers jours d'avril 1944. La fin de ce cycle éruptif marqua le début de la période actuelle de repos. Cela fait donc près de deux mille ans qu'il n'y a plus eu d'éruption plinienne. C'est une période plutôt longue…

Que peut-on dire de l'activité récente du Vésuve qui est aujourd'hui très surveillé (y compris par satellite) ? Après quelques alertes dans les années 1994-1996, la sismicité est redevenue quasiment normale : quelques dizaines de séismes par mois, de faible énergie. Mais il faut se préparer au pire. À la fin de l'année 1995, les autorités civiles et l'observatoire du Vésuve ont mis en place un nouveau plan d'évacuation de la zone. Le scénario de crise est officiellement au point. Dans le cas d'une catastrophe, les autorités italiennes auront une tâche colossale : évacuer des centaines de milliers de personnes car le Vésuve menace directement 18 communes, soit une population totale de 700 000 personnes. Sur le papier, il n'y a pas d'inquiétude à avoir. Mais, en réalité, les choses sont un peu plus compliquées. Le scénario prévu repose sur l'hypothèse que l'éruption maximale attendue dans les prochaines dizaines d'années serait « similaire » à celle de 1631. C'est sur cette base qu'une zone de danger a été réalisée. Le plan d'urgence distingue la zone à plus haut risque (zone rouge), qui comprend les 18 communes les plus directement exposées et une seconde zone (zone jaune) qui touche 59 communes des provinces de Naples et de Salerne. Dans la zone rouge, l'évacuation totale de la population est prévue. Elle devra se réaliser par camions et trains et être assez rapide, les populations ne disposant que de quelques jours avant l'explosion. L'hébergement en dehors de la région campanienne sera facilité grâce à un système de jumelage qui a déjà été établi entre toutes les régions italiennes. Dans la zone jaune, l'évacuation totale de la population n'est envisagée qu'en fonction de paramètres non prévisibles *a priori*, comme la direction et la vitesse du vent. Hélas, les plus belles prévisions ne peuvent empêcher des dangers inconnus. Les spécialistes savent que le risque volcanique est très difficile à évaluer au Vésuve. Le scénario catastrophe prévoit une série d'explosions associées à la réouverture du conduit, précédée d'une sismicité intense, de soulèvements du sol, de formation de nouvelles fumerolles et d'ouverture de fissures. Une colonne éruptive composée de vapeur, de gaz, de fragments de magma plus ou moins solidifiés, sortira du volcan et atteindra une hauteur d'une dizaine de kilomètres. La nuée retombera en pluie de cendres et en bombes volcaniques dans la zone sous le vent, recouvrira routes et toits, et rendra la respiration difficile. Mais, comme du temps de Pompéi, le pire est alors à venir quand la colonne éruptive s'écroulera, générant des écoulements « pyroclastiques », qui dévaleront à grande vitesse les pentes du volcan, détruisant tout sur leur passage.

Aucun point des environs de Naples n'échappe aux risques naturels (52 % des habitants du grand Naples résident dans des zones classées dangereuses). Quel sera l'intervalle de temps entre les premiers signes précurseurs et l'éruption ? Il faudra évidemment procéder à cette vaste opération avant le début de l'éruption, pour éviter la panique et le blocage général. Aura-t-on le temps d'évacuer 700 000 personnes d'une zone ayant un réseau routier déjà très encombré ? En outre, depuis 1945, l'urbanisation de la région n'a pas pris en compte le risque volcanique. On peut même dire que depuis la haute Antiquité, le Vésuve attire les populations comme un aimant. Les Napolitains ont l'habitude de vivre avec leur volcan ; ils en sont fiers. Les plus étonnantes légendes courent à son endroit. On racontait jadis que l'éruption du Vésuve annonçait la mort prochaine d'un grand pécheur. Quand, au Moyen Âge, Jean III, le duc de Naples, meurt, le volcan se serait mis à cracher les flammes de l'enfer. « En effet, dit un chroniqueur de l'époque, quand meurt un homme riche et cruel », le mont Vésuve crache l'Enfer où ce puissant est tombé… Comme s'il vengeait le menu peuple ! Jusqu'au XVIIIe siècle, le volcan terrifie les voyageurs qui le trouvent « affreux ». Mais la découverte d'Herculanum (1738) puis de Pompéi (1748) va tout changer. Désormais, le Vésuve passionne les touristes comme les habitants qui apprécient ses terres riches et fertiles. On se plaît à monter jusqu'au cratère géant, après le théâtre ou une soirée mondaine.

Sur les pentes du volcan, on a construit un ermitage pour y pique-niquer qui sera ensuite relié par un funiculaire qu'une chanson populaire rendra célèbre à Naples (*funiculi, funicula…*). Mais surtout, le roi de Naples, Charles III de Bourbon, popularise la région en construisant à Portici la *Villa Reale*, pour échapper à la cohue de la ville. Il va ainsi attirer toute l'aristocratie de son royaume qui construit, grâce notamment aux architectes Sanfelice, Vaccaro et surtout Vanvitelli, de splendides villas d'un baroque tardif, versant dans le rococo ou le néo-classique, pour certaines le long de la mer ; ce qui est alors très nouveau au siècle des Lumières… Cette longue plaine maritime se transforme en une sorte de Versailles napolitain, car la couronne des Bourbons de Sicile, comme celle des Bourbons de France, a plaisir à attirer près du trône l'ensemble de l'aristocratie du royaume, celle des Pouilles, de la Calabre et de la Sicile. C'est d'ailleurs grâce à ce nouvel engouement aristocratique qu'a pu se faire, par hasard, l'une des découvertes les plus essentielles pour l'histoire de l'art. Lorsqu'en 1709, le prince d'Elbeuf décide de faire forer pour la construction de sa villa, il tombe par hasard sur un mur romain, celui du théâtre antique d'une cité enfouie sous une gangue de boue volcanique solide[2]. Herculanum venait de renaître. Les recherches systématiques furent entreprises à partir de 1738 par le roi Charles III. La place manque pour évoquer la beauté passée de ces villas vésuviennes, plus de 120 résidences aristocratiques, disséminées autour des bases du volcan. Elles ont longtemps été oubliées au XXe siècle, comme noyées dans l'urbanisation sauvage de Torre del Greco à Castellamare, presque aussi ravageuse que les laves du volcan ; beaucoup de ces villas ont été démembrées, morcelées en appartements, transformées en HLM ou en garages, à moitié coupées par la voie de chemin de fer, comme le palais du prince d'Elbeuf. Un programme commence à en restaurer certaines mais il ne sera plus jamais possible d'en changer l'environnement. Aussi leur beauté n'est-elle plus accessible, comme disait Stendhal, qu'aux « personnes nées avec un certain tact pour les beaux-arts ». Car il faut savoir faire abstraction de ces zones périphériques estropiées et populeuses dans lesquelles elles s'insèrent ; ce qui peut, avec un brin de perversité esthétique, renforcer leur charme insolite. Après tout, c'est d'une huître malade que l'on tire la plus belle perle...

Reste, pour les autorités italiennes, une terrible responsabilité : la décision d'évacuation de cette zone très habitée, en cas de risque sismique. Le coût de l'opération, les risques de panique encourus et une mauvaise évaluation de la situation pourraient conduire les autorités à se décider trop tard ; ce qui s'avérerait une perte de temps mortelle. Mais, à l'inverse, ordonner une évacuation qui ne serait pas suivie d'une éruption aurait des conséquences catastrophiques sur le plan psychologique pour les crises suivantes. D'autant que des études récentes viennent poser un nouveau souci aux autorités. En 1765 avant J.-C., l'éruption de l'âge de bronze a, selon des chercheurs italiens et américains, touché des zones beaucoup plus étendues que lors de celle survenue à l'époque de Pompéi[3]. Si le scénario se répétait, la ville de Naples serait détruite en grande partie. Ces chercheurs appellent donc les autorités à réviser leur scénario de crise. L'équipe de scientifiques dirigée par Giuseppe Mastrolorenzo, de l'observatoire du Vésuve à Naples, a voulu connaître en détail, grâce à de nouveaux relevés sur le terrain, l'étendue des dépôts rejetés par le volcan dans toute la région. On retrouve les traces de l'explosion jusqu'à 25 km du cratère. Le panache de cendres et de gaz émis par le volcan a dû s'élever à plus de 30 km d'altitude. Les vents soufflant vers le nord-est, les zones dans cette direction ont été recouvertes de plusieurs dizaines de centimètres de pierres ponces et de *lapilli*. Puis, le volcan crachant de plus en plus de matière, la colonne de cendres s'est effondrée sous son propre poids. Des nuées ardentes de plusieurs centaines de degrés se sont alors écoulées vers le nord-ouest à plus de 300 km/h sur les flancs du volcan jusqu'à 15 km de là, laissant une couche de cendres pouvant atteindre trois mètres d'épaisseur. Sur la carte réalisée par les géologues, Naples se trouve directement sur la trajectoire de ces anciennes nuées dévastatrices. Si le scénario de 1765 avant J.-C. se répétait, Naples serait dévastée en grande partie. D'ailleurs, lors de la dernière éruption mortelle, pourtant mineure (celle de 1906), la lave arriva jusqu'aux faubourgs de Naples où sept mille maisons furent détruites, le toit d'un marché couvert s'abattit sur la foule, une église s'écroula sur les fidèles, un train dérailla, le funiculaire et les observatoires installés sur les flancs du volcan furent emportés... Morts, blessés et sinistrés se dénombrèrent par centaines (216 morts, 34 000 sans-abri). Et ce n'était qu'une éruption subplinienne. On s'attend désormais à quelque chose de plus violent : plus les périodes de repos sont longues, plus l'éruption qui suit est forte. L'entrée des Enfers n'est pas prête de se refermer[4].

CHAPITRE XX

Le héros nucléaire et ses glorieux prédécesseurs

À l'aube du 28 mars 1938, un jeune savant sicilien, du nom d'Ettore Majorana, disparaît mystérieusement en mer avant d'arriver à Naples. Cet événement inquiète les hautes instances du fascisme, allant jusqu'à mobiliser le grand philosophe Giovanni Gentile et les dignitaires du ministère de l'Instruction publique de Mussolini. Que s'est-il passé ? Majorana a-t-il été enlevé, kidnappé, assassiné ? *A priori* non. Pourquoi ce physicien de trente-deux ans, considéré comme « l'une des personnalités majeures de la science italienne », aurait-il éprouvé le besoin de se « volatiliser » ? On ne l'a jamais retrouvé, mais de persistantes rumeurs ont longtemps couru à son propos. On l'aurait vu à plusieurs reprises, reclus dans tel ou tel couvent de la région. Leonardo Sciascia, le grand romancier, auteur de *Todo Modo*, spécialiste de la mafia sicilienne, s'est passionné pour cette affaire. Il en a laissé un bref récit, *La Disparition de Majorana*, où il tente de comprendre les motivations de son compatriote. Né à Catane en 1906, Ettore Majorana est arrivé à Rome dans les années vingt et, esprit génial, il est vite devenu un des physiciens les plus en vue du groupe gravitant autour d'Enrico Fermi, futur prix Nobel de physique (1938), qui, dans son laboratoire romain, réfléchit à la première réaction nucléaire en chaîne. À cette époque, l'Italie est dirigée par Mussolini et les fascistes. La maîtrise de l'arme nucléaire peut devenir un élément essentiel dans la politique de puissance du Duce et de son allié, Adolf Hitler. Dans le récit de Sciascia, cette interférence de la politique et de la science est la clé d'explication de l'attitude du jeune Majorana. Trop brillant pour ne pas comprendre où ses recherches vont mener le monde, il aurait préféré tout interrompre en mettant en scène une disparition « quantique »[1]. Il y a dans cette fable, mise en scène par Sciascia, une magnifique leçon humaniste : refusant une science qui porterait en elle-même le progrès et la mort, Majorana choisit, non le suicide, mais le couvent, pour changer le destin de l'humanité. Terrible leçon car elle est aussi belle que vaine. Le geste de Majorana n'empêchera pas Hiroshima, préparée en grande partie par les travaux de Fermi[2]. L'échec de ce « refus de la science » témoigne, d'une manière exemplaire, de la fatalité de la condition humaine. On ne se libère pas de Prométhée. L'intelligence de l'homme conduit ce dernier inévitablement aux sommets du progrès, qui le précipitent ensuite dans le néant. De tous les livres qu'il a écrits, c'est *La Disparition de Majorana* que Sciascia préférait, selon ses biographes. À l'heure du réchauffement suicidaire de la planète, il est d'une surprenante actualité. Mais le geste étonnant, réel ou inventé, de Majorana témoigne aussi de la prégnance de cette culture humaniste chez les savants de la Péninsule.

Quand on pense aux grands hommes de l'Italie, on songe d'abord à son cortège d'artistes, de peintres, de sculpteurs, de musiciens, etc.[3]. On associe en revanche beaucoup moins le nom italien à celui des grands scientifiques. Cette discipline semble plutôt réservée aux peuples du Nord ou aux Anglo-Saxons. Pourtant, la Péninsule compte, depuis l'Antiquité, des savants d'une importance cruciale pour le progrès de la science. N'est-ce pas à Syracuse que le mathématicien Archimède aurait découvert le principe portant son nom en prenant un bain ? N'est-ce pas Pline l'Ancien qui, dans son *Histoire naturelle*, rassembla toutes les connaissances de son époque ? Si toute cette érudition ne lui a pas permis d'échapper à l'explosion du Vésuve, elle est néanmoins restée pendant plus de mille ans la référence essentielle des travaux scientifiques. C'est en Italie, à Venise, qu'a été confectionnée dès le XIIIe siècle la première paire de lunettes. N'oublions pas que c'est cette terre italienne qui a vu l'apparition des premières universités au Moyen Âge, notamment celle de Bologne, la plus ancienne de toutes, remontant au XIe siècle, essentielle dans la redécouverte du droit romain (Code de Justinien) mais aussi l'université de Padoue, fondée en 1222, où de grands savants, comme Galilée, enseignèrent les sciences. On pourrait ainsi poursuivre le chemin jusqu'à nos jours. N'est-ce pas un Italien, Alessandro Volta, qui inventa dès 1801 la pile électrique, composée de disques de zinc et de cuivre trempant dans l'acide, et la proposa à Bonaparte ? N'est-ce pas un siècle plus tard, le 12 décembre 1901, Guglielmo Marconi qui mit au point le premier système de liaison par ondes hertziennes qui allait donner naissance à la radio[4] ?

Mais l'Italie n'est pas associée à ces grands savants. Un seul domaine fait exception : les voyages et les explorateurs. Marco Polo, Christophe Colomb, Amerigo Vespucci, tous Italiens. Durant le Moyen Âge et la Renaissance, le grand voyageur appartient à la catégorie des savants. À une époque où chimie et alchimie faisaient plutôt bon ménage, où l'on ne distinguait pas trop entre astronomie, magie et médecine[5], celui qui découvrait des parties inconnues du monde, pouvait sans conteste prétendre appartenir à ce petit groupe privilégié des hommes de science. De ce point de vue, Marco Polo, né à Venise en 1254, est sûrement l'un des plus connus de l'Occident médiéval. « Marc Paul le Vénitien », comme on disait à la Renaissance, est parti aux confins de l'Empire du Milieu, d'où il rapporta les récits d'un voyage qui dura vingt-quatre années de sa vie. Marco Polo traversa les territoires de Byzance, de l'Arménie, de la Perse et de l'Asie. Il alla plus loin que tout autre voyageur avant lui dans l'exploration de la Mongolie et de la Chine. Il rencontra Kublai Khan, l'empereur mongol, petit-fils de Ghengis Khan. Pourquoi une telle aventure ? C'était initialement un voyage commercial, pour trouver de nouvelles routes marchandes. À l'époque, le « doux commerce » portait les hommes à mieux se connaître. Il n'était pas encore la source principale des guerres comme aujourd'hui. Quand il est revenu à Venise, Marco Polo relata ses fabuleuses aventures dans un livre intitulé *Le Devisement du monde*, également connu sous le titre *Le Livre des merveilles* ou encore *Il milione*. Impossible de résumer en quelques lignes ce magnifique récit dont le texte original est perdu. Marco Polo raconte ce qu'il a vu ou entendu dire. Son livre fourmille d'anecdotes. *Le Devisement du monde* reprend les deux voyages effectués par les Polo, en 1260, sans Marco, puis celui de 1271, où il était présent. Il y a trois livres : l'itinéraire par le Proche-Orient, l'Asie mineure et l'Asie centrale vers le Catay ; le séjour dans l'empire de Catay ; l'itinéraire par la voie maritime de l'Asie du Sud-Est puis par l'Inde jusqu'à l'Asie mineure. Dans son texte, Polo se révèle d'une grande précision ; paradoxalement, ses qualités d'observation, rares pour l'époque, se retourneront contre lui. Ses contemporains ont cru qu'il avait fait œuvre d'imagination… C'est surtout à partir du XVe siècle que son récit influença les explorateurs. *Le Devisement du monde* sera, avec *l'Imago mundi* de Pierre d'Ailly, l'un des ouvrages de référence de Christophe Colomb.

La vie tourmentée de cet autre grand voyageur italien appartient à l'histoire de l'humanité. Comme l'a écrit justement Denis Crouzet, c'est « une vie comme un drame sacré[6] ». Pourquoi celui qui découvrit ce nouveau continent ne réussit-il pas à lui laisser son nom ? Comment cela a-t-il été possible ? Tout, ou presque, a été dit sur Colomb mais on néglige souvent de souligner le drame de cette existence qui commence sous le signe du mystère. Né probablement à Gênes, vers 1451, sans qu'on puisse l'affirmer avec certitude[7], ce jeune marin sera très vite conduit à vivre en Espagne à la suite de l'attaque de son bateau par des Français. Il épouse en 1479 la fille d'un des premiers colonisateurs de Madère, Filipa Perestrelo e Moniz. Colomb se perfectionne à la science de la navigation. Il voyage en Afrique et peut-être en Islande. À partir de 1484, il se convainc qu'on peut parvenir aux Indes, non seulement par l'Afrique, mais aussi en coupant par l'Atlantique. Il n'est pas le premier. Sous l'Antiquité, Ptolémée l'avait déjà envisagé, donnant même un chiffre pour cette distance (16 090 km). En lisant Marco Polo, Colomb se persuade que la distance donnée par Ptolémée est surestimée et qu'elle doit se réduire à 2 414 km. Il présente ses hypothèses à un comité d'experts du roi du Portugal qui rejette son projet. Furieux, il se rend en 1486 auprès de Ferdinand d'Aragon et Isabelle de Castille. Son projet est à nouveau rejeté en 1490 mais, en 1491, le roi se ravise. Le 3 août 1492, Colomb peut désormais mettre le cap vers l'Atlantique à la recherche d'une nouvelle route pour les Indes. Le voyage est beaucoup plus long qu'il ne l'avait calculé. Après beaucoup de tensions, une terre est enfin en vue vers le 10 octobre. C'est l'île de Guanahami au San Salvador. Le 28 octobre, Colomb débarque à Cuba, persuadé d'avoir atteint le continent asiatique. Il trouve de l'or en quantité, comme lui ont indiqué les « Indiens » qu'il rencontre sur sa route. Colomb laisse alors une trentaine d'hommes dans un fort et rentre vers l'Espagne, par une traversée difficile, afin de rendre compte de sa prodigieuse découverte. À peine arrivé, Colomb pense déjà à un second voyage encore plus ambitieux. Il repart en septembre 1493 avec une flotte de 17 navires et 1 500 hommes de troupe pour fonder la colonie d'Hispaniola. Il retournera en Espagne en 1496 et repartira une troisième fois, en 1498 avec une flotte de 8 navires. Mais les choses se passent mal à la colonie. On accuse Colomb de népotisme. Devant les plaintes et les rumeurs, le roi fait arrêter les frères Colomb et les renvoie en Espagne pour qu'ils soient jugés. Heureusement, Colomb parvient à sauver son crédit et peut repartir en 1502 mais, quand il arrive pour son quatrième voyage, il est écarté des affaires de la nouvelle colonie. Il part alors explorer les côtes du Honduras et descend vers le sud, toujours à la recherche d'un passage vers l'ouest. Il échoue et revient piteusement en 1504 en Espagne. Aigri et frustré par tous les privilèges qu'il avait obtenus et qui lui ont été retirés, Colomb finit sa vie en Espagne. Il s'éteint à Valladolid en 1506, l'année où commencent les travaux de reconstruction de la basilique Saint-Pierre à Rome. Il restera toujours persuadé d'avoir atteint les Indes…

C'est un compatriote, le Florentin Amerigo Mateo Vespucci (1454-1512) qui eut le privilège de donner son prénom à ce nouveau continent que Colomb venait de découvrir : l'Amérique. Terrible injustice, diront certains, que le Nouveau Monde découvert par Colomb s'appelle Amérique et non Colombie. Stefan Zweig a écrit une nouvelle sur Amerigo, intitulée *Récit d'une erreur historique.* Que s'est-il passé ? Qui était cet Amerigo ? Né à Florence, dans une famille aisée, proche des Médicis, Amerigo Vespucci, dont le prénom a son importance[8], a suivi en 1478 son oncle, juriste de renom, à Paris comme secrétaire d'ambassade. C'est probablement dans la capitale française qu'il rencontre pour la première fois Bartolomé Colomb, le frère de Christophe, venu en vain solliciter l'aide du roi Louis XI dans ses projets de découverte d'une nouvelle route pour les Indes. Amerigo revient ensuite à Florence où il devient surtout un banquier. Il est intendant dans la Maison de Lorenzo de Pier Francesco, une des branches de la famille Médicis. Cette famille fait du commerce dans toute la péninsule ibérique. En 1492, Amerigo est envoyé à Séville pour régler les soucis financiers d'une filiale. A-t-il rencontré Christophe Colomb à cette occasion ? On l'ignore. Mais il est certain qu'il était présent à Barcelone quand Colomb revint de son premier voyage. Depuis ce jour, Amerigo Vespucci et Christophe Colomb vont entretenir des relations amicales et commerciales. Vespucci prend part à l'affrètement de la deuxième flotte de Colomb. En 1494, leurs accords commerciaux concernent notamment des cargaisons d'esclaves noirs ! Désormais, Vespucci va participer personnellement à des voyages vers le Nouveau Monde avec les bateaux qu'il affrète. C'est alors qu'il écrit une lettre fameuse, en 1503, qui s'intitule *Mundus Novus (Nouveau Monde)* et la *Lettera* dite des quatre voyages. Certains pensent que ces lettres sont des faux. Les deux lettres litigieuses indiquent que Vespucci fit quatre voyages vers l'Amérique alors que seuls trois sont confirmés par d'autres sources. Amerigo prétend qu'il aurait effectué un voyage en 1497, donc un an avant Colomb. Mais le nombre de voyages, les dates et ce qu'il décrit restent très vagues. En 1504, Vespucci se retrouve à Séville. La ville a subi de grands changements. Colomb est tombé en disgrâce ; la reine Isabelle la Catholique meurt, puis son mari, le roi Ferdinand. En 1507, Vespucci se retrouve à devoir travailler pour la *Casa de Contratacion* dont il devient le premier pilote. Son travail consiste à dessiner les routes des futures expéditions. Cette tâche l'empêche de naviguer et il s'en désespère. Il décède d'ailleurs dans l'anonymat, le 22 février 1512, des suites de la peste qui ravagea Séville en 1510.

C'est paradoxalement à partir de 1507, à l'aube de la période la plus obscure de sa vie, qu'il va devenir célèbre pour la fin des temps. Il doit cette « chance » à un géographe de Saint-Dié-des-Vosges, en Lorraine, qui est aussi un imprimeur du nom de Gauthier Lud. Ce dernier décide en 1507 de rééditer la *Cosmographia* de Ptolémée, ouvrage géographique de référence à cette époque. Afin de l'adapter aux nombreuses découvertes faites depuis 1492, il propose de tracer et graver de nouvelles cartes et fait appel à un jeune géographe du nom de Martin Waldseemüller. Ce dernier se souvient qu'un certain Amerigo Vespucci, qui se fait souvent appeler Americus, a été le premier à faire état du Nouveau Monde dans sa lettre de 1503 *(Mundus Novus)*. Ainsi, le 25 avril 1507, un ouvrage de 52 pages est publié, dans lequel apparaissent les cartes des terres nouvellement découvertes et les récits des quatre voyages de Vespucci. Le nom d'Amerigo apparaît sur la couverture de l'ouvrage comme étant le découvreur du Nouveau Monde. À cette époque, le nom de Colomb n'est pas si connu ; n'oublions pas qu'il croit avoir débarqué en Inde. À l'intérieur du livre, Waldseemüller dit qu'Amerigo Vespucci a été le premier à révéler ces terres au monde et il suggère « que l'on pourrait les appeler désormais terres d'Americus ou America, puisque c'est Americus qui l'a découverte ». C'est donc le 25 avril 1507 que fut baptisé le Nouveau Monde. Ce nom d'America proposé par Waldseemüller va vite s'imposer.

À cette époque, tout bascule dans le savoir antique et chrétien ; les responsables de ce grand chambardement risquent souvent le bûcher de l'Inquisition. On passera rapidement sur Lorenzo Valla (1407-1457), qui révéla aux hommes la fausse « donation de Constantin » sur laquelle l'Église s'appuyait pour justifier ses États temporels, Giordano Bruno (1548-1600), brûlé à Campo dei Fiori, à Rome, notamment pour avoir professé que la terre n'est qu'un minuscule caillou perdu dans l'univers (thèse « hérétique » de la « pluralité des mondes »). Arrêtons-nous quelques instants sur le cas du fameux Galilée (1564-1642). Né à Pise, Galileo Galilei n'était pas du genre à tout perdre pour la science. La vie vaut bien une messe, aurait-il pu dire. Ainsi, après avoir perfectionné le télescope, inventé par l'opticien juif Janssen, il put vérifier le bien-fondé des hypothèses mathématiques posées par Copernic : ce n'est pas le soleil qui tourne autour de la terre mais l'inverse (thèse héliocentrique). Il publia un fameux *Dialogue sur les deux grands systèmes du monde* (1632). C'est alors que les ennuis commencèrent. Copernic, sa vie durant, avait eu la crainte de publier son *De revolutionibus orbium coerlestium*, dans lequel il défendait sa thèse héliocentrique, la gardant secrètement dans ses tiroirs. Son manuscrit ne fut imprimé qu'en 1543, l'année de sa mort. Galilée n'eut pas la même prudence. Le cardinal Bellarmin le fit traduire en justice et il fut condamné à la prison à perpétuité. Heureusement, Galilée put compter sur l'amitié du pape Urbain VIII, un Barberini, qui lui demanda seulement d'abjurer ses théories pour le libérer. Galilée dut alors avouer publiquement : « Moi, Galilée [...], je maudis et déteste mes erreurs et jure qu'à l'avenir je ne dirai plus jamais, ni en parole, ni par écrit, les hérésies dont je me suis rendu coupable. » Le pape commua alors sa peine en une assignation à résidence. Mais le *mea culpa* de Galilée n'était pas sincère. On connaît sa phrase célèbre, murmurée, selon la légende, le jour de son abjuration : *E pur si muove*, « Et pourtant elle [la terre] tourne... »

Heureusement, Galilée avait d'autres sources d'intérêt pour finir sa vie. Il était aussi poète, écrivain, commentateur de *L'Enfer* de Dante et de *La Jérusalem délivrée* du Tasse. Il avait aussi écrit plusieurs études sur l'architecture civile et militaire, etc. Son parcours intellectuel était fort proche de l'autre grand savant de la Renaissance, encore plus célèbre en France : Léonard de Vinci (1452-1519). Voilà un nom mondialement connu grâce à *La Joconde* (et aujourd'hui grâce à Dan Brown) mais dont la vie reste assez obscure. Dans son *Histoire de la philosophie moderne*, Luciano de Crescenzo cite une anecdote éloquente sur notre époque de grand savoir. Au cours d'une des dernières élections de Miss Italie, on demanda à une candidate : « Qui est Léonard de Vinci ? » Elle aurait répondu : « Un aéroport[9]. » On rit mais serions-nous capables d'en dire beaucoup plus long sur la vie de ce peintre et inventeur génial, à qui on attribue l'invention de l'avion, l'hélicoptère, le char d'assaut, le sous-marin, les parachutes, etc. C'est en Toscane, dans un petit bourg prénommé Vinci, que naît le 15 avril 1452 un enfant qui est le fruit des passions passagères d'un notaire, Ser Piero, et d'une paysanne. Grande dame, l'épouse du notaire accueillera Léonard et l'éduquera comme son propre fils. Léonard se montre très tôt attiré par le dessin. Il est admis en 1472 dans la corporation florentine des peintres de Saint-Luc. Mais, en 1476, il est accusé de pratiques homosexuelles sur un adolescent de dix-sept ans. Il parvient à se disculper mais cette mauvaise affaire le convainc de quitter Florence. En 1481, il part à Milan et propose, dans une lettre célèbre en dix points, ses services de peintre, ingénieur, musicien, architecte, etc., à Ludovic Sforza, dit le More. Il offrira ensuite ses services à César Borgia, puis retournera à Florence où il est en concurrence avec le jeune Michel-Ange. C'est en 1503, à Florence, qu'il réalise son chef-d'œuvre le plus connu : le portrait de Mona Lisa. Il retourne ensuite à Milan dont le gouverneur est un Français, Charles d'Amboise, puis il trouve refuge à Rome en 1513. Le Vatican le charge d'aménager le port de Civitavecchia et assainir les marais Pontins. Il s'estime employé à des tâches indignes de sa réputation. En 1516, Léonard de Vinci accepte l'invitation du nouveau roi de France, François Ier qui le reçoit avec égard, mesurant le génie de son invité. Vinci réside dès lors au Clos Lucé (appelé à l'époque Manoir du Cloux), près du château d'Amboise. Il a emmené plusieurs de ses fameux tableaux : *La Joconde, La Vierge, l'enfant et sainte Anne*. Il a de même fait suivre ses notes sur toutes les recherches qu'il a entreprises dans les domaines scientifiques (concernant la géométrie, l'architecture, l'urbanisme ou l'hydraulique). Le 2 mai 1519, Léonard de Vinci meurt à Amboise. S'il n'a pas la grandeur scientifique d'un Copernic ou d'un Newton, mais plutôt l'image d'un génial rêveur touche-à-tout, plongé dans ses recherches sur la quadrature du cercle et dans ses dissections anatomiques, il n'en reste pas moins un homme de science aguerri, autant qu'un artiste. C'est « l'homme universel ».

L'arrivée à Amboise du grand Léonard rappelle qu'ils furent nombreux, à l'époque de la Renaissance, ces Italiens à avoir émigré en France, notamment dans le sillage de Catherine de Médicis. Un constat : si beaucoup de savants et d'artistes ont été bien accueillis, d'autres ont fait l'objet de critiques sévères. Certains chevaliers français, on l'a dit, ont dénoncé ces courtisans italiens pour leurs manières trop raffinées ou leur esprit retors. On les a accusés d'être les suppôts du despotisme, ces émules de Machiavel, des Jésuites, puis de Concino Concini. François Hotman a écrit son *Franco-Gallia*, la France Gaule, pour condamner cette France italienne qui finit par détruire l'âme de la patrie française. À la fin du XIXe siècle et au début du XXe siècle, ce rejet de l'autre, et en l'espèce de l'Italien, a pris un aspect plus sombre car il touchait une population encore plus modeste. Comme le rappelait récemment Daniel Lefeuvre, dans un essai stimulant, ce constat doit nous inciter à une certaine prudence lorsque nous abordons les questions actuelles d'immigration. Croire que l'intégration des enfants issus du Maghreb ou de l'Afrique noire est beaucoup plus difficile que celle des immigrés italiens de jadis est une vue de l'esprit. Ce n'est pas pour minimiser les grandes difficultés d'insertion de ces populations ; mais une chose est sûre : les « Ritals », comme on les a appelés alors, ont eu le plus grand mal à s'insérer dans la société française et le passé « colonial » n'a, en ce domaine, rien à voir. Malgré les liens de proximité entre Français et Italiens, ces derniers ont parfois fait l'objet d'un véritable rejet mortel en France. Il suffit d'ailleurs de lire le *Voyage en Ritalie* de Pierre Milza pour s'en convaincre[10]. À Aigues-Mortes, en août 1893, les ouvriers italiens furent victimes d'une « ritalonnade » de la part des ouvriers français qui fit huit morts et des dizaines de blessés graves. Leurs agresseurs furent tous acquittés. Comme le remarquait ironiquement le directeur du *Charivari*, « La morale humaine a dit à l'homme : "Tu ne tueras point"... À moins que ce ne soient des Italiens[11]. » Le 17 juin 1881, une bataille rangée va opposer dans les rues de Marseille jeunes Français et jeunes Italiens et se termine dans un véritable bain de sang. Les « Vêpres marseillaises » s'achèvent mal pour les ouvriers italiens. De même, le 24 juin 1894, lorsque le président Sadi Carnot est assassiné à Lyon par un anarchiste italien, Sante Caserio, cet événement donne lieu, dans le quartier des Brotteaux, à une véritable chasse à l'homme contre tout ce qui paraît être italien… On pourrait multiplier ces événements jusqu'à la Seconde Guerre mondiale. Ils témoignent des difficultés de toute immigration à s'insérer dans un pays comme la France, même quand il s'agit de populations aussi proches que celles des Italiens et des Français[12].

Évidemment, lorsque ces Italiens appartenaient à des classes plus aisées, l'insertion n'a pas posé le même souci, bien au contraire. Il y a toujours eu, de la part d'une certaine élite française, comme une fascination pour la culture, l'aisance et la bonne humeur de la société italienne, toujours plus séduisante que les sociétés nordiques. C'est probablement ce retour à l'enfance, celle de la Grèce d'Homère, celle de la mer et des grandes vacances.

CHAPITRE XXI

Les délices de Capri

Il y a une énigme Capri. Qui n'a entendu parler de cet album de vacances, trop frelaté pour ceux qui n'ont poussé la curiosité que jusqu'à la villa d'Axel Munthe ? « La plus belle île du monde », disent les prospectus publicitaires. Et pourtant Capri n'est pas seulement l'île de la jet-set des années 1960 ou celle de l'actuel tourisme organisé, avec ses flots de visiteurs que les *aliscafi* débarquent chaque jour par centaines. Contrairement à Saint-Tropez ou à Porto Cervo, elle a une histoire millénaire. Non, Capri, ce n'est pas fini ! Malgré le tourisme, il faut y aller car l'île réserve de très belles surprises. Conseil à tous ceux qui ont du mal avec les « pièges à touristes » : il faut dormir à Capri. Le soir, quand le dernier bateau a ramené les touristes d'un jour vers le port de Naples, la petite île retrouve sa paix et redevient, l'espace d'une nuit, un vrai paradis. Une photo de Lénine, accoudé au balcon d'une villa plongeant dans l'eau, témoigne de l'ambiguïté du lieu. Elle a froissé certains nostalgiques de la IIIe Internationale : comment le futur chef de la révolution pouvait-il se prêter à cet esprit de « villégiature » ? On sait depuis le moine utopiste Campanella que les « cités du soleil » peuvent être des paradis pour révolutionnaires. Capri ne fait pas exception. Dans son histoire, l'île a parfois été à la croisée du pouvoir et de la révolution. Tibère, Lénine, Gorki et Malaparte en portent témoignage. Toute cette histoire remonte aux débuts de l'Empire romain. Capri a été habitée bien avant, dès la préhistoire, comme le prouvent des armes et des os d'animaux gigantesques qui ont été découverts du temps d'Auguste. L'héritier de César, qui avait annexé l'île pour en faire un domaine privé, se passionna avec Suétone pour ces restes monstrueux que l'on disait être « des os de géants et les armes de héros ». Tibère, qui lui succéda, transforma ce domaine en une immense résidence impériale, de douze palais différents, dont il reste quelques vestiges, comme la résidence de Damecuta, construite au-dessus de la « grotte d'Azur » qu'on avait transformée en piscine privée, ou la villa Jovis, au sud-ouest de l'île, sur un promontoire qui domine la baie de Naples et la presqu'île de Sorrente. Il faut emprunter en fin d'après-midi le petit chemin qui grimpe jusqu'aux ruines, en passant entre les jardins, jusqu'à cette formidable falaise, le « saut de Tibère », qui domine la mer d'un à-pic de 300 mètres. La légende veut que l'empereur y précipitait ceux qui avaient eu le malheur de lui déplaire...

Les rumeurs sur la vie cruelle et dissolue de Tibère à Capri sont aussi innombrables qu'invérifiables. Chacun sait que l'empereur était un esprit mystérieux, misanthrope et malheureux. Souffrant depuis sa jeunesse d'une maladie de peau périodique qui couvrait son visage d'ulcères, il avait toute sa vie passé son temps à fuir les hommes. Mais, avec l'âge, il devenait de plus en plus inquiet, étouffé par l'angoisse de la médiocrité humaine. En 26 après J.-C., il se décida à quitter Rome pour échapper au climat délétère qui y régnait. Il se réfugia en Campanie, d'abord à Capoue, réputée pour ses « plaisirs » depuis Hannibal – les fameux délices – puis dans une villa de bord de mer qui s'appelait « la Grotte » parce qu'une grande caverne y avait été aménagée en salle à manger. Celle-ci s'effondra un jour pendant un dîner et Tibère put échapper miraculeusement aux rochers qui écrasèrent serviteurs et danseurs. L'année suivante, Tibère décida de quitter la terre ferme pour se retirer à Capri, île d'un abord difficile en raison de ses falaises. De ce lieu protégé, forteresse naturelle, il allait gouverner son Empire. Tibère transforma l'île en un véritable repaire marin, hérissé de tours de garde, et il interdit tout accostage aux bateaux. Le Capri de Tibère n'est pas celui du *Voyage en Italie* de Rossellini. L'empereur y vécut coupé du monde, gouvernant, par lettres, les différentes parties de l'Empire. De tous les recoins les plus perdus de *Mare Nostrum*, et notamment de cette province de Judée où un prophète étrange se prétendait le fils de Dieu, les estafettes se rendaient non sans peine à Capri pour y transporter les dépêches et les avis[1]. Tibère y répondait scrupuleusement mais refusait de plus en plus de voir le monde. On allait bientôt le qualifier ironiquement de « prince d'une île », « nésiarque » en grec. Tous ceux, parmi les sénateurs romains qui auraient souhaité participer au gouvernement et qui s'en trouvaient, *de facto*, exclus, ont commencé à faire courir des bruits de plus en plus scandaleux sur la vie de Tibère. Chacun connaît la malveillance naturelle des esprits avides de pouvoir.

Si Tacite laisse entendre que Tibère choisit de se retirer à Capri pour pouvoir donner libre cours à sa débauche, Suétone, dans sa *Vie des douze César*, évoque en détail les excès auxquels il se serait livré. Rien n'y manque : voyeurisme, sadisme, assassinat, pédophilie... Écoutons quelques instants l'acte d'accusation : « Dans sa retraite de Caprée, dit Suétone, il avait imaginé des chambres garnies de bancs pour des obscénités secrètes. C'est là que des groupes de jeunes filles et de jeunes libertins [...] formaient entre eux une triple chaîne, et se prostituaient ainsi en sa présence pour ranimer par ce spectacle ses désirs éteints. [...] Les bois et les forêts n'étaient plus que des asiles consacrés à Vénus, où l'on voyait de toutes parts la jeunesse des deux sexes, dans le creux des rochers et dans des grottes, présentant des attitudes voluptueuses [...]. Il poussa encore plus loin ses turpitudes : la pudeur empêche autant d'y croire qu'elle répugne à le dire ou à l'entendre raconter. On suppose qu'il accoutumait des garçons dès l'âge le plus tendre, qu'il appelait ses petits poissons, à se tenir et à jouer entre ses cuisses pendant qu'il nageait, et à l'exciter de leur langue et de leurs morsures. On prétend encore qu'il donnait à téter ses parties naturelles ou son sein, à des enfants déjà forts, quoique non sevrés, genre de débauche auquel son âge et son goût le portaient le plus. [...]. Il ne se jouait pas moins de la vie des femmes, et même des plus illustres... »

Inutile de poursuivre. Le dossier est plus que chargé : orgies dans la grotte d'Azur, pédophilie, cruautés, assassinats, viols... Aujourd'hui, ces rumeurs sont très sérieusement contestées par les historiens[2]. Il semble au contraire que Tibère ait plutôt mené une vie sexuelle très pauvre et, quand il était à Rome, sa réputation n'a jamais été marquée par le moindre dérapage. Or, dans la Ville éternelle, les rumeurs courent vite ; il suffit de songer à César, « le mari de toutes les femmes et la femme de tous les maris », ou Auguste dont les adultères répétés défrayaient la chronique. Les bruits ne commencent à se répandre, à propos de Tibère, que lorsqu'il se retira à Capri. Il est fort probable que ces prétendues « débauches » ne soient qu'une opération de propagande de la part de ses ennemis. D'ailleurs, un contemporain des faits, comme Pline l'Ancien, ne mentionne rien à ce sujet. Il l'aurait fait si ces rumeurs avaient eu quelques fondements... Qu'importe puisque aujourd'hui l'image de Tibère continue à faire frémir. Comme dit Figaro : « Calomniez, calomniez, il en restera toujours quelque chose... »

Après Tibère, Capri entre dans une longue léthargie qui la laisse en dehors du monde jusqu'à la redécouverte de la grotte d'Azur, au début du XIXe siècle. Entre-temps, elle fait souvent l'objet de sièges par les Barbaresques qui s'en emparent à plusieurs reprises et y laissent d'ailleurs quelques édifices, comme les ruines du château de Barberousse, à Anacapri, du nom du pirate algérois du XVIe siècle, Kheir ed-Din Barberousse. Au XIXe siècle, l'île pacifiée attire à nouveau les voyageurs, comme Alexandre Dumas, qui relate l'assaut victorieux du général Lamarque en 1808, contre les soldats anglais de Hudson Lowe, nom de triste mémoire pour tous les nostalgiques de la légende napoléonienne. Abonné des îles, Lowe sera en effet le terrible geôlier de l'Empereur sur l'îlot perdu de Sainte-Hélène, un lieu désert qui devait lui faire amèrement regretter les délices de Capri.

Petit à petit, les touristes ont commencé à partir du XIXe siècle à s'installer dans cet environnement paradisiaque, révélé au monde par *Le Livre de San Michele*, le roman du médecin suédois, Axel Munthe. Mais laissons cette villa, qui attire encore aujourd'hui en pèlerinage des centaines de touristes par jour. Une autre villa, célèbre mais plus isolée, retiendra notre attention. C'est celle d'un pseudo-révolutionnaire, le journaliste et écrivain Curzio Malaparte, l'auteur célèbre de *La Peau* ou de *Kaputt*. Cette maison est une construction étrange, accrochée à la roche, en toit-terrasse, faisant face aux *Faraglioni*, et qu'on peut bien voir au cinéma puisqu'elle servit de cadre au *Mépris* de Godard.

La Villa Malaparte à Capri est une des œuvres les plus significatives du rationalisme italien. Elle a été construite par Adalberto Libera. Le lieu choisi, à Punta Masullo, un promontoire rocheux aussi magnifique qu'inconstructible et qui se jette dans la mer[3]. Il n'y a qu'un moyen d'accéder à la villa que Malaparte a cédée à sa mort à la République populaire de Chine[4]. Il faut emprunter un escalier étroit à même la roche. C'était l'ultime leçon de cet ennemi du progrès marchand qui voulut, avant sa mort en 1957, traverser à vélo les États-Unis de New York à San Francisco pour prôner un retour à la nature… On ne peut manquer de s'interroger sur le propriétaire d'un tel chef-d'œuvre. Curieux mélange que la personnalité de cet écrivain qu'on peut, par certains côtés, comparer à celle de Trotski, autre théoricien révolutionnaire. Ils ont été tous les deux des génies aussi lucides qu'aveugles. Mais l'Italien a su plus habilement jouir de l'existence que l'autre. Si Malaparte n'avait pas l'ampleur théorique de Trotski, peut-être avait-il plus de rouerie. Sa vie apparaît comme une introduction à toutes les supercheries intellectuelles de notre temps. Il commence à se faire connaître en 1931 par un petit essai au titre « machiavélien » : *Technique du coup d'État.* Grande chance pour son auteur : le livre déplaît dans l'Italie fasciste et il est interdit. C'est le début d'un succès qui mènera son auteur aux plus belles places. Car, dans la société du spectacle qui est déjà celle du fascisme, il n'y a rien de tel qu'un petit scandale à bon compte. Surtout quand on sait l'exploiter. Habile journaliste, Malaparte ne s'en privera pas. Bien que fasciste, il se drape aussitôt dans les voiles purs de la liberté. Il sera déporté pendant cinq ans aux îles Lipari. Il réussit à faire croire que ce fut sur ordre de Hitler qui aurait détesté son petit essai. Hitler n'avait jamais entendu parler de Malaparte et il se serait d'ailleurs bien peu soucié d'un livre écrit sans la moindre préoccupation morale et qui aurait dû au contraire le séduire. En vérité, comme le rappelle Dominique Fernandez, « la condamnation à cinq ans résulte d'une obscure et peu glorieuse querelle avec Italo Balbo, un hiérarque du régime[5] ». Ensuite, Malaparte est devenu un grand reporter des journaux italiens fascistes et il a donc eu l'immense chance de suivre la guerre du côté des « monstres », c'est-à-dire des nazis. Il y a chez lui du Hemingway ou du Lawrence. Il laisse un témoignage formidable dans *Kaputt* de l'univers des forces de l'Axe. Je ne connais pas de description plus saisissante que celle de cette visite chez le chef des Oustachis croates, le terrible Ante Pavelic, qui reçoit Malaparte en baignant sa main dans une vasque d'objets visqueux que l'écrivain croit être des huîtres. Le chef oustachi le reprend : ce sont en réalité les yeux de ses adversaires...

Malaparte a le talent de la description du très grand reporter ; en 1941, il assiste au siège de Léningrad du côté des Allemands ; il sait nous conter la vie décadente qu'on mène à l'arrière dans les forteresses du gouverneur général de Pologne, le juriste nazi Frank, qui se croit encore aux temps des chevaliers teutoniques et organise néanmoins sans scrupule l'extermination « moderne » des Juifs de son gouvernorat, etc. Mais, comme le remarque justement Fernandez, si Malaparte est plus un journaliste qu'un romancier, c'est qu'il n'a que rarement su élever son récit au niveau du mythe ; il privilégie l'effet, le spectaculaire, tout ce qui peut le conforter dans la chute de l'humanisme occidental. Comme l'auteur de *Pour qui sonne le glas*, il admire la force et aime le bruit des balles. Il oublie que le grand romancier n'est pas un reporter. Grand voyageur, Malaparte a toujours privilégié l'exotique ; même lorsqu'il décrit, avec une force indéniable, la Naples de *La Peau*, c'est en insistant sur ses êtres étranges, ses travestis *(femminielli)*, qui intriguent mais ne disent guère plus dans son livre. Ne nous privons pas du plaisir de le lire, surtout pour son irremplaçable témoignage de guerre. Mais ne nous laissons pas duper par son personnage. À la fin de sa vie,

Malaparte a reçu dans sa villa de Capri la visite de tous les hommes politiques importants d'Italie ; tous, y compris le communiste Togliatti, se sont succédé à son chevet, tandis que Malaparte dressait des éloges vibrants à Mao, louant son « profond sens de l'équilibre et de l'humanité » *(sic)*.

Chapitre XXII

L'ermite de Caprera, ou le Washington d'Italie

Tandis que l'auteur de *Kaputt* agonisait à Capri, les hommes d'affaires de Karim Aga Khan envisageaient au début des années 1960 de lotir une des plus sauvages côtes de la Sardaigne. Cette île, la plus grande de la Méditerranée après la Sicile, avait été laissée comme « hors du temps et de l'histoire », disait, jadis, D. H. Lawrence[1]. Ce n'est plus tout à fait le cas aujourd'hui, du moins pour la côte. Porto Cervo, sur la *Costa Smeralda*, est devenu une des destinations favorites des milliardaires de la planète. Créé par les architectes de l'Aga Khan, dont le Français Jacques Couelle, ce port est fréquenté chaque été par une jet-set qui ne veut pas trop s'exposer, à l'inverse de celle qui fréquente Saint-Tropez. On y retrouve là un des concentrés les plus favorisés du monde, avec des anciens milliardaires et des nouveaux riches, surtout issus des pays de l'Est. Mieux vaut ne pas trop s'y montrer quand on brigue les soutiens démocratiques. Pour l'avoir oublié, Tony Blair a dû supporter les foudres des tabloïds britanniques voilà quelques années. Seul l'ancien président du Conseil, Silvio Berlusconi, peut s'exhiber sans complexe dans ce paradis où il possède une « petite » propriété de 500 hectares et de 2 500 mètres carrés habitables… L'un des bars les plus fameux de l'île s'appelle *Il Bilionaire* (le billionnaire). Tout un programme. Il fut un temps où tous ces puissants ont eu un léger souci : le gouverneur de l'île, Renato Soru, génial fondateur du groupe Tiscali, avait décidé d'empêcher de dormir ceux qui justement faisaient des profits en dormant. Cet homme de gauche avait confectionné une taxe sur le luxe *(tassa sul lusso)*. Un scandale au pays des rois du monde qui fut vite réparé[2].

Savent-elles simplement ces nouvelles surclasses globales qu'à quelques minutes en yacht de leur port luxueux, dans l'île désertique de Caprera, dans l'archipel de La Madeleine qui leur fait face, se trouve une petite maison, d'allure très modeste, que tous ces bienheureux de la fortune n'envisageraient même pas de donner à leurs propres domestiques. C'est dans cette masure qu'a vécue à partir de 1862 et presque sans interruption jusqu'à sa mort en 1882, le plus célèbre des héros de l'Italie moderne : Giuseppe Garibaldi (1807-1882). Son nom fait partie de ceux de la Péninsule, avec Dante, Christophe Colomb et Léonard de Vinci, qui sont admirés dans le monde entier. Le héros de l'Amérique du Sud, le guérillo à la chemise rouge, celui qui a permis à Victor-Emmanuel de Piémont de devenir le roi de l'Italie unifiée, en menant la plus audacieuse des entreprises révolutionnaires, la fameuse expédition des Mille, a fini ses jours à Caprera. Au cœur de cet univers sauvage et farouche, dans la plus grande simplicité. Il y a chez Garibaldi un courage digne d'un Cincinnatus moderne, ce guerrier romain du ve siècle avant J.-C. qui est retourné labourer son champ après avoir sauvé la République. Par sa gloire et son indifférence aux honneurs ou à l'argent, l'ermite de Caprera a séduit les grands écrivains de son temps, en particulier des Français sensibles à son panache, comme son ami Alexandre Dumas, Victor Hugo ou Maxime Du Camp. Mais Garibaldi était aussi fort célèbre en Angleterre, la duchesse de Sutherland comptait parmi ses grandes admiratrices, comme en Russie, en Allemagne (Ferdinand Lassale aurait voulu mener avec lui la révolution partout en Europe) et aux Amériques, où Garibaldi avait vécu et où il avait fait ses premières armes de fougueux révolutionnaire, notamment au Brésil et en Argentine.

Étrange destin pour celui qui aurait dû devenir un héros couvert d'honneurs d'un royaume d'Italie en formation. Mais Garibaldi n'avait ni le goût des hochets, ni celui des arrangements. Que s'est-il donc passé ? Pourquoi le père de l'unité italienne n'a-t-il pas été plus choyé par la nouvelle nation qu'il avait contribué à faire naître ? Pour comprendre, il faut revenir quelques instants sur la vie passionnante et très agitée de ce guerrier hors du commun[3]. Chacun a une vague idée sur Garibaldi, sa chemise rouge, ses engouements amoureux, sa vie militaire et politique tourmentée. N'a-t-il pas encore, même en France, des disciples, les *Garibaldiens* ? Je me souviens avoir été les voir voilà quelques années dans le XXe arrondissement. Pourtant, aujourd'hui, si son nom reste encore dans les mémoires, s'il honore tant de places, en Italie comme en France, force est d'avouer qu'on a largement oublié la vie de ce combattant italien de la liberté. Italien ? Pour la petite histoire, Garibaldi est né en 1807, à Nice, qui est alors une ville annexée par la France. Il aurait bien pu devenir un héros de l'histoire de France. Il s'en faut parfois de peu. Précisons qu'il a joué un rôle dans la vie politique française au moment de la guerre de 1870. Entre-temps, Garibaldi était devenu l'homme le plus populaire d'Italie. Son grand acte d'héroïsme ? L'expédition des Mille en 1860, si bien retracée par le film de Rossellini, *Viva l'Italia*, ou, en arrière-plan, par Lampedusa dans *Le Guépard*. De quoi s'agit-il ? À la fin des années 1850, l'Italie est toujours morcelée en petites principautés. Mais l'unification commence à se profiler au nord de la Péninsule, sous la houlette du roi du Piémont, Victor-Emmanuel, et de son habile ministre le comte de Cavour. Le Piémont a l'appui de la France de Napoléon III. Mais les esprits hésitent sur la stratégie à suivre au sud. Le royaume des Deux-Siciles, dirigé d'une main de fer par le roi Ferdinand II de Bourbon, n'a aucune intention de se rallier à la cause de Victor-Emmanuel de Savoie. Comment unifier l'Italie en évitant une guerre internationale ?

C'est alors que Garibaldi entre en scène. Son rôle va être déterminant. Comme c'est un aventurier, il peut partir à la conquête du sud, en commençant par la Sicile, avec le millier d'hommes qu'il a réunis ; il peut s'emparer de cette île et remonter ensuite vers le nord jusqu'à la capitale du royaume de Naples. En cas d'échec, il pourra être à tout instant désavoué et, en cas de succès, Victor-Emmanuel pourra en faire son messager. L'opération est risquée et Garibaldi sait qu'il joue très gros mais il est un disciple de Mazzini, le théoricien républicain qui veut étendre la révolution dans tout le *Mezzogiorno*. La Sicile est une destination idéale car elle est une terre en pleine ébullition. Elle s'est déjà soulevée contre son souverain en 1820, en 1837 et en 1848. À chaque fois, il a fallu envoyer des troupes pour réprimer la révolte dans le sang. Le roi Ferdinand II y a même gagné le surnom de « re bomba », roi bombe, en raison de sa répression un peu excessive de 1848. En 1859, Ferdinand II décède et le jeune François II le remplace. Garibaldi décide alors de partir de Gênes avec ses hommes pour mettre le cap sur la Sicile. L'embarquement des troupes a lieu les 5 et 6 mai 1860. Le 11 mai, l'escadre débarque à Marsala, bénéficiant de la protection de deux navires britanniques. Très vite, les combats tournent à l'avantage des Garibaldiens, aidés par de nouveaux volontaires : ils s'emparent de Palerme le 27 mai et mettent en déroute une contre-offensive napolitaine aux abords du détroit de Messine, à Milazzo, le 20 juillet. Garibaldi se proclame dictateur de Sicile. De là, ses troupes franchissent le détroit de Messine et remontent par l'Aspromonte jusqu'à Naples. Début septembre, le roi François II est obligé de se réfugier à Gaète, dans les États pontificaux et, le 9 novembre 1860, l'affaire semble bouclée : Garibaldi a remis la veille tous ses pouvoirs à Victor-Emmanuel. Cavour le presse de rentrer dans l'ombre d'où il aurait préféré ne le jamais voir sortir. Garibaldi est triste. Il aurait voulu que son armée de fidèles soldats, les fameux Mille, ne soit pas dispersée. Mais cela lui est refusé. Alors il rentre à Caprera, refusant le château, le titre de noblesse, la dot pour Teresita, et la promotion au rang de général d'armée. Il se retire de la vie politique, tandis qu'en mars 1861, Victor-Emmanuel II est proclamé roi d'Italie « par la grâce de Dieu et la volonté de la nation ».

De son île, Garibaldi observe l'évolution des événements. Il jouit d'un grand prestige. Le consul américain d'Anvers lui a écrit une lettre pour qu'il participe, comme général, à la guerre de Sécession américaine : « Il y a des milliers [...] de citoyens américains qui tireraient gloire de se placer sous les ordres du Washington d'Italie ». Mais Garibaldi refuse courtoisement. Son nouveau pays a encore besoin de lui. L'unification du royaume n'est pas totale. Il reste à libérer Venise, aux mains des Autrichiens, et Rome, possession du pape. En 1862, Garibaldi sort de sa réserve et, au nom de « Rome et Venise », il part en Sicile pour lever une nouvelle troupe de 2 000 hommes, dans le but de prendre Rome. Mais les circonstances ont changé. Il n'a plus devant lui les troupes fragiles des Bourbons, dont les officiers avaient presque tous été gagnés à la cause piémontaise, mais l'armée royale de la Maison de Savoie, bien entraînée. Elle l'attend en Calabre. Le 29 août, les volontaires, mal renseignés, se perdent dans l'Aspromonte et les troupes du général Pallavicini les chargent sans précaution. Garibaldi est blessé et fait prisonnier. En octobre, il est amnistié par le roi et retourne à Caprera où il va mener jusqu'en 1866 une vie qu'il a lui-même définie « inerte et inutile ». L'existence quotidienne du héros italien est plus que frugale. Il se lève très tôt, vers trois heures du matin. Il appelle son secrétaire Vecchi, avec qui il boit un café puis s'entretient quelques instants en fumant le cigare. Ensuite, il écrit, notamment des lettres car il reçoit un courrier abondant. Il part alors à la pêche ou faire quelques travaux des champs. Il se nourrit à midi de ses poissons ou de macaronis et boit de l'eau. Après, il reçoit de nombreux visiteurs, continue à s'intéresser à la politique, lit les journaux italiens ainsi que le *Times* et *Le Siècle*. Le soir, Garibaldi boit un verre de lait, mange quelques morceaux de salades et de viandes puis il va se coucher très tôt. Vers dix heures, il s'endort. Mais cette retraite n'est que provisoire. Le héros enrage de l'affairisme qui accompagne le développement industriel du *Mezzogiorno* au profit des grands intérêts du Nord (« c'est le retour des Borgia », dira-t-il), mais aussi il ne supporte pas de voir le Sud livré à la terrible répression des hommes du Nord. La loi Pica, d'août 1863, institue une sorte d'état de siège, suspendant les libertés constitutionnelles, établissant une dictature moderne. Les Savoie valent-ils mieux que les Bourbons ?

En 1866, Garibaldi reprend du service, il participe à la guerre contre l'Autriche et remporte la bataille de Bezzeca, seule victoire d'une campagne sans éclat qui permet néanmoins de reconquérir la Cité des doges. Il ne reste plus que Rome. En 1868, Garibaldi caresse à nouveau le projet de « libérer » les États pontificaux. Mais le gouvernement se méfie de lui, il est assigné à résidence, à Caprera. L'île est sévèrement surveillée, puisque neuf navires de guerre et de nombreuses embarcations croisent en mer pour l'empêcher de s'enfuir. Pourtant, en octobre, il parvient à s'échapper dans des conditions hautement rocambolesques. Feignant d'être malade, il se fait remplacer au lit par un ami qui lui ressemble. À la nuit tombée, malgré ses soixante ans et ses rhumatismes, il se faufile entre les navires de guerre dans une petite embarcation qu'il manœuvre avec une unique rame, comme il a appris à le faire en Amérique. Il arrive ainsi jusqu'à l'île de la Maddalena et, de là, un bateau le conduit en Sardaigne puis en Toscane. À la tête d'un groupe de volontaires, il envahit le Latium et arrive même jusqu'aux portes de Rome, à *Monte Sacro*. Mais Napoléon III ne tolère pas cette ingérence ; il envoie un corps expéditionnaire qui défait les Garibaldiens à Mentana, le 3 novembre 1868. Nouvelle défaite, nouvel exil. Le mythe de Garibaldi est terni. Seul résultat de son expédition mal préparée : Rome est désormais protégée par une garnison française. Il faudra attendre la guerre de 1870 et la chute de Napoléon III pour qu'en septembre de cette année-là, la République française décide de rappeler ses troupes de Rome. Les États du Pape sont désormais sans défense. C'est le moment que le roi d'Italie choisit pour envahir la Ville, défendue par quelques zouaves pontificaux venus de toute l'Europe chrétienne. Le roi d'Italie envoie auprès de Pie IX le comte Gustavo Ponza di San Martino pour le convaincre de se rendre, moyennant l'indépendance spirituelle du Saint-Siège. Mais Pie IX refuse. Le 20 septembre, les troupes du roi d'Italie pénètrent sans grande difficulté par la brèche de la Porta Pia. La monarchie des Savoie a achevé l'unité italienne. Garibaldi n'est pas présent lors de ce grand jour. Il est toujours assigné à résidence à Caprera.

Cependant, il va encore réussir à s'échapper cette année-là pour prêter main-forte à la nouvelle République française, en butte aux armées prussiennes. La cause de la France n'est plus celle de Napoléon III que Garibaldi a tant combattu ; elle est désormais celle de tous les démocrates. Le 4 octobre, un Garibaldien français, Joseph-Philippe Bordone, débarque à Caprera pour le faire passer discrètement à Marseille. Le 7 octobre, le « Washington d'Italie » est accueilli dans la cité phocéenne comme un héros. Gambetta, après avoir hésité, lui offre le commandement de tous les corps francs des Vosges. Il y remportera une des rares victoires françaises contre l'armée prussienne. Fin janvier 1871, les Garibaldiens s'emparent du drapeau du 61e régiment de Poméranie, le seul drapeau perdu par les Prussiens durant cette guerre malheureuse. Bakounine dira que Garibaldi s'est comporté en véritable héros, « sa campagne de France, toute sa conduite en France a été vraiment sublime de grandeur[4] ». Il est alors élu, sans être candidat, par cinq départements, à Paris notamment. Il se rend à l'Assemblée qui siège à Bordeaux mais il est alors l'objet d'une indécente campagne de calomnie de la part de la droite la plus conservatrice. Cette ingratitude hexagonale, avec son lot de basses calomnies, blesse le vieux soldat « qui avait combattu pour la liberté humaine », comme avait dit sir John Morley en 1864. Les Anglais ont su se montrer beaucoup moins mesquins que les Français. À la Chambre, certains refusent de voir siéger Garibaldi : il n'est pas français. Victor Hugo le défend avec éloquence, en rappelant qu'en 1871, tout le monde avait abandonné la France. « Un seul homme a fait exception : Garibaldi ! » Mais les plus conservateurs ne cèdent pas ; ils vont même jusqu'à mettre en cause ses mérites dans les Vosges. Il y a là la triste expression du ressentiment de la part des milieux militaires, doublement humiliés par la défaite et par le fait d'armes de Garibaldi. Que le seul drapeau pris à l'ennemi en 1870-71 l'ait été par un Italien, de surcroît démocrate, ne peut que susciter la rancœur de certains officiers monarchistes. Devant cette campagne misérable, Hugo préférera démissionner en guise de protestation. Les esprits étroits ne céderont pas. Même lors de la mort de Garibaldi, en 1882, ils auront la rancune tenace. « En 1849 et en 1867, Garibaldi a combattu contre l'armée française », trouve seulement à dire le député Baudry d'Asson, tandis que *Le Pays* écrira : « le célèbre bandit a enfin rendu son âme au diable » *(sic)*.

Heureusement pour lui, dès le mois de février 1872, Garibaldi a quitté pour toujours cette patrie humiliée, qui cherche à panser ses plaies en nourrissant de terribles ressentiments dont certains trouveront à s'exprimer deux décennies plus tard, à l'occasion de l'affaire Dreyfus. Garibaldi est revenu vivre sereinement à Caprera, retrouvant une patrie paradoxalement moins mesquine que celle qu'il vient de servir. Car il est à nouveau traité en héros, même s'il est toujours tenu en respect. Il passera les dernières années de sa vie dans le silence de sa petite île, rédigeant des romans, comme *Les Mille de Marsala*, puis ses *Mémoires* (publiés en 1888). Il s'est éteint en 1882, peu de temps après avoir été invité aux célébrations du sixième centenaire des Vêpres siciliennes.

À Caprera, on peut encore visiter sa petite maison, la *Casa bianca*, dont une partie a été reconstruite par Garibaldi lui-même, profitant des dons qu'il eut de la part de ses amis ou de ses admirateurs, comme ce moulin à vent qu'on lui a envoyé de France. À la petite maison de berger, qu'il avait achetée dans les années 1850, Garibaldi a ajouté un bâtiment, avec quelques chambres et une terrasse. Malgré cela, la résidence reste encore trop étroite. À l'intérieur, l'aménagement est plus que spartiate.

L'équipage d'un bateau, *Le Washington*, lui a donné des chaises de bois, car il n'y en avait qu'une auparavant. Sa chambre lui sert de bureau. Il a un petit lit en fer et une commode avec un miroir, une table de travail, deux bibliothèques remplies de livres et de journaux, une modeste cheminée. Ses chemises, qu'il lave lui-même, pendent à une corde au milieu de la pièce. Au mur, quelques photographies, son sabre, sa cravache, une tresse des cheveux d'Anita, le grand amour de sa vie, et le portrait de sa petite fille morte à Montevideo. Les visiteurs, comme Candido Augusto Vecchi, qui ont été le voir à Caprera, ont tous été frappés par cette noble austérité. Le plus grand héros d'Italie a vécu comme un simple paysan. Heureusement que de leurs plages privées, les milliardaires de Porto Cervo ne la voient pas, cette maison du héros du *Risorgimento*. Sa simplicité aurait presque des allures de provocation[5].

CHAPITRE XXIII

La première « nouvelle cuisine »

Revenons sur le continent. Au centre des Pouilles, dans cette longue plaine vallonnée et accablée par le soleil, la petite ville d'Altamura a beaucoup perdu de son lustre médiéval. Au XIIIe siècle, Frédéric II de Hohenstaufen y fit construire la majestueuse cathédrale qu'on peut encore admirer. Pourtant, cette région reste sauvage. S'il y a aujourd'hui un regain d'intérêt pour les Pouilles, c'est plus bas, au bout de la botte qu'il faut aller le trouver. La « nouvelle Toscane », comme disent désormais les guides anglais chics, se trouve à l'extrême sud, dans cette région baroque autour de Lecce et du Salento, avec les petites villes d'Otrante, Gallipoli, Castro, et toute cette région qu'on appelle la *Grecia Salentina* (car il y eut, dès le haut Moyen Âge, une forte présence de populations byzantines). C'est depuis peu le lieu de prédilection des Anglais, ceux qui ont abandonné la Toscane, trop touristique, pour s'installer dans l'ancienne Apulie romaine, terre de la Grande Grèce et des chevaliers médiévaux qui embarquaient à Brindisi pour se rendre à la Croisade. Altamura n'a rien de cette Apulie de luxe. C'est une autre facette des Pouilles, plus sauvage, plus démunie ; on peut la comparer à la pauvreté de la Basilicate, sa voisine, et notamment Matera, avec ses fameuses cavernes *(sassi)*, maintenant restaurées, où s'entassait jusqu'aux années 1980 une population de pauvres journaliers dans des conditions indignes. Cette plaine qui va de Castellanetta jusqu'à Bari reste peu fréquentée. Qui se rend à Gravina, Venosa, la patrie d'Horace, ou Barletta[1], aussi célèbre en Italie qu'inconnue en France ?

Les grandes murailles, qui ont jadis donné son nom à la ville d'Altamura (hauts murs), ont été remplacées aujourd'hui par des barres HLM qui entourent le centre historique. Cette région a connu son heure de gloire il y a bien longtemps, au Moyen Âge, lorsque le grand empereur d'Allemagne Frédéric II de Hohenstaufen, ou de Souabe, partageait sa vie brillante entre Palerme et les Pouilles[2] dont il se déclarait l'enfant *(Puer Apuliae)*. Grand administrateur et grand savant, celui qu'on a aussi surnommé *Stupor Mundi*, en raison de sa magnificence, fut probablement le premier des princes « humanistes ». Né en 1194, il tentera de mettre fin aux guerres de religion entre Arabes et Chrétiens, signant même avec le sultan d'Égypte un pacte « humanitaire », ce qui lui valut l'excommunication du pape mais la couronne de roi de Jérusalem, donnée par les Arabes ! Il était aussi l'ami des Juifs et, passionné d'astronomie autant que de beautés terrestres (il s'est marié trois fois), il fit construire ce magnifique château de Castel del Monte, qui reste probablement la forteresse la plus mystérieuse du monde, dont la forme octogonale a servi d'inspiration à la bibliothèque-labyrinthe du *Nom de la rose*, d'Umberto Eco. Il y aurait tant à dire sur ce personnage fascinant qui a intrigué autant le grand historien allemand Ernst Kantorowicz que le surprenant Benoist-Méchin. Lorsque Frédéric II se rendait chaque année de Palerme, où résidait son administration, jusqu'à sa résidence de Melfi, accrochée aux Monts Vulture, où il promulgue en 1231 la première constitution au monde[3], l'empereur empruntait avec son immense cour un itinéraire qui le faisait passer par cette ville d'Altamura où il regroupa des populations latines, grecques et juives.

C'est là, dans cette bourgade oubliée, qu'en 2001, pour une raison étrange, McDonald's, le roi de la restauration rapide, célèbre dans le monde entier pour ses Big Mac, ses frites grasses et ses Chicken Mac Nuggets, a décidé de s'implanter. En plein centre-ville. Pourquoi Altamura ? Les as du marketing ont-ils oublié de s'informer ? La petite cité est célèbre dans tout le *Mezzogiorno*, y compris jusqu'à Rome, pour son pain particulier, à l'ancienne, le pain d'Altamura, très apprécié des gastronomes italiens. À moins que, conscients de cette réalité, les princes du *fast food* aient justement décidé une épreuve de force avec la cuisine traditionnelle. Dans les deux cas, bien mal leur en prit. Car, en moins de quelques semaines, les managers mesuraient leur erreur. Après de bons débuts, liés à l'attrait de la nouveauté, ainsi qu'à une salle climatisée, bien utile dans ce sud étouffant, le McDo a vu très vite sa fréquentation péricliter. Entre-temps, les boulangers de la ville se sont mobilisés. Ils ont proposé des pizzas et des fouaces de tout genre, avec des produits locaux de qualité et des prix alignés sur ceux du géant américain. Il en allait de l'honneur même du pain d'Altamura ! McDo a réagi en multipliant les opérations promotionnelles. Très vite, le combat a pris des allures homériques : la lutte de l'alimentation industrielle contre la nourriture traditionnelle, le *fast food* contre le *slow food*[4]. Et, à Altamura, c'est cette seconde qui l'a miraculeusement emportée. Au bout de trois ans et un changement de direction, les dirigeants du géant américain ont tiré le bilan amer de l'expérience : le McDonald's d'Altamura n'est pas rentable. Ici, dans ce sud reculé de l'Italie traditionnelle, la culture consumériste n'a pas eu le dernier mot. En une nuit, McDo a fermé, emportant tout son matériel, ne laissant aucune trace de son passage malheureux. En 2006, en traversant la petite ville pour me rendre à Castel del Monte, je n'ai pu m'empêcher d'interroger les habitants. Ils se souviennent bien du fast food, de son énorme M jaune désespérant qui dominait le local de la piazza Zanardelli, transformé alors en banque. « Vraiment, ce n'était pas très judicieux de venir ici », conclut ce restaurateur, avec le regard roué de l'homme du Sud.

Cette fable postmoderne, qui voit, pour des raisons d'ailleurs fort complexes, la qualité triompher de la quantité, illustre une certaine supériorité de la cuisine italienne sur la cuisine française. Car la leçon d'Altamura, c'est de l'anti-José Bové à l'état brut. Loin de détruire McDo par la force, Altamura l'a combattu sur son propre terrain, celui de la concurrence. Point n'a été besoin, comme à Millau, d'investir le magasin avec force et de le saccager pour le faire partir. Si cette victoire a été possible, c'est que le terrain était facilité, à Altamura, par une tradition culinaire populaire. En France, chacun se le dit, notre « grande cuisine » est la meilleure du monde. Nos *chefs* dissertent dans des livres et à la télévision avec une assurance de philosophes[5]. Rien de tel en Italie où le monde culinaire est plus modeste. La cuisine italienne est davantage une cuisine de tous les jours, là où la cuisine française se veut une cuisine de l'excellence. Mais c'est au détriment du quotidien. Pour contrer McDo, la violence est l'ultime parade d'un peuple dont la cuisine s'est éloignée, de longue date, d'une tradition simple, pour ne pas dire populaire[6]. Dans la vie de tous les jours, le Français a le choix entre une nourriture de bistrot, souvent bâclée, et les comptoirs poisseux des *fast food* qui, au moins, offrent des menus rapides. En Italie, la cuisine populaire, celle de la *trattoria* ou de la *tavola calda*, a su conserver une certaine tradition. Elle a donné naissance à des produits qui font aujourd'hui son succès partout dans le monde : la pizza, les pâtes, les glaces, le café, autant de spécialités *made in Italy* qui constituent la nourriture quotidienne de la grande majorité des habitants du monde occidental[7]. Et qui semblent avoir chaque année un peu plus le vent en poupe. Un seul exemple : la consommation de glaces, typique produit italien, était réservée, jusqu'aux années 1960, aux adolescents. En dehors de l'Italie, rares étaient les adultes à les consommer dans la rue. Au Japon, c'était même une honte pour un adulte de manger une glace en public : ce n'était pas jugé assez viril. Aujourd'hui, tout a changé. Comme si le consommateur appréciait de plus en plus ces produits « d'enfance » qui sont la marque même de l'Italie. On pourrait en dire autant des pâtes ou des pizzas.

Difficile d'expliquer exactement pourquoi la cuisine italienne a pris cette orientation si divergente de la cuisine française. Tout remonte au Moyen Âge. Avant, les recettes des festins antiques, telles qu'on les trouve décrites chez Caton, Pline, Horace ou tant d'autres, mélangent allègrement le sucré et le salé, le poisson et la viande, le miel et les anguilles, dans des nuances de goût qui semblent assez peu compatibles avec nos palais délicats. Il est vrai que la Rome antique, ce n'est pas seulement l'Italie mais la Méditerranée ; de tous les pourtours de *Mare Nostrum*, les produits de l'Empire convergeaient vers la capitale ; aussi est-il difficile de parler de cuisine italienne à proprement parler. On retrouve dans certains livres, comme *L'Art perdu de la cuisine*, de Mithaecus, le premier livre de cuisine connu au monde, ou dans les recettes d'Archestrate (IVe siècle avant J.-C.) des plats qu'on déguste encore en Sicile (comme la *caponata*). Mais la cuisine italienne ne prend ses premiers traits véritables qu'après les grandes invasions barbares qui obligent le pays à vivre en autarcie, à repenser à ses richesses intérieures, à exploiter son fonds propre. Bien que plus méditerranéenne, l'Italie n'est alors guère plus riche en produits que la France. Mais elle va bénéficier très tôt, dès le Xe siècle, d'un avantage : le sud de la Péninsule est occupé par les Arabes qui vont apporter de nouveaux éléments, déterminants dans l'évolution de la cuisine italienne. D'abord des goûts nouveaux, les agrumes au jasmin, le sésame, l'anis, le safran, la cannelle ; et puis des recettes inventives, notamment les fameuses pâtisseries siciliennes, comme les fruits en pâte d'amande ou les cannoli. On le sait moins mais ce sont aussi les Arabes qui ont contribué au développement des pâtes, en ayant inventé, dit-on, la pâte sèche, de longue conservation, utile dans les longs trajets à travers le désert[8]. Contrairement à une légende tenace, les pâtes n'ont pas été diffusées en Occident par les voyages de Marco Polo en Chine. Sous des formes variées, on retrouve déjà des pâtes mentionnées dans certaines recettes d'Apicius, le gastronome romain, et dans des livres médiévaux, comme celui du géographe arabe Idrisi (1100-1165), secrétaire du roi normand Roger II, le plus « multiculturel » de tous les rois d'Occident. Dès le Moyen Âge, ces recettes se diffusent dans toute l'Europe mais nulle part la préparation culinaire des pâtes ne sera aussi développée qu'en Italie. En France, elle n'occupera qu'une place marginale, dans quelques gratins plus ou moins légers, tandis qu'en Italie elle va devenir un plat à part entière, cuisiné pour lui-même. Le plus ancien livre de gastronomie italien, le *Liber de coquina*, écrit à Naples au XIIIe siècle, évoque déjà la manière de confectionner les lasagnes et les macaronis *(ancia alexandrina)*. Il insiste sur le nécessaire accompagnement avec du fromage râpé (*grattugiato*), sur lequel on suggérera d'ajouter, au XVe siècle, du beurre pour adoucir le goût. Puis les gastronomes italiens approfondiront leurs recherches pour inventer un nombre infini de sauces courtes (qu'on appelle aujourd'hui la *pastacciutta*), mélangeant les saveurs d'estragon, d'huile d'olive, de sauge, de basilic, de veau, de câpres, d'épinards, de fleurs de courgettes, de truffes, de crevettes, etc. Dès la fin du Moyen Âge, les premiers livres de cuisine proposent un grand éventail de recettes de pâtes, unique en son genre, qui tranche avec l'utilisation plus triste de la *pasta in brodo* (bouillon) à laquelle on destine ces dernières dans les autres pays d'Europe.

Dès le XIVe siècle, l'Italie reçoit le surnom de « pays des pâtes » et un auteur comme Salimbene de Parme proteste déjà à l'époque contre les gloutons qui s'empiffrent de lasagnes. La pâte est alors un plat raffiné ; le peuple se nourrit de pain, de soupe, de légumes et de viande mais non de lasagnes ou de macaronis. D'ailleurs, encore aujourd'hui, dans une fête de mariage ou une réception officielle, on sert des pâtes en Italie (jamais de pizza en revanche). Au XVIIe siècle, l'Italien qui arrive à la cour de France se voit accolé le qualificatif de « macaronis » pour cette raison. Le mot plutôt méprisant servira longtemps à désigner les gens du sud. Ainsi, en 1860, lors de l'annexion du royaume de Naples, le Premier ministre piémontais, Cavour, écrira à son ambassadeur à Paris : « les macaronis sont cuits et nous les mangerons ». Le terme ne deviendra une insulte qu'à la fin du XIXe siècle, lors de l'émigration massive des pauvres de la Péninsule. À cette époque, la consommation de pâtes s'est démocratisée car, entre-temps, leur fabrication industrielle qui a commencé dès 1764 en Campanie, est devenue très florissante grâce au progrès technique. Il est possible de fabriquer des pâtes, notamment des macaronis, à un prix très faible et elles vont désormais devenir un des produits essentiels de la nourriture populaire. Une fois élu président des États-Unis, Jefferson, qui s'était rendu à Naples en 1787, décidera d'en faire servir à la Maison Blanche pour les dîners officiels parce qu'il trouve que c'est un mets « démocratique ». On mesure là une des chances de la cuisine italienne : avoir su élaborer pendant des siècles des recettes sophistiquées pour un plat qui devient celui du commun des mortels. Par contraste, en France, les plats populaires, notamment ceux du sud, comme la salade de truffes ou le foie gras, sont devenus des plats hors de prix... Ce point explique en partie le succès de la cuisine italienne. Désormais, les variétés de pâtes se comptent par centaines (on connaît surtout les spaghettis, les lasagnes, les macaronis, mais il existerait, dit-on, plus de six cents sortes de pâtes différentes, dont une cinquantaine commercialisées).

L'histoire de la pizza est exactement l'inverse de celle des pâtes, mais ce produit connaît lui aussi un engouement mondial, notamment depuis la crise de la vache folle qui a suscité tant de réserves sur les hamburgers. Les géants de l'agroalimentaire s'intéressent désormais à la pizza, produit extrêmement populaire à l'origine, mais qui tend à se distinguer de plus en plus, sans pour autant perdre son attrait. La pizza se mange depuis l'origine dans la rue, c'est en quelque sorte une sorte de *fast food* avant la lettre, mais avec des produits de qualité. L'Italie a su concilier depuis la Renaissance la restauration rapide et la tradition, ce qui lui permet de résister plus efficacement aux offensives des marchands de la « malbouffe ». La pizza serait née à Naples au XVIe siècle et il existe même aujourd'hui une très sérieuse association de la « vraie pizza napolitaine », dirigée par un professeur d'université, Carlo Mangoni di San Stefano, qui veille à l'application des règles antiques pour la confection de ce plat. La tomate est la base de la pizza (sauf lorsqu'on parle de *pizza bianca*, pizza blanche). Même s'il est difficile de préciser exactement l'origine de ce produit typiquement populaire, on peut dire que la pizza n'a vraiment connu son essor qu'après la découverte de la tomate, donc après celle des Amériques par Christophe Colomb. Les tomates ont été importées vers 1596 par les vice-rois espagnols de Naples. La vraie pizza se compose à la base de tomates gorgées de soleil, provenant généralement de la zone du Vésuve, mais aussi des Pouilles et de la Basilicate où l'ensoleillement lui donne un goût savoureux mais où les conditions d'exploitation sont parfois très problématiques[9] (on ne parle pas de l'*or rouge* pour rien). Les responsables de l'association de la « vraie pizza napolitaine » dénoncent les tomates transgéniques avec gène de poisson. Ils insistent aussi sur l'importance de la *mozzarella di bufala*, qui doit être faite avec du vrai lait de bufflonne comme on en élève dans la région de Naples et non avec du simple lait de vache. Or, il est moins rentable d'avoir des bufflonnes que des vaches car, contrairement à ces dernières, elles ne peuvent pas à être inséminées artificiellement. Enfin, les olives constituent le troisième élément de base de la pizza qui doit provenir des belles oliveraies de Campanie, des Pouilles ou de Calabre. Le four à pizza constitue le dernier élément essentiel. Ce four, très particulier, doit, selon la tradition, être édifié la nuit ! Il y a autour de la pizza toute une religion particulière à Naples. Le *pizzaiolo*, le faiseur de pizza, généralement un « beau gosse » des quartiers populaires, appartient à l'imaginaire napolitain. Il doit posséder un geste ample pour bien lancer la pizza afin de repousser l'air sur les bords et cet art lui voue généralement les faveurs des femmes. Il existe d'ailleurs une équipe italienne de pizza et des concours (assez ridicules à voir) de pizza acrobatique *(sic)*.

On a pu dire que l'Italie a eu une langue et une cuisine avant d'avoir eu un État. Et ce n'est pas pour rien que la pizza la plus célèbre est la pizza *Margherita*, du nom de la reine d'Italie pour laquelle elle a été confectionnée : rouge (tomates), blanc (mozzarella) et vert (basilic) : les trois couleurs de l'Italie. Malgré les différences entre le nord et le sud, et des singularités locales[10], la cuisine italienne a une unité peut-être plus grande que la cuisine française (quel point commun entre la cuisine provençale et la cuisine bretonne ?). Cela se traduit dans la Péninsule par une relative absence de certains produits, notamment la viande rouge. Déjà, au XVIe siècle, Montaigne notait dans son *Voyage* : « Cette nation n'a pas notre goût pour la viande. » On se limite essentiellement aux viandes blanches (veau et porc), délaissant le bœuf ou l'agneau. Si, en France, les pâtes ne sont qu'un accompagnement, en Italie, c'est plutôt la viande qui sert d'accompagnement, ce que le discours religieux, favorable aux jours maigres, n'a pas manqué d'encourager, avant même la mode des régimes diététiques. Il existe des spécialités régionales de viandes ou de saucisses, jambons et mortadelles, sans parler de la polenta, la minestre, qui sont de typiques plats pauvres, ainsi que les tourtes aux légumes et les gnocchi, le riz, ignoré des auteurs antiques et qui fut acclimaté en Occident par les Arabes en Sicile et en Espagne. C'est au XVe siècle que le riz fait la conquête de l'Italie du nord, notamment grâce aux Sforza. Les fromages sont aussi très présents depuis le Moyen Âge, ainsi que tous les produits du lait (*latticini*), ce qui nous conduit aux desserts. Grâce aux Arabes, nous le savons, qui ont introduit notamment le sucre de canne qui a remplacé petit à petit le miel, les pâtisseries italiennes, notamment siciliennes, comptent parmi les plus raffinées et les plus anciennes d'Europe. Certains historiens du goût, comme Jean-Louis Flandrin, ont affirmé que le goût des Italiens pour les douceurs viendrait de leurs vins, dont beaucoup sont doux, ce qui irritait d'ailleurs Montaigne, habitué dans son Bordelais à des vins d'un climat et d'un territoire plus âpres[11].

Pour le commun des mortels, le dessert italien par excellence reste les glaces *(gelatti)*. Elles appartiennent à l'imaginaire italien, avec la pizza et la mamma. De fait, la tradition *dei sorbetti e gelati* a pris en Italie une importance plus grande qu'ailleurs (soleil aidant). L'habitude de boire frais, *alla moda d'Italia*, mélangeant la neige ou la glace au vin, à l'eau et aux liqueurs, s'était diffusée dans la Péninsule dès la seconde moitié du XVIe siècle et, ce, malgré l'avis des médecins. C'est de là, selon Capatti et Montanari, que serait né le sorbet[12]. D'autres remontent beaucoup plus loin, retrouvant des glacières en Mésopotamie, à Rome, etc. Plus simplement, il semble certain que, dès la fin du XVIe siècle, on trouve ce genre de recettes à Venise et surtout à Naples, évoquée par Giovanni Battista della Porta. La légende voudrait que Catherine de Médicis ait apporté en France cet usage. Mais il deviendra surtout très en vogue au XVIIe siècle, notamment dans les banquets du Roi-Soleil. À l'époque, un Sicilien, le sieur Procoppio, créera le plus célèbre café de Paris, *Le Procope*, où il prendra l'habitude de servir des sorbets. Le premier traité pour confectionner des sorbets est celui d'Antonio Latini, écrit entre 1692 et 1694, *Trattato di varie sorti di sorbette, o d'acque aggiacciate*, qui contient des recettes sur le mélange du sucre, du sel et de la neige avec du jus de citron, des fraises, cerises et aussi du chocolat et divers autres arômes. Il faudra cependant attendre la fin du XIXe siècle, et l'invention de l'électricité, pour que l'usage de la glace se généralise, en permettant de conserver le produit à une température constante. Combien, auparavant, sont tombés malades ou sont même morts pour avoir dégusté une glace mal conservée, où un marchand peu scrupuleux avait rajouté les plus ignobles produits pour la faire « tenir » malgré la chaleur de Naples…

À bas les pâtes !

Plus raffinée à l'origine que son homologue transalpine, la cuisine italienne aurait, dit-on, enseigné aux cuisiniers français de la cour des Valois les recettes leur ayant permis de donner naissance à la grande cuisine française. Comme dans le domaine de l'art, les guerres d'Italie et l'arrivée de Catherine de Médicis en France auraient été à l'origine du « génie français ». Aujourd'hui, les historiens du goût sont assez sceptiques sur cette interprétation facile. Avant même Catherine de Médicis, les recettes circulaient dans toute l'Europe et le « goût italien » était réputé. Dès le XIIIe siècle, il y avait des échanges intenses entre la France et l'Italie dans le domaine des recettes culinaires[13]. Et ce va-et-vient s'est poursuivi jusqu'à nos jours. On a fait grand cas en France, voilà quelques décennies, de la « nouvelle cuisine » destinée à favoriser l'émergence de recettes moins lourdes, prônant avec ostentation la portion congrue, le « menu » au sens propre. Mais, bien avant, dans les années trente en Italie, et dans des circonstances assez cocasses, certains intellectuels futuristes, derrière le célèbre Marinetti, avaient déjà pris parti en faveur d'une nouvelle cuisine, censée redonner de la vigueur au peuple italien *(sic)*. Leur manifeste : *Abbasso la pastasciutta !* (À bas les pâtes !). Difficile au pays des pâtes de faire plus insolite comme programme culinaire.

On a tout dit sur les futuristes, leur esprit de chapelle avant-gardiste, leur folie moderniste qui explique en partie leurs liens obscurs avec un fascisme obnubilé, dans le domaine de l'art, par tout ce qui est nouveau, tout ce qui tournait le dos à la décadence « bourgeoise ». Pourtant, le futurisme a compté aussi, personne ne peut le nier, parmi les mouvements artistiques majeurs de cette première moitié du XXe siècle. Comme l'a dit Ezra Pound, le créateur de l'avant-garde littéraire anglaise avec Joyce et Elliot, « le mouvement que nous avons lancé à Londres [...] n'aurait pas existé sans le futurisme ». On ne peut pas le ranger au simple rang des bizarreries « fascistoïdes ». Parmi les nombreux *Manifestes* que Marinetti écrivit, celui sur la *cuisine futuriste*, publié à Turin fin 1930, relève plus de la poésie dadaïste que de la véritable recette de cuisine. Le ton se veut provocateur sous une ambition démesurée. Annonçant son futur manifeste dans le restaurant de *La Plume d'oie à* Milan, Marinetti déclara : « Je vous annonce le prochain lancement de la cuisine futuriste pour un renouvellement total du système alimentaire italien [...]. La cuisine futuriste, libérée de la vieille obsession du volume et du poids aura d'abord pour principe l'abolition des pâtes. Les pâtes [...] sont une nourriture passéiste parce qu'elles alourdissent, parce qu'elles abrutissent, parce que leur pouvoir nutritif est illusoire, parce qu'elles rendent sceptiques, lent, pessimiste. » À bas les pâtes ! donc. Elles seraient le drame de l'Italie. C'est le principe même du *Manifeste de la cuisine futuriste*, publié le 28 décembre 1930, dans *La Gazzetta del Populo*, de Turin. Son objectif ? Faire que « tout un chacun ait la sensation de manger des œuvres d'art ». Son moyen : changer les habitudes alimentaires des Italiens. « Tout en reconnaissant que des hommes mal ou grossièrement nourris ont pu réaliser de grandes choses dans le passé, nous proclamons cette vérité, écrit le *Manifeste* : on pense, on rêve et on agit selon ce qu'on boit et ce qu'on mange. » Aussi déclare-t-il en premier lieu nécessaire de remplacer les pâtes, « absurde religion gastronomique italienne », par le riz. Pour lui, les pâtes ne conviennent pas aux Italiens *(sic)*. « Par exemple, elles contrastent avec la vivacité d'esprit et l'âme passionnée, généreuse, intuitive des

Napolitains. S'ils furent des combattants héroïques [...], c'est en dépit des volumineux plats de pâtes quotidiens. Et c'est à force d'en manger qu'ils deviennent sceptiques, ironiques et sentimentaux. » J'ai oublié de préciser que, se voulant « modernes », les futuristes condamnent les vieux sentiments amoureux, signes d'un « romantisme bourgeois ». (« L'amour, obsession romantique et volupté, n'est autre chose qu'une invention de poète »). Le futuriste se veut viril, désexualisé et misogyne. À la place des plats traditionnels, « féminisés », nos nouveaux gastronomes proposent des plats étranges, aux noms sophistiqués : *hors-d'œuvre fulgurant, plasticoviande, veau ivre, aéroport piquant, parfums prisonniers*, etc. Même si certaines recettes, comme celle du *plasticoviande*, semblent praticables, on voit bien par ces noms que les futuristes ont une recherche plus esthétique que gastronomique[14]. C'est un fantasme d'art total qui séduisit d'ailleurs beaucoup les Français. À Paris, un grand banquet futuriste réunit en 1931, à l'occasion de la dernière Exposition coloniale, des personnalités du monde, aussi diverses que Joséphine Baker, le marquis de Saint-Germain, Mme Van Dongen, la comtesse de Fels, etc.

Mais, en Italie, il fallait de l'audace pour tenter d'imposer un manifeste culinaire centré sur ce mot d'ordre : *Abbasso la pastasciutta !* Et, il faut bien le reconnaître, cela ne prit jamais. En dehors du restaurant futuriste, le *Santopalato*, aucun restaurant ne proposa jamais de cuisine futuriste, alors même que le manifeste prenait la peine de donner un nombre important de recettes nouvelles. Même les dignitaires fascistes de l'époque restèrent assez sceptiques sur la possibilité de restaurer la « virilité » italienne en abolissant les pâtes. Certains proches de Mussolini se moquaient bien du projet : « À bas les pâtes, d'accord ! Mais les tagliatelles, c'est une autre paire de manches. » Marinetti échoua à esthétiser la gastronomie, en prétendant poursuivre un but politique (raffermir la « race »), si propre à l'esthétique fasciste. Comme le rappelait Walter Benjamin, les communistes voulaient politiser l'art et les fascistes voulaient esthétiser la politique. Ces deux attitudes échouèrent heureusement, tout comme les tentatives pour « italianiser » certains mots usuels du vocabulaire culinaire. Ainsi proposèrent-ils de changer le terme « sandwich » en *traidue* (entredeux) ou de remplacer le terme cocktail par « polibibita » (polyboisson). Marinetti et ses amis méprisaient notamment « les dames de l'aristocratie et de la grande bourgeoisie italienne » qui épousaient la mode du cocktail-party. Et ils n'y allaient pas par quatre chemins. « Nous considérons comme une vulgaire crétine l'Italienne de la bonne société qui se vante de participer à une cocktail-party [...]. Vulgaire crétine, l'Italienne de la bonne société qui croit plus élégant de dire : "J'ai pris quatre cocktails"... » Mais, si le fascisme réussit à imposer le terme *calccio* plutôt que football (c'est encore ainsi qu'on qualifie le foot en Italie), il échoua totalement à imposer les termes de remplacement du bar, cocktail et autre sandwich. On ne manipule pas un esprit gastronome comme un esprit sportif...

Malgré son échec flagrant, on peut se demander si une partie du message futuriste n'a pas été entendu, aujourd'hui, au-delà même de ses intentions. Ce mépris du « pesant », ce rejet de tout « embonpoint », ce culte du corps mince, à la forme aérodynamique, n'est-ce pas là l'application directe des ambitions du *Manifeste* de Marinetti, rebâtir une nouvelle « race », virile et bondissante, à l'image de l'aéronautique que les futuristes adoraient tant, au point de se qualifier entre eux d'aéropoètes, d'aéropeintres, etc. N'ont-ils pas été les pionniers de nos « régimes minceur » et autres recettes de stars ? D'ailleurs, c'est peut-être aujourd'hui que le slogan futuriste, *Basta la pastacciuta !* commence à être écouté en Italie. Même si la Péninsule reste le principal consommateur de pâtes en Europe, cela serait en train de diminuer, selon les derniers sondages[15]. Les prophètes mettent souvent du temps à se faire entendre. Espérons seulement que les leçons des futuristes ne soient pas entendues dans tous les domaines…

CHAPITRE XXIV

La mer de la peur

Qui y prend encore garde aujourd'hui ? En sillonnant les côtes de la Calabre, cet « extrême sud » de l'Europe, qui s'agrippe entre les montagnes de l'Aspromonte et les mers Tyrrhénienne et Ionnienne, les villages les plus antiques semblent tourner le dos à la mer, comme « réfugiés » sur leurs promontoires rocheux. De Tropea à Gerace, en passant par Reggio di Calabria, la route sillonne au cœur de paysages étonnants. On se croirait dans des Alpes tombant dans la Méditerranée la plus claire. Mieux vaut ne pas trop s'aventurer dans ces montagnes sauvages, jadis livrées aux rapaces et aux bandits. C'est là où Garibaldi fut blessé par les armées du nouveau royaume d'Italie. C'est encore aujourd'hui le territoire de la mafia calabraise, la *'Ndrangheta*, moins célèbre que ses cousines sicilienne *(Cosa Nostra)* ou napolitaine *(Camorra)* mais la plus « active » de toutes. Pourtant, ce n'est pas de ces montagnes infestées jadis de bandes criminelles que les villages de Calabre semblent, par leur architecture, se protéger. Blottis sur leurs rochers, en haut de falaises souvent à pic, c'est de la mer que ces petites cités de pêcheurs, comme Scilla, la cité du fameux rocher[1], cherchent à se préserver. Étrange pour des habitants dont beaucoup tirent l'essentiel de leur revenu de la pêche. Que craignent-ils de la mer ?

Aujourd'hui, elle semble bien inoffensive cette mer que les amateurs de vacances et de *farniente* apprécient tant pour la clarté de ses eaux. Si elle n'était pas défigurée par la spéculation immobilière, la côte calabraise serait probablement une des plus belles de la Péninsule avec la côte amalfitaine. L'eau immobile y a dans certains endroits de magnifiques reflets ; la lumière y est puissante et comme protectrice. Au loin, on distingue depuis des siècles immémoriaux le mont fumant du Stromboli, le célèbre volcan des îles Lipari. Tout paraît calme et serein. En réalité, jusqu'au congrès de Vienne, en 1814, la Méditerranée est surnommée « la mer de la peur ». Le petit musée ethnographique de Palmi, non loin de Reggio di Calabria, en donne une première réponse. Passé la saisissante crèche représentant l'Enfer, de Fiumefredo Bruzzo, et les masques en terre menaçants, destinés à chasser le « mauvais œil », on découvre des étranges bouteilles *(Babbaluti)* qui sont censées représenter les terribles envahisseurs qui ont ravagé ce pays au cours de l'Histoire. Parmi eux, les plus effrayants, sont ceux venus de la mer, ceux qu'on a pris l'habitude d'appeler les Barbaresques. Les États de la Barbarie regroupent les terres allant de la Libye au Maroc. Trois grands ports de corsaires et de pirates sont actifs jusqu'au début du XIXe siècle : Tripoli, Tunis, Alger. Entre 1530 et 1780, ce sont plus d'un million de chrétiens qui ont été réduits à l'état d'esclaves par les Barbaresques à l'occasion de sanglantes « razzias » sur les côtes méditerranéennes. On a longtemps ignoré ces chiffres avant qu'un historien américain, Robert C. Davis, ne vienne nous rafraîchir une mémoire toujours un peu chancelante[2].

On évoque beaucoup, et à juste titre, la cruelle traite des esclaves d'Afrique par les Occidentaux à partir de la Renaissance, sans parler de celle, plus ancienne, des Africains par les Arabes. Mais cette question de la traite des Chrétiens par les Barbaresques est totalement passée sous silence. Comme le dit Robert Davis, cet « autre esclavage » est devenu « l'invisible esclavage ». Il n'a pour ainsi dire pas laissé de traces, sinon anecdotiques, comme les noms de certains ports du sud : *Acqua dei Corsari*, à l'est de Palerme, ou *Fosso dei Sarraceni* (Sarrasins) à Ortena (Abruzzes). On a totalement oublié cette menace quand on se promène sur la *Mare Nostrum* des Romains. À peine sait-on que Cervantès (1547-1616), l'auteur de *Don Quichotte*, fut retenu en esclavage pendant quelques années à Alger. Mais l'affaire paraît anecdotique, un épisode pour les aventures rocambolesques d'*Angélique et le Sultan*. De même, les grands historiens, comme Fernand Braudel, ont eu tendance à négliger l'ampleur de ce phénomène qu'on redécouvre aujourd'hui. Qui le dirait : au XVIe siècle, il y eut autant d'esclaves chrétiens que d'esclaves africains ! Qu'importe d'ailleurs les chiffres. L'horreur n'a pas de comptabilité. Rappelons juste que pour les esclaves chrétiens, il n'y eut aucun équivalent du tristement célèbre « code noir ». Pas de « code blanc » mais l'arbitraire le plus total. Tel était l'esprit qui régissait la relation du maître musulman à son esclave chrétien.

C'est, de tous les pays de la Chrétienté, l'Italie du Sud, le royaume de Naples, qui fut le plus touché par les razzias musulmanes. L'Italie était leur principale destination à plusieurs titres. Elle était la terre la plus proche des États barbaresques et, du fait de la présence du pape, les rares fanatiques du *Jihad* la tenaient pour « l'œil de la Chrétienté ». Les longs kilomètres de côtes s'étendant des Alpes à la Sicile empêchaient les autorités de les défendre systématiquement. Aujourd'hui, la Péninsule lutte déjà avec beaucoup de difficultés contre les migrations extra-européennes. Hier, elle ne savait comment faire face aux invasions barbaresques. Le royaume de Naples a bien fait construire tout le long de son littoral un vaste réseau de 500 tours de guet qu'on peut encore voir, dominant certaines plages des Pouilles, de Sicile, de Sardaigne ou de Calabre. Rien qu'en Sicile, il y en avait plus de 130. Mais ces tours, même quand elles possédaient un canon, n'étaient pas armées et ne pouvaient servir qu'à avertir les habitants d'une razzia qui se préparait. Souvent, les Barbaresques s'attaquaient aux bateaux. Les plus durement touchés furent bien sûr les marins, souvent enlevés alors qu'ils étaient en haute mer. Les pirates musulmans se déguisaient parfois *alla cristianesca* pour s'approcher le plus près possible du bateau avant de l'aborder. Ils possédaient aussi des repaires au sein même de la côte italienne. Par exemple, du XVIe au XVIIe siècle, Ischia et Procida furent possédées par les Barbaresques qui s'en servaient comme tête de pont pour leurs razzias dans la baie de Naples. Ils partaient au petit matin et, profitant de la brume, se lançaient sur les bateaux de pêche qui partaient en mer. Mais, parfois, ils abordaient aussi sur la terre ferme. Les habitants des villages côtiers n'avaient plus alors qu'à s'enfuir, en espérant échapper à l'incursion barbare. Ils avaient intérêt à aller loin car, parfois, les « descentes » des pirates allaient jusqu'à plus de 70 kilomètres à l'intérieur des terres. Voilà pourquoi les villages de Calabre tournent presque tous le dos à la mer…

Il y eut plusieurs étapes dans les razzias barbaresques. Avant la Renaissance, elles sont pour ainsi dire inconnues. Entre l'Orient et l'Occident, les rapports ne sont pas nécessairement bons mais il existe encore beaucoup de passerelles, notamment à l'occasion de grands règnes syncrétiques, comme ceux des Normands de Roger II ou de Frédéric de Hohenstaufen. Arabes et chrétiens sont encore en bons termes. Tout change avec la Renaissance. Les pirates barbaresques s'attaquent à toutes les côtes italiennes et la traite devient une industrie rentable car les Chrétiens mettent en place des organisations « humanitaires », comme l'ordre des Trinitaires ou l'ordre des Mercédaires, pour racheter leurs esclaves aux Barbaresques[3]. Il devient alors plus profitable de voler un homme que de voler un trésor. La grande époque des razzias commence. Ensuite, à mesure que les défenses des côtes se restructurent, les Barbaresques s'attaquent surtout aux villages isolés, aux habitations reculées, aux monastères. Un observateur de l'époque raconte l'histoire d'un vaisseau de retour à Tripoli qui n'a fait qu'une seule prise, un pauvre ermite français capturé sur une île inhabitée, près de Lampedusa. Les côtes de Calabre furent particulièrement touchées car le réseau de protection était très médiocre[4]. Des villes comme San Lucido, dans l'ouest de la Calabre, mais aussi Manfredonia, sur le Gargano (Pouilles), connurent des effondrements démographiques à la suite de ces razzias de l'ordre de 60 à 80 % de leurs habitants. Beaucoup restaient terrorisés à vie par la férocité et la violence des Barbaresques. Ils n'entendaient plus revenir vivre au bord de la mer. Ils préféraient s'exiler à Naples, à Gaète ou même à Rome, villes fort bien protégées et prospères.

Cette « traite » d'un genre un peu particulier créa dans cette zone de l'Italie du Sud un traumatisme psychologique qui a probablement été encore très sous-évalué. Quand elles revenaient, après une dizaine d'années de bagne ou d'esclavage dans les États barbaresques, les victimes étaient généralement « détruites » psychologiquement. Elles avaient vécu des sévices physiques, parfois sexuels, qu'il était impossible de raconter. Par ailleurs, de nombreuses familles étaient profondément déchirées par ces violences. Certains chrétiens étaient conduits à trahir leurs compatriotes pour sauver leur vie. En échange de leur liberté, ces chrétiens capturés devaient indiquer à leurs nouveaux maîtres les chemins les plus propices, dévoiler les secrets les mieux gardés, pour que les pirates puissent s'emparer d'une cité fortifiée. On imagine la vie ensuite de ceux qui avaient dû se compromettre avec les musulmans. Imaginer ses parents ou ses amis emmenés en esclavage par sa propre faute traumatiserait pour le restant de ses jours plus d'un homme normal. Et comment retrouver un équilibre social quand on a vu, à l'approche des razzias, les hiérarchies naturelles éclater au grand jour ? Il n'était pas rare, à la vue des Barbaresques, que prélats et nobles se déguisent en modestes marins, moins recherchés pour la rançon. Mais beaucoup de ces notables étaient dénoncés, frappés, torturés. Ces malheureux qui avaient été habitués à une vie facile se retrouvaient en un instant sur les bancs d'une galère, le crâne rasé, les vêtements déchirés, obligés de ramer sans désemparer. D'autres étaient jetés en cale et, parmi la vermine et les poux, les conditions de vie étaient encore plus dures. Quand ils étaient rachetés, et revenaient au pays, en moyenne au bout d'une dizaine d'années, ils devaient encore être acceptés : le doute subsistait souvent sur leur identité. L'esclave racheté était-il bien celui pour lequel la famille avait payé ? On craignait les usurpations d'identité[5]. Car certains esclaves avaient été si maltraités qu'ils étaient méconnaissables. Cette situation finissait par déchirer les familles, entre ceux qui croyaient à l'identité du revenant et ceux qui en doutaient. Ajoutons que la mortalité dans les bagnes était très élevée (un sixième des esclaves). Ce facteur psycho-social contribua à faire basculer les sociétés du sud de l'Italie, qui avaient été brillantes et prospères jusqu'à la fin du Moyen Âge en des communautés obscures et fatalistes. Encore au début du XXe siècle, en Sicile, une jeune fille gardait le souvenir des récits des « plus vieux » qui évoquaient « une époque où les Turcs arrivaient de Sicile tous les jours. Ils descendaient des galères et vous imaginez ce qui se passait ! [...] Le lendemain c'était la même chose et l'on n'entendait plus que les invocations et lamentations, triste chanson des mères dont les larmes formaient des rivières dans toutes les maisons[6] ».

CHAPITRE XXV

Fra Diavolo et les nouveaux bandits calabrais

Dans ces régions appauvries et blessées, ces « traites » d'êtres humains ont favorisé un climat d'incertitude propice au « banditisme ». Le brigandage méridional fait partie du folklore de ce *Mezzogiorno*. Selon le vieux mot d'esprit des touristes anglais, les trois dangers qui pèsent sur le voyage d'Italie sont « le Saint-Office, la chaleur et les bandits ». Les *banditti* hantent les récits des étrangers. Si les itinéraires de voyages sont au XVIIIe et XIXe siècle toujours les mêmes, si les guides conseillent aux lecteurs de ne surtout pas s'en écarter, c'est parce que l'insécurité règne dans les campagnes, même au nord de Rome, dans les massifs de l'Italie centrale. Mais le véritable paradis des bandits est au sud, dans le royaume de Naples. Pour cette raison, rares sont les voyageurs à oser se hasarder au-delà de Paestum, en Campanie, regardé comme la pointe extrême du fameux « Grand Tour ». Mieux vaut y aller en convois groupés. Le « procaccio » est une caravane de plusieurs dizaines de voitures, qui sont placées sous escorte et peuvent ainsi traverser l'Italie sans danger. Autrement, tout voyageur perdu sur un sentier des Pouilles ou de Calabre court le risque de se retrouver face à face avec l'un de ces bandits célèbres. Le plus fameux d'entre eux fut incontestablement *Fra Diavolo*, dont le nom était devenu si célèbre en ce début du XIXe siècle, notamment grâce à Victor Hugo et Alexandre Dumas (excusez du peu !), qu'il servira, vingt-cinq ans après sa mort en 1806, à un opéra éponyme d'Auber (sur un livret de Scribe). Mais avant d'évoquer cette figure romantique, il faut remarquer cette propension des hommes du *Mezzogiorno* à vouloir s'échapper des règles établies.

Au XVIIe siècle, ce n'est pas pour rien qu'un des plus grands écrivains de la littérature utopiste, le moine Tommaso Campanella (1568-1639), le fameux auteur de *La Cité du Soleil*, né à Stilo, sur la côte ionienne de la Calabre, ait été le meneur d'une troupe de bandits très actifs dans la lutte contre les armées du vice-roi espagnol. Campanella dirigeait une petite bande d'assassins, de moines défroqués, de débauchés dont la haine contre l'oppresseur espagnol servait de ralliement. Comme son compatriote, le jésuite Telesio (1509-1588), de Cosenza, Campanella voulait vivre libre. Les deux auteurs sont des *sensualistes* avant la lettre. Ils croient au pouvoir des sens, « à condition que cela ne contredise pas les Saintes Écritures », ajoutait toujours Telesio. Campanella n'avait pas de ces prudences. Il subit quatre procès pour hérésie et il réussit à échapper à la peine de mort en se faisant passer pour fou. On dit qu'il riait sous la torture ! Une fois libéré, il partit en France où Louis XIII le reçut avec faste. Il rédigea sa fameuse *Cité du Soleil*, constituée de sept cercles concentriques, avec au sommet un temple rond dont la coupole était trouée pour faire passer les rayons du soleil. Dans cette cité utopique, tous les biens étaient mis en commun comme dans la République de Platon et dans les futurs phalanstères de Fourier. Luciano de Crescenzo dit justement que l'esprit d'un Campanella s'explique par le pays qui l'a vu naître. « Ceux qui naissent dans le sud profond de l'Italie, comme Telesio ou Campanella, ne peuvent se soustraire au conditionnement de la nature qui les entoure[1]. »

Fra Diavolo n'échappa pas à la règle. Lui aussi fut à la fois moine, brigand et libérateur. Né en 1771, à Itri, dans ce sud du Latium plutôt pauvre, au milieu des monts de la Ciociaria, Michele Pezza, qu'on allait surnommer Fra Diavolo, était le fils d'un simple muletier. Il devint Fra Michele (Frère Michel) mais le jeune homme était si turbulent qu'on le qualifia de Fra Diavolo (Frère Diable). Au physique, comme au moral, il y a entre Fra Diavolo et le chef chouan Cadoudal de grandes similitudes. Deux hommes massifs, turbulents, intelligents mais sanguins, désireux de se battre pour leur roi et la religion, sans hésiter à prendre quelques libertés avec la Loi. On les compare à des brigands. Fra Diavolo l'était plus que le Chouan. Lorsqu'il atteint l'âge adulte, le royaume de Naples se trouve en pleine ébullition. À l'approche des armées françaises de Bonaparte, la révolution gronde. Le roi Ferdinand IV de Bourbon fuit Naples le 28 décembre 1798 sur le navire de l'amiral Nelson et se réfugie à Palerme. La révolution napolitaine donne naissance à la très brève République parthénopéenne. Mais le peuple de Naples ne partage pas l'enthousiasme de ses élites qui applaudissent la République. À Naples, les Français ne sont pas aimés. Il est vrai que leurs exactions sont telles que les paysans de Calabre ou des Pouilles commencent à s'enrôler dans les armées du cardinal Ruffo de Calabre, chargé par le roi de Naples de recruter des paysans sous la bannière de la Sainte Foi, d'où leur nom de Sanfédistes. Fra Diavolo commence à se faire connaître des troupes françaises en faisant tuer deux dragons espagnols, au lieu-dit San Spirito. En représailles, l'armée française massacre plus d'une soixantaine de victimes à Itri, la patrie de

Michele. Ces représailles fragilisent la République napolitaine. Après quelques mois, le peuple n'en peut plus des *Giacobini* et de leurs émules. Ils les regardent comme les « collabos » des Français et ils aspirent au retour de leur roi légitime, Ferdinand IV.

C'est un véritable destin tragique que cette révolution napolitaine, menée par les esprits les plus brillants de la société et rejetée par le petit peuple des *Lazzaroni*. La ville est bloquée par les vaisseaux anglais d'Ischia et de Capri et encerclée par les troupes paysannes des Sanfédistes. Fra Diavolo profite de ce contexte tendu pour entrer en cachette à Naples, entretenir ses réseaux royalistes, préparer l'assaut final. Une autre affaire l'y pousse. Il est tombé amoureux de Fortunata Rachele di Franco, une jolie fille qu'il va épouser après le siège de Gaète le 14 juillet 1799. Le 24 octobre 1799, il est nommé colonel de l'armée bourbonienne destinée à libérer Rome des Français. Entretemps, la République parthénopéenne est tombée sous les assauts des Sanfédistes. Ferdinand IV peut revenir sur son trône, sous les applaudissements des quartiers populaires, non sans avoir pris soin de faire exécuter auparavant tous les grands meneurs de la révolution napolitaine, généralement des aristocrates, comme le brillant prince Francesco Caracciolo, duc de Brienza, Eleonora Fonseca Pimental[2], ou la fameuse San Felice. Immortalisée par Alexandre Dumas, elle sera, le 11 septembre 1800, la dernière à gravir les marches de l'échafaud. Étonnante révolution menée autant par les élites et aussi peu par le peuple. Comme le dira avec euphémisme l'un des meilleurs observateurs de cet épisode, Vincenzo Cuoco, « notre révolution était une révolution passive, le seul moyen de la mener à une heureuse issue était de gagner la faveur du peuple. Mais les idées des patriotes et celles du peuple n'étaient pas les mêmes[3] ». C'est le moins qu'on puisse dire.

Les aventures de Fra Diavolo ne sont pas terminées pour autant. Car, en 1805, la situation internationale a de nouveau mal tourné pour Ferdinand IV qui s'est allié aux Russes et aux Autrichiens contre le nouvel Empereur des Français. La défaite d'Austerlitz l'oblige encore à fuir Naples ; cette fois-ci, le décret de Schönbrunn, du 27 décembre 1805, confie la couronne de Naples au frère de Napoléon, Joseph Bonaparte, qui le transmettra à son tour à Murat en 1808 (lorsqu'il sera appelé au trône d'Espagne). Le nouveau roi de Naples tente de gagner les consciences populaires, en abolissant notamment le régime féodal. Mais en vain car, comme en Vendée, les paysans suivent leurs seigneurs. Joseph doit alors se résoudre à utiliser l'arme de la répression. Surtout, il a la maladresse de prendre un décret pour le recrutement de volontaires, ce qui permet à Fra Diavolo de mobiliser à nouveau tous ceux qui ne veulent pas partir à la guerre. Mais le bandit est presque seul[4]. Fra Diavolo met au point une habile technique de guérilla, très mobile, agissant de nuit, infligeant aux Français de très lourdes pertes. Il commet aussi de nombreux pillages dans les campagnes pour faire vivre ses troupes. Mais son nom reste fort populaire. Sa réputation commence même à devenir si grande qu'on prétend qu'il vole les riches pour donner aux pauvres. Ce Robin des bois napolitain réussit ainsi à populariser la figure du « bandit d'honneur », d'autant plus que les Français, furieux d'être embourbés dans les montagnes de Campanie et de Calabre, sèment partout la terreur, massacrant, pillant, violant. Comme les Américains en Irak, les armées françaises comprennent trop tard qu'on ne peut impunément apporter « la liberté à la pointe de la baïonnette », selon le mot fameux de Robespierre. Ils ont laissé dans cette région de l'Italie un terrible souvenir, avivé à nouveau durant la campagne d'Italie de 1943-1944, présentée à juste titre en France sous son angle le plus héroïque mais que tous les Italiens du Sud retiennent surtout pour les exactions (notamment les viols) commises par les troupes coloniales. La tête de Fra Diavolo est mise à prix pour 17 000 ducats : il devient l'homme le plus recherché du royaume de Naples. Joseph Bonaparte veut en finir au plus vite. Il décide alors de confier à un jeune général de trente ans, Sigisbert Hugo, la mission de mettre fin à cet épisode humiliant.

Le père de Victor Hugo a une expérience particulière contre les Chouans de Bretagne. Le gouvernement met à sa disposition une armée de 10 000 hommes. Il part en chasse, sillonnant le pays avec une grande habileté. Les troupes de Fra Diavolo sont décimées mais le brigand parvient toujours à s'échapper des pièges qu'on lui tend. Le général Hugo transmettra à son fils l'admiration qu'il nourrit pour ce bandit si astucieux. Mais le mauvais sort va s'acharner sur Fra Diavolo. Dans sa fuite solitaire, il est, ironie de l'histoire, attaqué par… des brigands qui le laissent pour mort après l'avoir volé et dépouillé. Heureusement, le bandit survit à ses blessures mais il est désormais sans défense. Reconnu dans la petite ville de Baronissi par l'un de ses anciens soldats, il est dénoncé, jugé et condamné à être pendu. L'exécution a lieu le 11 novembre 1806 sur la place du marché, à Naples. À 35 ans, Fra Diavolo entre dans la légende. Il suscitera non seulement l'admiration du général Hugo, puis de son fils, Victor, mais aussi celle d'Alexandre Dumas et des grands dramaturges du XIXe siècle. Encore aujourd'hui, dans sa commune d'Itri, il est considéré comme un héros. Un musée du brigandage vient d'être créé pour saluer sa mémoire qui, rappelle Alexandre Dumas, n'est pourtant pas des plus innocentes. Quand le colonel Hugo apprit qu'on s'apprêtait à pendre Fra Diavolo, rapporte l'auteur des *Trois Mousquetaires* dans ses *Mémoires*, il « partit à l'instant même pour Naples, et se présenta chez le roi [...]. Il venait demander que Fra Diavolo, en sa qualité d'homme de guerre, fût fusillé. Malheureusement, avant d'être homme de guerre, Fra Diavolo avait été bandit [...]. Les dossiers représentés par le roi Joseph au colonel Hugo étaient si bien rembourrés de guet-apens, de meurtres, d'incendies, que le colonel Hugo fut le premier à retirer sa proposition ».

Mais, dans cette Italie du Sud, si meurtrie par la conquête française, Fra Diavolo est resté la figure du héros, comme nombre de ces « bandits d'honneur » qui, après la chute des Bourbons de Naples, en 1860, vont continuer à s'opposer au nouveau royaume d'Italie, unifié par Victor-Emmanuel de Piémont. Qui s'en souvient ? La politique de répression contre le « brigandage » méridionnal, menée par le nouvel État italien unifié fit plus de victimes que les guerres menées par le royaume contre l'Autriche durant toute l'époque du *Risorgimento*. Le Sud peut-il se regarder comme un pays « colonisé » ? C'est ce qui ressort de la lecture des grands romans de Verga, Carlo Levi, Lampedusa ou Sciascia. Certes, le Nord a eu une politique active dans le *Mezzogiorno*, il a mené une vaste entreprise de désenclavement, construisant notamment des voies de chemin de fer le long des deux côtes, dans des conditions matérielles souvent difficiles. S'il y a une « unité manquée » de l'Italie, ou tout au moins une « unité problématique », la responsabilité n'est pas univoque. Mais l'unification italienne de 1860 a été un échec en partie à cause des Piémontais qui se sont inspirés du modèle napoléonien. Cette centralisation à outrance n'a pas manqué d'avoir très vite des conséquences dramatiques dans les terres du Sud. Celles-ci sont passées en un instant de l'oppression féodale à la rigidité administrative puis à la répression militaire. Car les fonctionnaires nommés par Turin sont arrivés dans l'ancien royaume de Naples en y appliquant sans scrupules les consignes de Cavour : rassurer l'Europe en montrant que le gouvernement du roi Victor-Emmanuel a la situation bien en main. Conséquence : les nouveaux administrateurs ont attribué les concessions importantes aux hommes du Nord, ils ont alourdi la pression fiscale sur les habitants du Sud, rétabli la conscription, renforcé sur tout le territoire un contrôle policier déjà très pesant à l'époque des Bourbons.

Passée l'euphorie des lendemains de l'Unité, l'impopularité du nouveau régime est à son comble dès l'hiver 1861. Comme le souligne Pierre Milza, « traité en pays conquis et occupé, le *Mezzogiorno* réagit en se livrant au traditionnel brigandage[5] ». Au bandit classique, évadé de droit commun, débiteurs en fuite ou prêtres défroqués, rôdant dans les paysages déserts de la Calabre ou de l'Apulie, s'ajoutent désormais les anciens soldats du royaume de Naples, réduits au chômage ou à la demi-solde, les déserteurs piémontais, les paysans sans emploi, les saisonniers désœuvrés, etc. Ils sont récupérés par les hommes de main des grands seigneurs fidèles à François II de Bourbon réfugié à Rome au palais Farnèse, la future ambassade de France. Le jeune roi déchu entretient sur sa cassette personnelle les bandes armées qui sillonnent le sud du nouveau royaume d'Italie et nomme même un général espagnol, Borjès, à la tête de ces troupes étranges. Le roi leur a donné l'autorisation de s'approprier les fonds publics de son ancien royaume ; ils savent qu'au moindre accrochage, ils peuvent se réfugier dans les États du pape. Les vrais bandits se trouvent encouragés à seconder ces révoltés. Il leur suffit de camoufler leurs forfaits en crimes politiques plus honorables, à la gloire des Bourbons. De dangereux criminels comme Crocco, Donatello, Nanco ou

Michele Caruso, sèment la terreur dans le *Mezzogiorno*, au nom des Bourbons, obligeant les autorités de Turin puis de Florence (la capitale y a été transférée en 1864), à réagir avec violence. La répression frappe autant les bandits que les pauvres paysans en révolte. Les soldats piémontais du général Govone pillent et torturent sans réserve. En 1863, la loi vient même les seconder, en instaurant un véritable état de siège dans le *Mezzogiorno*, suspendant les libertés constitutionnelles (loi Pica). Un climat de terreur s'installe jusqu'en 1865, contribuant à encourager les populations à soutenir les « bandits d'honneur », regardés désormais comme des héros romantiques, dans une sorte de réflexe de fierté contre le nouvel envahisseur du nord. Une nouvelle « Vendée militaire » vient de voir le jour au cœur du *Mezzogiorno*, servie par quelques personnages glorieux, comme ce comte de Cathelineau, descendant du héros vendéen de 1793. Hélas, cette dramatique situation va encourager le développement des phénomènes mafieux, comme nous le verrons mieux en Sicile. Le soutien des populations rurales au banditisme se veut une réponse à la répression militaire. Elle explique partout en dessous de Naples l'essor des organisations secrètes.

Jusqu'à une date récente, nombre d'habitants de la Calabre restaient convaincus de l'utilité de ces « hommes d'honneur » qui ont petit à petit renforcé leur pouvoir. Longtemps, la mafia locale, la secrète *'Ndrangheta*, n'était guère offensive. Elle s'était faite, notamment dans le triangle fameux formé par les villages de San Luca, Plati et Bavalino, une spécialité dans le séquestre d'enfants riches pour obtenir de substantielles rançons. Il n'y avait pas un notable local, pharmacien, notaire ou industriel, qui n'ait eu un jour un enfant menacé d'enlèvement. Le système s'était si bien développé qu'il avait fini par prendre l'aspect d'une « industrie ». Ainsi, en 1974, c'est au petit-fils du milliardaire Paul Getty que la *'Ndrangheta* s'attaquait. Certains, comme le jeune Cesare Pavella, fils d'un riche industriel de Pavie, restèrent isolé dans ces montagnes de l'Aspromonte pendant plus de deux ans ! La scène ne se jouait pas sous l'Ancien Régime. C'était en 1990... La police et l'armée semblaient impuissantes face à ces citadelles montagneuses qu'on finit par appeler « hôtel Aspromonte ». Mais, à partir des années 1980, tout a changé d'ampleur. Dans ces terres reculées, la vieille mafia rurale s'est transformée en une véritable organisation criminelle, très active et très dangereuse. Elle est moins connue du grand public que la *Camorra* napolitaine ou la *Cosa Nostra* sicilienne. Bien que discrète (c'est ce qui a fait son succès), la *'Ndrangheta* calabraise est devenue aujourd'hui, selon certains rapports, la plus dangereuse et la plus violente des organisations mafieuses d'Italie[6]. Elle a longtemps pu passer à travers les mailles de la répression étatique qui s'est surtout concentrée sur la Sicile, après les attentats spectaculaires contre le général Dalla Chiesa et les juges Falcone et Borsallino. Cela a permis aux parrains calabrais d'infiltrer l'appareil d'État régional, administrateurs et magistrats, souvent à travers des loges de complaisance. Il faut aujourd'hui perdre entièrement de vue les vieux clichés du mafieux local. S'adaptant parfaitement à la libéralisation des marchés internationaux, qui constitue pour eux une véritable aubaine, les parrains de Calabre se sont ouverts aux trafics les plus dangereux et les plus profitables de la planète. Ils prospèrent discrètement derrière les murs modestes de leurs petits villages et ils sont aujourd'hui plus riches que ceux de Sicile ; ils possèdent les plus belles villas de la Côte d'Azur, leurs enfants font les plus grandes universités privées américaines. Dans le petit village de Locri, connu pour ses ruines grecques, une « humble famille » a pu ainsi s'acheter une banque de

Saint-Pétersbourg ; une autre a acheté un quartier entier de Bruxelles[7]. On est loin des images d'Épinal des *banditti* en chapeau et à mulet. La mafia calabraise s'est spécialisée dans le trafic international des armes de guerre (fusées et autres armes de pointe, explosifs commandés à distance, fusils de précision, lance-roquettes, etc.), le trafic de drogue et l'extorsion de fonds. Les Calabrais ont presque abandonné l'enlèvement, trop peu rentable.

S'il est si difficile de lutter contre la *'Ndrangheta*, c'est parce que, contrairement à la mafia sicilienne ou à la *Camorra* napolitaine, la mafia calabraise opère avant tout en famille. Les liens qui unissent les membres d'une même « famille » (aussi appelée *'Ndrina)* sont très étroits et les trahisons des repentis inexistantes. En outre, le territoire est particulièrement bien ratissé. En 1994, le ministère de l'Intérieur italien estimait que 27 % de la population de Calabre étaient en relation quotidienne avec la *'Ndrangheta*. Elle est organisée horizontalement. Chaque famille de sang dispose d'un territoire où elle peut exercer librement ses activités, licites ou illicites. Un code « d'honneur » règle les rapports entre les associés et, en cas de conflit, il est soumis à un « tribunal » interne, saisi lorsqu'un affilié ne respecte pas les règles de l'organisation. Indéniablement, avec de telles structures, la mafia calabraise fait régner sur la région un climat de terreur. Certains de ces trafics font littéralement froid dans le dos. La *'Ndrangheta* possède près de Ciro des sites miniers désaffectés ou des grottes sous-marines qui serviraient à dissimuler des déchets radioactifs ! Dans d'autres endroits, on trouve des plantations de marijuana, à l'échelle industrielle, équipées de systèmes d'irrigation sophistiqués. L'extorsion de fonds (le *Pizzo)* reste la base des ressources financières de l'organisation calabraise. Souvent, le paiement se fait par la souscription d'un contrat de gardiennage auprès de sociétés mafieuses suite à des cambriolages provoqués par ces mêmes sociétés. Ces pratiques accélèrent évidemment la désertification commerciale de la Calabre. Car aucun commerçant, s'il n'a de forts liens avec la mafia, ne souhaite investir dans cette zone à risque. Pour ceux qui y vivent, un terrible cercle vicieux se met en place car les banques, complices ou non, refusent de prêter aux petits commerçants et aux entrepreneurs en raison de ce qu'il est devenu banal d'appeler « le risque calabrais ». Cela permet à la mafia d'imposer aux entrepreneurs des prêts à des taux usuraires qui aggravent la situation des acteurs économiques.

Aujourd'hui, la situation est devenue si préoccupante qu'en 2005, le président de la Région de Calabre, Agazio Loiero, un lettré, amoureux de son pays et de Mitterrand (probablement pour son côté bibliophile), a décidé de réclamer trois millions d'euros de dommages et intérêts à la *'Ndrangheta*, pour « atteinte à l'image de la Calabre ». La fréquentation touristique ne cesse de baisser (35 % en 2005). Luciano Violante, sénateur et ancien président de la commission parlementaire sur la mafia, estimait en 1993 que la présence de la mafia avait fait reculer le développement de la Calabre de trente ans. Aussi le président de la Région a-t-il voulu réagir. Mais comment attaquer une organisation mafieuse qui n'a pas de raison sociale ? Le président a mené l'action contre plus de quatre-vingts membres de très riches et « honorables » familles, connues dans la région pour extorsion de fonds, détention et trafics de stupéfiants. « Ils ont rendu déplorable l'image de la Région ». Aujourd'hui, quand on pense Calabre, on pense mafia, poursuit le président. Pendant des années, des personnes ont été séquestrées et il a fallu que la loi italienne bloque les comptes de la famille des séquestrés pour que cette pratique cesse. Mais cela n'a pas permis de tout résoudre. « Aujourd'hui, avec la présence de cette mafia, personne ne veut investir chez nous, même pas les industriels[8] ». On ne s'en prend pas impunément à cette mafia si puissante. Fin octobre 2005, le vice-président de la Région, Francesco Fortugno, était assassiné alors qu'il sortait d'un bureau de vote. Heureusement, certains jeunes, comme ceux de Locri, petit village accroché aux contreforts de l'Aspromonte, ont commencé à défier la mafia calabraise, en manifestant avec des slogans[9] : « L'omerta est votre loi. Pour nous, c'est votre fin. » « Qu'allez-vous faire maintenant ? Nous assassiner tous ? »

Le succès même de la *'Ndrangheta* finira-t-il par se retourner contre elle ? Les esprits s'inquiètent de sa puissance, ce qui lui attire de nouveaux ennuis. En 2004, la police italienne a arrêté l'un des « patrons » de la mafia calabraise, le dénommé « piedi corti », dans sa villa du Cap d'Antibes. Mais, quand ces mafieux tombent, l'organisation ne disparaît pas. Ces *capi* sont de plus en plus souvent relayés par leurs femmes. Pendant longtemps, les femmes de parrain se tenaient officiellement à l'écart des activités criminelles de leurs maris. Tout cela est du passé. Ces anciennes vestales du « famillisme amoral », selon le mot du sociologue Edward Banfield, sont devenues les plus acharnés des chefs de clan, rappelle Marcelle Padovani, pratiquant l'extorsion de fonds à grande échelle[10]. Dès les années 1950, la fameuse Pupetta Maresca a défrayé la chronique napolitaine en prenant la tête d'une des branches de la *Camorra*. Désireuse de venger la mort de son mari, un des *capi* de l'extorsion de fonds, elle abat en 1955 son meurtrier dans un bar, en déchargeant sur lui tout le contenu de son pistolet. Elle est alors enceinte de six mois. Elle sera graciée dix ans plus tard. Depuis les femmes continuent à prendre de plus en plus d'importance dans les familles mafieuses. Elles ne se contentent plus d'inciter les hommes à verser le sang, en remettant en cause leur virilité[11]. À Naples, un des chefs de la *Camorra* est une femme, Erminia Giuliano, surnommée *Lady Camorra*[12]. Dans la plaine de Gioia Tauro, en Calabre, où la mafia a pu s'enrichir considérablement grâce aux fonds publics destinés à la construction de l'énorme port industriel prévu par Giulio Andreotti, les habitants gardent le souvenir de deux « mamansantissima » de la *'Ndrangheta*, les sœurs Zappia, qui ont semé la terreur dans les années 1990, avec une cruauté supérieure à celle des hommes. Elles géraient leur clan comme des managers modernes. Il n'y a encore qu'en Sicile où les femmes sont tenues à l'écart de la direction des clans. Franchissons justement le détroit de Messine pour découvrir cette île antique et mystérieuse, la plus grande de l'Italie et de toute la Méditerranée.

CHAPITRE XXVI

Oublier Syracuse

Aujourd'hui plantée dans un environnement industriel, Syracuse est une des villes dont les restes sont les plus riches de Sicile. À l'extérieur de la ville, dans le parc archéologique de Neapolis, en arrivant aux latomies du Paradis, une immense grotte artificielle frappe le regard. Le Caravage, lors de sa visite de 1608, l'a baptisée *l'oreille de Denys*, faisant allusion ainsi à une légende concernant les habitudes du plus fameux tyran de la ville au IVe siècle, Denys de Syracuse (405-367). Homme cruel et pervers, Denys régna sans partage sur Syracuse, la fortifiant d'une enceinte gigantesque de 32 kilomètres[1] (!). Dans son palais, il avait fait construire un trou reliant ses appartements aux caves pour espionner les discours de ses prisonniers, afin de prévenir toute évasion. Une chose est sûre : ces caves immenses, enfouies à plus de 60 mètres dans le sol, existent bel et bien. Les sons peuvent parvenir à l'air libre, amplifiés jusqu'à 60 fois. Un orifice, au rez-de-chaussée de sa demeure, pouvait lui permettre d'écouter les plaintes de ses ennemis qu'il avait fait enfermer dans les galeries des carrières. Il collait l'oreille à ce trou diabolique et pouvait se divertir, avec perversité, du tourment de ses ennemis. On dit même que c'était devenu un de ses plaisirs favoris. Ce même homme disait se piquer de philosophie et invita le grand Platon à venir le conseiller pour réformer son royaume.

Comment l'auteur de *La République* et des *Lois* crut-il pouvoir convaincre Denys de devenir le philosophe-roi de ses rêves ? Ses mésaventures sont suffisamment rocambolesques et ignorées du grand public pour mériter quelques mots. Car Platon n'a pas simplement tenté d'imposer ses vues une seule fois ; il a cherché à trois reprises à convaincre les tyrans de Syracuse de régner en philosophe. On peut s'étonner de ce manque de lucidité. Comme le raconte Plutarque, dans sa *Vie de Dion*, les choses semblent en réalité un peu plus compliquées. Au départ, Platon se rendit en Sicile pour faire du « tourisme ». Aristocrate malheureux dans la démocratie athénienne, il préfère voir du pays plutôt que d'assister au triste spectacle de l'agora. Il visite pendant douze ans les grandes civilisations de la Méditerranée, l'Égypte, la Cyrénaïque (Libye) et la Sicile. Il veut notamment y admirer le cratère de l'Etna où le savant Empédocle s'était suicidé. C'est à cette occasion qu'il fait la connaissance d'un certain Dion, qui est le beau-frère du tyran de Syracuse. Denys a en effet épousé Aristomaque, la sœur de Dion[2]. Autant Denys est cruel, autant Dion est idéaliste et il admire beaucoup Platon. Il parvient à le convaincre de devenir le conseiller de son beau-frère.

Vers 388, Platon se rend donc à Syracuse. Mais il est très vite effrayé par l'ambiance qui règne à la cour de Denys. Les plus médiocres ou les plus cyniques entourent le tyran d'une attention ridicule. Platon exprime à l'inverse un peu trop ouvertement son mépris ; il confiera plus tard qu'il avait du mal à se contenter de ces banquets ininterrompus et de cette habitude de ne jamais dormir seul la nuit, en changeant à chaque fois de partenaire. Le tyran se rend vite compte que Platon n'est pas admiratif de son train de vie et il en prend ombrage. Un jour, Denys l'interroge :

qu'est-ce que la vertu ? Platon répond que pour lui un homme vertueux est plus heureux qu'un tyran. Denys lui demande alors brutalement ce qu'il est venu faire en Sicile.

Je suis venu à la recherche d'un homme vertueux.
– Et tu ne penses pas l'avoir trouvé ?
– Certainement pas.
– Tes propos sentent le radotage sénile, s'exclama Denys, fou de colère.
– Et les tiens, la tyrannie[3].

Aussitôt, Denys fait arrêter Platon et il est embarqué sur un bateau spartiate pour être vendu comme esclave à Eugide. Heureusement, un riche philosophe qui passait par là, Annicéris de Cyrène, grand admirateur de Platon, le reconnaît et le rachète pour lui rendre sa liberté. Il lui offre même un terrain à Athènes pour y fonder une école, l'Académie. Pourquoi ce nom aujourd'hui si célèbre ? Tout simplement parce que le terrain se trouvait près d'un bosquet consacré à Akadémos, un héros insignifiant. C'est ainsi que l'Académie va devenir un des plus hauts lieux intellectuels de l'Occident antique, réunissant notamment Xénocrate, Aristote, Calippe, Timolaos, etc. Mais, de Syracuse, Dion ne cesse d'écrire à Platon pour le conjurer de revenir. Denys l'Ancien est mort en 367 et son fils, Denys II, âgé de 30 ans, a besoin d'un conseiller de la stature de Platon. Plutarque prétend que le jeune Denys a d'autant moins d'expérience que, méfiant, son père l'avait fait enfermer dans son palais, dès l'adolescence, pour ne pas avoir à souffrir de rival. Platon hésite devant ce long voyage en bateau, il se souvient un peu trop amèrement de ses aventures passées et surtout il prétend qu'il n'a pas confiance dans les jeunes gens. Mais il se décide finalement à taire ses préventions pour, comme il le note dans sa fameuse Lettre VII, ne pas « apparaître à ses propres yeux comme un de ces hommes qui parlent toujours et n'agissent jamais ». Il se rend ainsi pour une deuxième fois à Syracuse. Au départ, il est très bien reçu par Denys le Jeune mais les courtisans parviennent à convaincre ce dernier que Platon complote avec Dion pour le renverser. Influençable, le tyran décide alors de chasser son oncle et de garder Platon prisonnier, pour qu'il ne parle pas mal de lui « une fois arrivé à Athènes ». Platon lui répond, plein de superbe : « À l'Académie, la rareté des sujets n'est pas telle que nous soyons réduits à parler de ces choses. » Retenu prisonnier sur l'île d'Ortygie, la zone la plus ancienne de Syracuse, Platon est finalement autorisé à rentrer à Athènes. Il y retrouve son ami Dion.

Mais Platon n'a pas pour autant fini ses « vagabondes folies », comme il l'écrit. Il y aura un troisième voyage à Syracuse. Car, au bout de quelques mois, Denys II est meurtri du départ de son philosophe, il regrette ses suspicions, il le supplie de revenir à Syracuse. Il utilise la médiation des Pythagoriciens de Tarente. Mais Platon, bien que philosophe, n'a pas totalement perdu le sens commun et il n'a aucun désir de risquer sa vie une nouvelle fois. D'autant plus qu'il n'est plus très jeune, il vient d'avoir 67 ans et il n'a plus le goût des voyages. Alors Denys use de l'arme de l'intimidation : s'il ne revient pas, son ami Dion ne retrouvera jamais ses biens. Platon décide donc, par amitié pour Dion, de retourner à Syracuse. Mal lui en prit à nouveau car Denys ne tiendra évidemment aucune de ses promesses. Il y a comme une fatalité dans ces voyages siciliens de Platon. Il est obligé de mettre à nouveau au point un plan d'évasion pour échapper aux griffes du tyran. Un de ses amis de Tarente, le pythagoricien Archytas, lui envoie de nuit une trirème, une barque rapide, pour que Platon puisse s'enfuir discrètement. Il retrouvera Dion mais cette dernière aventure lui servira définitivement de leçon : oublier Syracuse, tel est désormais son projet de vie. Il refusera ainsi de suivre Dion dans son expédition de huit cents hommes pour détrôner Denys II. Heureusement, car Dion parviendra à prendre Syracuse mais, ironie du sort, il instaurera un régime aussi tyrannique que celui de son neveu. Il faudra attendre trois ans, en 354, pour qu'un autre disciple de Platon, Calippe, décide à son tour d'assassiner Dion pour débarrasser Syracuse de son mauvais gouvernement, ce *malgoverno* dont la Sicile sera ensuite si souvent victime.

Après la conquête romaine, au IIe siècle avant J.-C., l'île deviendra le grenier à blé de Rome. De grandes latifundias seront créées, exploitées par les esclaves venus de l'Orient. Comme le confirme Cicéron dans ses *Verrines*, l'île fut gérée d'une manière honteuse par les gouverneurs romains mais elle connaîtra une longue période de paix jusqu'à la chute de Rome. Après la domination de Rome, la Sicile passera de main en main jusqu'aux Arabes. Les premiers à la posséder sont les Vandales puis les Goths, qui s'en désintéressent, avant que le terrible général byzantin Bélisaire ne prenne possession de la Sicile en 535. Pendant trois siècles, l'île reste une des têtes de pont de l'hellénisme. Mais, au VIIe siècle, moins de vingt ans après la mort du prophète Mahomet, les Musulmans s'implantent en Tunisie et ils commencent à procéder à de fréquentes excursions en Sicile. Cette menace désorganise l'île qui n'est pas bien protégée par les forces de Byzance, contrainte de faire face à d'autres menaces.

Alors, à partir de 827, la conquête de la Sicile par les Arabes commence, pour s'achever définitivement en 902. Ce sera l'un des grands moments de l'île car la civilisation musulmane est au sommet de son rayonnement et la Sicile va en bénéficier pleinement. Les Arabes importent sur l'île de nouvelles mœurs, de nouvelles techniques d'irrigation, de nouvelles richesses. En outre, dans l'ouest de la Sicile, où ils sont les plus nombreux, les Musulmans établissent un partage des terres tel qu'il fait disparaître les grandes latifundias romaines. De nouvelles cultures sont introduites, comme la canne à sucre, les orangers, les palmiers, les dattiers, le coton et le mûrier pour l'élevage des vers à soie. Sans eux, la cuisine italienne ne serait pas aussi riche et subtile. Pourtant, dès le xe siècle, cette grande civilisation commence à donner en Sicile des signes d'épuisement. Un siècle plus tard, l'anarchie domine au point que l'un des chefs arabes préfère appeler un guerrier normand, Roger, frère de Robert de Hauteville, qui vient de conquérir la Pouille, pour rétablir l'ordre. Mais celui-ci va le faire à son profit, en instaurant sa propre principauté et en chassant les Arabes de l'île.

En 1091, Palerme devient la capitale du nouveau royaume normand. Sous son successeur, Roger II, qui obtient du pape le titre de roi, la Sicile va connaître une nouvelle ère de prospérité car Roger II est un esprit libéral, séduit par l'Orient, favorisant la naissance d'une civilisation originale, unique en Occident à cette époque, puisant aussi bien dans son passé grec, latin, byzantin et arabe. Le roi de Sicile n'a pas d'exclusive. Parlant le grec et l'arabe, il emprunte à toutes les civilisations dans un syncrétisme dont garde encore trace l'architecture normande de Sicile, notamment les églises de Monreale ou Cefalù. Toutes les communautés, y compris les Juifs, vivent en paix sur ce territoire béni des dieux. Roger II lutte même contre le rétablissement des grandes propriétés latifundiaires, ainsi que des droits féodaux, que cherchent à imposer les barons normands. Mais, en 1189, tout s'achève car le dernier roi normand, Guillaume II, meurt sans successeur. La couronne passe à l'empereur d'Allemagne, Henri VI, qui avait épousé une princesse normande, Constance de Hauteville. Son fils, le grand Frédéric II de Hohenstaufen, rétablit un instant le lustre du gouvernement de Roger II. Lui aussi, au risque d'être excommunié, tente d'établir un compromis entre l'Orient et l'Occident et on sait ce qu'il en advint. Après sa mort (1250), son successeur désigné, Manfred, l'enfant illégitime préféré de l'Empereur, ne parviendra pas à s'imposer contre la papauté. Cette dernière, furieuse de voir un bâtard succéder à l'Empereur, attribue le royaume de Sicile et de Naples à Charles d'Anjou, le frère de Saint Louis. À partir de lui, cette belle terre de Sicile ne connaîtra plus de gouvernement brillant. Elle est condamnée à subir des humiliations de tous genres, jusqu'à celles de la mafia.

Comment expliquer cette terrible fatalité qui s'abat sur la Sicile ? Le rêve de Platon de vouloir établir un philosophe-roi se serait-il retourné contre l'île ? À vouloir la perfection, aboutirait-on nécessairement au pire ? Les tristes expériences de Platon à Syracuse l'attestent. Pourtant, l'auteur du *Banquet* n'en tirera jamais la leçon : « Le genre humain, écrira-t-il, ne mettra pas fin à ses maux avant que la race de ceux qui, dans la rectitude et la vérité, s'adonnent à la philosophie n'ait accédé à l'autorité publique, ou que ceux qui sont au pouvoir dans les cités ne s'adonnent véritablement à la philosophie. » Hélas ou heureusement, le projet de transformer les politiques siciliens en philosophes n'est plus trop à l'ordre du jour…

CHAPITRE XXVII

Les Vêpres siciliennes ou un parfum d'indépendance

Le 30 mars 1282, à l'heure des vêpres (l'office du soir), des soldats français de Charles d'Anjou, nouveau maître de la Sicile, importunent une jeune fille dans la banlieue de Palerme. Aussitôt, la foule s'interpose et les cris commencent à fuser : « Mort aux Français ! » L'hostilité à l'égard des envahisseurs angevins est telle en Sicile, que la rixe se transforme en une véritable tuerie. En quelques heures, les jeunes Siciliens s'attaquent aux soldats d'occupation avec une telle fureur qu'ils laissent près de deux mille Français à l'agonie. Tous trouveront la mort dans ce soulèvement dont le nom a été immortalisé par l'opéra de Verdi : *Les Vêpres siciliennes*. Ce n'est pas un hasard si le grand Giuseppe Verdi, dont le nom même servira de mot de passe à l'unité italienne[1], décidera de s'emparer de cet épisode médiéval pour en faire un grand opéra patriotique. Car cet événement sera longtemps regardé dans la Péninsule comme le symbole de la révolte patriotique, le cri spontané d'un peuple contre ses oppresseurs. Les Français de Charles d'Anjou ne sont pas aimés. Les barons abusent d'une fiscalité écrasante, spolient les Siciliens et imposent des vexations de toutes sortes. Les Vêpres sont caractéristiques de l'affirmation de cette identité sicilienne, de cette « sicilitude », l'expression d'une île prête à tout pour se faire respecter, y compris par la force. Et aussitôt la question vient à l'esprit : faut-il y voir l'origine de la mafia ? Difficile d'apporter une réponse définitive, comme le remarque l'historien Salvatore Lupo, qui a consacré de nombreuses recherches à l'organisation criminelle[2]. Les origines de la mafia se perdent dans la nuit des temps. On peut justement remonter aux Vêpres siciliennes ou même plus loin, à la révolte contre les exactions de Verrès, dont parle Cicéron dans ses *Verrines* qui verraient l'émergence de ces phénomènes d'alliances souterraines, de « protomafias ». D'autres insistent surtout sur l'époque de la domination aragonaise puis espagnole, lorsque Charles d'Anjou fut chassé de Sicile après 1282. Maîtres de la Sicile jusqu'à la guerre de Succession d'Espagne, en 1735, qui vit alors les Bourbons de Naples s'emparer de l'île, les Espagnols, avec leur vice-roi, y auraient renforcé les pratiques féodales et corruptrices, propices à l'émergence de groupuscules parallèles. Mais Salvatore Lupo estime qu'il ne faut pas remonter si loin.

L'essentiel repose sur le *Risorgimento* et l'échec de l'unification italienne en 1860 : « la violence politique du *Risorgimento*, et en particulier le phénomène des *squadre*, est le bouillon de culture du phénomène mafieux[3] ». Le royaume d'Italie, nouvellement unifié, s'est, on l'a vu, très mal comporté avec le sud. Il s'est notamment imposé d'une manière injuste, comme les Français de Charles d'Anjou, faisant peser sur ces terres sauvages une charge fiscale presque aussi importante que celle des riches régions du nord. En outre, alors que l'ancien royaume des Bourbons n'avait pas de dettes en 1860, l'ancien royaume de Piémont, devenu royaume d'Italie, l'obligea à payer les intérêts de ses propres dettes. Cette injustice flagrante est à l'origine des mouvements de banditisme et de séparatisme qu'on verra fleurir en Sicile jusqu'à la folle illusion de 1943. À cette époque-là, les Anglo-Américains préparent leur débarquement en Sicile. La légende veut qu'ils auraient eu besoin de l'aide des bandits et de la mafia dont les structures criminelles avaient été démantelées par Mussolini. On sait aujourd'hui que cela n'est pas vrai. La plupart des parrains, comme Lucky Luciano, le chef de la pègre new-yorkaise, avaient quitté l'île durant leur enfance et ils n'avaient plus de relais locaux. Luciano était parti de Lercara à l'âge de neuf ans. Il reconnaîtra n'avoir eu aucun moyen de jouer un rôle dans sa Sicile natale : « Là-bas, chez moi, je n'avais pas un seul contact[4]. » Mais cela ne veut pas dire que la mafia n'ait joué aucun rôle lors du débarquement allié. Pourtant, son crédit est venu *après* les combats. En juillet 1943, les Anglo-Américains se rendent très vite maîtres de l'île. Tout l'appareil d'État fasciste s'est écroulé. Il faut trouver des administrateurs. Les seuls qui n'ont pas été mêlés au fascisme sont justement les mafieux puisque Mussolini avait fait de la lutte contre cette organisation criminelle l'une de ses priorités dans le sud. Les Alliés recherchent donc des appuis auprès des puissances sociales les moins impliquées dans le fascisme (prêtres, aristocrates) mais il en faut plus : donc ils reprennent contact avec les « hommes de respect » qui administraient les villages avant l'arrivée de Mussolini.

C'est alors que prend forme l'idée, chez certains notables plus ou moins « mafieux », de créer une république séparée du reste de la Péninsule, encore occupée par les Allemands. Certains demandent ouvertement à être annexés aux États-Unis ! Le fameux bandit Salvatore Giuliano, dont l'épopée commence justement ce 2 septembre 1943, lorsqu'il tue un carabinier et s'enfuit dans les montagnes de Montelepre, près de Palerme, incarne ce « rêve américain » un peu particulier. Avec une bande de brigands, il va devenir le bras armé du MIS (Mouvement pour l'indépendance de la Sicile), disposant d'une force particulière, l'EVIS (Armée volontaire pour l'indépendance de la Sicile), dont il sera le colonel. Giuliano est le premier « bandit politique » de l'histoire de la Sicile. C'est une sorte de Fra Diavolo et c'est d'ailleurs ainsi qu'on l'a parfois surnommé. Très habile dans la guérilla, maître des montagnes, « roi de Montelepre », comme on le qualifie alors, Giuliano devient une sorte de Robin des bois du sud. Les gens le protègent, le cachent et pendant un temps les États-Unis ne regardent pas d'un mauvais œil ce séparatisme sicilien. L'île occupe une position essentielle dans le contrôle de la Méditerranée et dans le jeu géopolitique Est-Ouest. Mais, en 1946, la monarchie italienne est déchue et le peuple choisit de se doter d'une République qui accorde à la Sicile un statut spécial. La cause des séparatistes a perdu sa raison d'être.

Il reste un autre terrain pour les bandits comme Giuliano : l'anticommunisme. C'est l'époque de la guerre froide et les communistes inquiètent certains services américains. On les croit derrière les soulèvements des campagnes, les réquisitions de magasins de blé, rebaptisés en « greniers du peuple ». Les propriétaires ont peur. Alors les agents américains suggèrent aux autorités de Rome de fermer les yeux sur les activités de l'EVIS ; en échange, les brigands se chargeront des agitateurs communistes. Le 1er mai 1947 a lieu le fameux massacre de Portella della Ginestra qui restera toujours une énigme d'État. Pourquoi avoir ouvert le feu sur ces paysans venant, drapeaux rouges à la main, fêter la journée du travail ? Grâce à d'étranges complicités, le bandit Giuliano pourra jusqu'en 1950 se jouer de la police italienne, tuant même des dizaines de carabiniers et de policiers lancés à sa poursuite. Il sera assassiné dans des conditions obscures le 5 juillet 1950. La mafia aurait-elle décidé de mettre fin à la vie d'un bandit qui lui faisait trop de concurrence ? Celui qui est présumé l'avoir assassiné, son cousin Pisciotta, sera lui-même éliminé dans des conditions qui signent le crime mafieux : dans la prison de l'Ucciardone, on lui servira un café à la strychnine. Seule une vaste organisation criminelle, disposant de complicités au sein même de l'appareil d'État, peut commettre un tel forfait.

CHAPITRE XXVIII

Cadavres excellents

En Sicile, il ne faut pas confondre banditisme et mafia. D'une férocité équivalente, ces deux organisations ne répondent pas à la même logique. La mafia a longtemps défendu un certain ordre établi - celui des possédants, des latifundiaires - tandis que les bandits ont plutôt eu tendance à se faire les défenseurs du peuple. D'ailleurs, ils n'ont pas la même popularité. Les notables ont longtemps protégé la mafia, comme une « honorable société », criminelle mais utile, sans grand danger puisque, comme le dira l'avocat Lucifera en 1883, ces gens-là ne se tuent qu'entre eux. Pour les notables, il y a une opposition « bonne mafia-mauvais banditisme », comme dit Salvatore Lupo[1]. Pour le peuple, c'est l'inverse et le folklore sicilien ne s'y trompe pas. S'il associe, dans son théâtre de marionnettes, les figures de certains bandits, comme Salvatore Giuliano, aux nobles *pupi* de Roland ou de Charlemagne, il se garde bien d'y faire figurer les *capi* légendaires de *Cosa Nostra*. C'est qu'à l'origine l'honorable société est le produit complexe de la puissance féodale en déliquescence. L'abolition de la féodalité, qui a lieu dans le royaume de Naples en 1806, est appliquée en Sicile en 1812 et complétée dans les années 1820. Or, pour certains historiens, cette disparition de la féodalité va « démocratiser » la violence.

Jusque-là, le droit de se servir de la force appartenait aux seigneurs dans une île où la puissance royale était quasi inexistante. Ce droit d'user de la force légitime aurait dû ensuite passer *légalement* à l'État mais, en réalité, celui-ci étant incapable de l'exercer, il serait passé *matériellement* dans les mains de personnes privées, les « hommes de respect ». Séduisante explication si elle ne se heurtait à un étrange phénomène sicilien : la mafia s'est implantée dans la partie occidentale de la Sicile, dans la région de Palerme notamment, et non dans la partie orientale, dans les provinces de Messine, de Catane et de Syracuse où elle a longtemps été totalement inconnue. Comment rendre compte de cette spécificité géographique ? Certes, le régime des latifundias était plus prononcé à l'ouest qu'à l'est mais ce n'est pas suffisant.

Il semble bien que ce soit la terrible répression dont fut victime l'ouest de la Sicile, à la suite des échecs de l'unification italienne, après 1860, qui ait favorisé en réaction l'émergence des phénomènes mafieux. En Sicile, le pire aurait pu être évité. Certes, comme partout au sud de Naples, les populations libérées par Garibaldi attendent une répartition des terres. Comme celle-ci ne se fait pas, beaucoup de paysans, déçus, se révoltent, ce qui donne lieu à des phénomènes de « banditisme ». Cela est vrai en Calabre ou dans les Pouilles. Mais, en Sicile, ce banditisme est quasiment inconnu ; la population aurait donc dû logiquement être mieux traitée par les armées piémontaises. Or, celles-ci ne font pas la distinction avec les phénomènes de désertion qui, eux, se produisent en nombre dans la partie occidentale de la Sicile, dans les provinces de Palerme, Caltanissetta, Girgenti. Les armées du général Govone et du préfet Medici opèrent avec la même violence qu'en Calabre. Elles ratissent les campagnes à la recherche des réfractaires au service militaire. La désertion s'explique avant tout parce que la conscription était inconnue dans le royaume des Bourbons. Il s'agit donc d'une résistance à la centralisation bureaucratique, rien de plus. Mais les Piémontais réagissent en Sicile avec la même violence extrême qu'en Calabre, occupant *manu militari* villes et villages, appliquant la loi Pica, qui suspend l'ordre juridique normal et confie la répression aux tribunaux militaires. Très vite, le nouveau gouvernement du roi Victor-Emmanuel se rend furieusement impopulaire. En 1863, Crispi écrit à Garibaldi : « La masse de la population (sicilienne) déteste le gouvernement d'Italie qu'elle trouve, par comparaison, plus triste que celui des Bourbons [...]. Si les conseillers de la couronne ne transforment pas cette situation, la Sicile court vers la catastrophe. »

Cette terrible répression militaire crée l'effet inverse de celui recherché. Loin de se soumettre, les jeunes Siciliens de l'ouest se rendent en masse au maquis et, ce qui était prévisible, appellent leurs amis à la révolte. Dans la nuit du 15 au 16 septembre 1866, une foule de 40 000 personnes, dirigée par des bandes armées de Monreale et Bagheria, prend ainsi d'assaut Palerme et, pendant sept jours et demi (le fameux *sette e mezzo*), saccage les monuments officiels et détruit les archives judiciaires. Certains palais, comme celui du prince de Sant'Elia, ne parviennent à échapper au pillage que grâce à l'existence de miliciens ruraux. C'est ainsi que se renforcent en place, dans les villes et surtout les campagnes, des sociétés secrètes, créées dès la Restauration, dominées par certains propriétaires et leurs hommes de main *(gabellotti)*, pour faire face à l'incapacité du nouvel État unitaire. Donc, si la mafia se développe surtout dans les régions de l'ouest de la Sicile, c'est parce que ces régions, particulièrement frappées par la répression militaire, ont connu des réactions populaires vives. Les notables, effrayés, ont alors recours pour se protéger à des sociétés secrètes, des hommes de main fidèles qui vont constituer l'embryon de la mafia. Encore aujourd'hui, ces sociétés parallèles reposent sur une organisation en réseaux, avec des chefs *(capi)*, des hommes de main (*pisciotti*), des ordres transmis par des intermédiaires à des exécutants[2], les anciens *squadre* (petits groupes armés) et des règles strictes, dont la plus célèbre est celle de *l'omertà*, le silence. Le terme *omertà* viendrait du mot humilité *(umiltà)* qui, par conversion du 1 en r, caractéristique du dialecte sicilien, devient *omertà*. Ces hommes doivent en effet rester humbles, car ils sont au service d'une organisation qui les dépasse. Rien n'a changé depuis l'époque féodale.

La psychologie mafieuse en porte témoignage. Les gens qui deviennent, pour une raison ou une autre, membres de l'honorable société ne se sentent pas devenir des criminels ; ils ont longtemps cru être des « hommes d'honneur », faisant partie d'une confrérie particulière, avec des rituels initiatiques, un code de bonne conduite, un secret et des gestes de solidarité que pratiquent aussi d'autres organisations parallèles de la société[3]. Dans les descriptions de nombreux repentis, il est toujours fait mention de la stricte observation des « règlements et statuts », comme si la mafia se voulait un système juridique à part entière, concurrent du système officiel, mais tout aussi organisé, comme ce fut le cas à l'époque de la naissance de la féodalité, au Xe siècle en Europe. La grande différence entre la mafia d'hier et celle d'aujourd'hui, c'est qu'elle a pris depuis les années 1950 une dimension « internationale », abandonnant les zones agricoles pour se tourner vers des activités plus lucratives, trafics de drogues, extorsions de fonds, commerce international d'armes, etc., qui lui permet désormais de bafouer l'autorité, non plus des simples administrations locales, mais des États. La « pieuvre », comme on surnomme la mafia, a d'ailleurs réussi à s'infiltrer dans l'appareil d'État, en Sicile, mais aussi, via ses prises de participation, dans les conseils d'administration de certaines sociétés. La fluidité de la mondialisation joue en sa faveur. Pourtant, bien que très moderne, la mafia conserve des méthodes de « gestion » qui sont à peu près les mêmes depuis toujours.

Il suffit de songer à la manière dont le parrain des parrains *(capo dei capi)*, Bernardo Provenzano, en cavale depuis 1963, dirigeait son monde à partir d'une modeste bergerie de la région de Corleone. Sa trop longue cavale a fait penser que certains mafieux étaient intouchables. Nino Giuffrè, le bras droit de Provenzano, avait même déclaré aux policiers que le *capo* avait des appuis tels qu'il tenait le président du Conseil « dans sa main ». Finalement, son arrestation « miracle », le 11 avril 2006, entre les deux tours de la campagne législative, laisse penser que les choses sont peut-être en train de changer en Sicile. Les commerçants osent désormais protester dans les rues contre l'extorsion de fonds, le fameux *pizzo* (opérations de l'association *Addiopizzo)*. Les spécialistes et les journalistes ont titré sur « le crépuscule des parrains » (*Libération* du 10 juillet 2006) ou sur « Cosa Nostra en apnée » (*Le Monde* du 8 avril 2006). Reste à savoir si on peut jamais en avoir fini avec la pieuvre ? Lors d'un voyage en compagnie d'un magistrat de la cour des comptes régionale de Sicile, ce dernier me fit part de ses craintes les plus vives de voir la mafia reprendre tout son lustre... « N'oubliez pas que la mafia est comme l'État ; elle perdure alors que la mobilisation de la société civile contre le crime, elle, fluctue considérablement. »

CHAPITRE XXIX

Chez le Guépard

À Palerme, le quartier de la Kalsa, l'un des plus anciens de la ville, a été construit par les Arabes (Al Halisa signifie l'élue). Il est aujourd'hui l'un des plus pauvres. Beaucoup de ses palais en ruine n'ont jamais été entièrement rebâtis depuis les bombardements alliés d'avril 1943, lorsque les Anglo-Américains préparaient leur débarquement sur l'île. C'est ici qu'a eu lieu l'un des premiers *omicidio eccellente* de toute l'histoire de la mafia, le meurtre du policier Joe Petrosino, venu de New York en 1909 pour enquêter sur les rapports entre *Cosa Nostra* et mafia italo-américaine. Non loin de là, entre la mer et la préfecture, un de ces palais défigurés, construit au XVIIe siècle pour César d'Aragon, suscite depuis quelques années l'intérêt pressant de trois architectes et responsables palermitains, Italo Rota, Franco Miceli et Nicola Piazza. Leur ambition ? Redonner vie à cette aristocratique demeure de plus de 1 600 m^2 de surface, abandonnée par la famille qui l'habitait après le 5 avril 1943. Si ce projet provoque un réel intérêt à Palerme, motivant même certains articles de la presse nationale[1], ce n'est pas simplement pour ses ambitions architecturales. C'est parce que ce lieu a une âme, celle de Lampedusa, le célèbre auteur du *Guépard*. C'est là que Giuseppe Tomasi, duc de Palma[2], prince de Lampedusa est né le 23 décembre 1896. De toutes ses propriétés, ce palais était sa demeure préférée. Il dira dans ses souvenirs d'enfance : « Tout me plaisait ici ; l'asymétrie de ses murs, la quantité de ses salons, les stucs des plafonds, la mauvaise odeur de la cuisine de mes grands-parents... » Tout le monde connaît *Le Guépard* grâce au livre et au film magnifique de Visconti, sorti en 1963. Mais Lampedusa est resté un auteur méconnu. Il est vrai que sa distance aristocratique lui a imposé toute sa vie une sorte de pudique réserve. Le prince semblait comme jeter un regard courtois et ironique sur le monde.

Après avoir beaucoup voyagé, dans le nord de l'Europe, en Angleterre et en France, Lampedusa aura passé les meilleures années de sa vie dans le silence et l'ombre de ses demeures siciliennes, toutes aujourd'hui disparues. L'un de ses biographes, David Gilmour, note la fatalité qui a semblé poursuivre cet homme hanté par la décadence[3]. Son palais de Palerme bombardé en 1943, son palais de Santa Margharita di Belice, fief de l'ouest de l'île, détruit par le tremblement de terre du 15 janvier 1968[4]. Jacques Chegaray, qui l'a visité au moment du drame, évoque ce monument coupé en deux en des termes très viscontiens. « Dans les ruines balancent des lustres de fausses perles, des hauts-reliefs tarabiscotés et roccocos, des paysages à la Watteau peints à même le mur[5]. » Lampedusa était comme destiné à ne rien laisser qu'une œuvre littéraire. Il ne mena même pas la vie mondaine du prince de Salina, le patriarche de son célèbre roman. Aristocrate lettré, Lampedusa restait très en retrait d'un monde qu'il regardait comme futile et inculte. Il savait, comme intuitivement, que le meilleur de lui-même était ailleurs, dans l'écriture et l'isolement, loin de cette Sicile qu'il aimait et détestait tout à la fois, la trouvant enfantine et barbare, trop prompte à s'estimer au-delà de tout. Il critiquera dans

Le Guépard « cette promptitude d'esprit, qui, en Sicile, usurpe le nom d'intelligence ». Lampedusa avait beaucoup de goût pour les cultures étrangères, surtout l'anglaise et la française. Il préférait probablement la première. Il en goûtait la réserve et l'*understatement*, ce noble penchant pour l'allusion et la périphrase. La vérité est moins dans les mots qu'à côté d'eux, dans les gestes, les regards, le ton d'une voix. L'implicite dit plus que l'explicite. D'où son attrait pour une certaine littérature, celle de Pascal, de La Rochefoucauld, ou de l'auteur de *La Chartreuse*, qui lui fait aussi aimer la France. Il n'avait pas en revanche pour son histoire le culte qu'y vouent généralement les Français. Les mœurs basses de la cour de Versailles, l'absolutisme forgeant des cœurs serviles, l'Empire napoléonien et les grands notables du XIXe siècle puritain ne lui plaisaient guère ; paradoxalement, ce n'est pas la révolution antinobiliaire qui le choquait le plus car il éprouvait pour ce peuple de sans-culottes si puissant, « qui s'était fait conquérant à son tour », pour reprendre le mot de Sieyès, une forme de respect. Loin de la soumission du peuple anglais pour les injustices sociales, l'insolence jacobine des Français, leur goût égalitaire, l'intriguait, l'irritait et l'impressionnait tout à la fois.

Quelle était au fond la véritable personnalité de ce prince hors du commun ? Un jeune homme palermitain, Francesco Orlando, neveu du président italien au congrès de Versailles, l'a connu au moment où Lampedusa commençait à envisager sérieusement de se tourner vers l'écriture. Dans un petit livre, plein de sensibilité, Orlando a laissé un témoignage précieux de la personnalité du prince au quotidien : *Un souvenir de Lampedusa*[6]. À l'époque où, en 1953, le jeune homme le rencontre, Lampedusa vit depuis plus de dix ans dans un appartement du 28, via Butera dans un quartier isolé, près de la mer. « La littérature avait été et demeurait la grande occupation et consolation de ce noble que je ne sais quelles difficultés de patrimoine avait exclu de toute mondanité, comme de toute occupation pratique », écrit Orlando. En vérité, Lampedusa goûtait cet isolement, s'ennuyant dans le monde, ne prenant plaisir qu'à vivre avec sa femme et ses livres qu'il possédait par milliers. Dans son appartement de deux étages, il avait deux bibliothèques différentes ; celle du premier étage était constituée par les livres de littérature, que le prince consultait quotidiennement, goûtant plus particulièrement les auteurs italiens, anglais, français et russes, aussi bien les grands, comme Shakespeare, Montaigne, Pascal, Racine, Swift, Saint-Simon, Stendhal, Goethe, Dickens, Dostoïevski ou Proust, que des auteurs mineurs ou surfaits. « Il faut savoir s'ennuyer », disait-il avec une ironie toute stoïcienne. Il avait, dit Orlando, la conviction que « seuls les écrits les plus courants et modestes donnent une juste idée de la mentalité d'une époque ». En outre, cette littérature médiocre constituait comme une sorte de rançon indispensable au plaisir éprouvé à la lecture des chefs-d'œuvre. La bibliothèque du deuxième étage, moins fréquentée, était réservée aux grands livres reliés, aux travaux historiques et philosophiques, ainsi qu'aux livres d'héraldiques et de psychanalyse. Car la femme de Lampedusa était baronne, psychanalyste et balte, ce qui faisait d'elle, dans cette Sicile des années 1950, une aristocrate d'un genre particulier.

Lampedusa l'avait épousée en 1932, alors qu'il était à Londres, en voyage chez son oncle, ambassadeur d'Italie en Grande-Bretagne. Alessandra Wolff-Stomersee fréquentait autant les cours de psychanalyse que les salons de l'ambassadeur d'Italie qui venait d'épouser sa mère, une baronne lettone et veuve. La princesse de Lampedusa, discrète, qui n'est morte qu'en 1982, semble avoir joué un rôle essentiel dans la vie de l'auteur du *Guépard*, en lui évitant les excès du dilettantisme aristocratique qui le guettait. N'appréciant rien moins que le pédantisme universitaire, Lampedusa, qui fut certainement l'un des esprits les plus cultivés de son temps, n'a par exemple jamais achevé ni ses études de droit, ni celles de lettres. Les petits examens ne sont pas faits pour ce genre d'esprit. En 1933, à la mort de son père, Lampedusa hérite du palais du centre de Palerme et son héritage lui permet de vivre une vie oisive et aisée jusqu'à la Seconde Guerre mondiale. Lorsque l'Italie fasciste déclare la guerre à la France, le 10 juin 1940, le prince regarde ce geste comme le début d'une fatale « équipée ». Il faut dire qu'il a connu les horreurs du premier conflit mondial, il a été fait prisonnier à Caporetto et il a réussi à s'évader du camp de Hongrie où il était interné. Il est ensuite resté officier d'active jusqu'en 1925. Cette expérience traumatisante de la guerre a profondément marqué sa sensibilité. À nouveau, la guerre va lui être fatale. Il perd son palais en 1943 et commence une existence discrète et très réglée dans son nouveau logis de la via Butera. Il se lève tôt et part prendre son petit déjeuner à la *Pasticceria del Massimo*, rue Ruggero Settimo, dans le centre-ville. Puis, à la fin de la matinée, après avoir flâné dans les librairies, notamment chez *Flacovio*, il s'installe dans un autre café : ce fut d'abord le *Caflish*, puis le *Mazzara*, à l'époque moins fréquenté. C'est dans ce bar de la via Generale Maglicco, aujourd'hui un des plus célèbres de Palerme, que Lampedusa écrivit en grande partie son célèbre roman. Beaucoup d'écrivains apprécient ces cafés pour écrire leurs œuvres. Sans parler de ceux du *Flore* ou des *Deux Magots*, à Saint-Germain-des-Prés, citons Nikolai Gogol à *l'Antico Caffe Greco* de la via Condotti à Rome, Kafka à l'*Arco* de Prague, où il retrouvait son ami Max Brod, Franz Werfel et d'autres intellectuels que Karl

Kraus qualifia d'*Arconauts*. Le bruit et la rumeur du café favorisent, pour certains, la concentration, en obligeant l'esprit à se replier sur lui-même pour penser et écrire. Ainsi vécut et écrivit Lampedusa.

Le prince, tout en fréquentant les cafés, ne se mêlait pas à la discussion ; discret et taciturne, il écoutait parfois par bonté d'âme les propos des habitués mais il n'intervenait pas dans ces « bêtises », comme il disait. Il rentrait déjeuner chez lui vers deux heures de l'après-midi. Mais, quand la princesse était absente de Palerme, il libérait son vieux valet, Giubino, et allait déjeuner dehors, un tome des *Mémoires* de Saint-Simon sous le bras. Au physique, Lampedusa avait l'allure de la vieille aristocratie du sud, le teint très légèrement hâlé du Méridional qui se protège du soleil, la taille haute, les yeux sombres et plutôt timides. Un certain embonpoint donnait à cette allure féodale un air de bonhomie. Mais c'est au moral que le prince était un véritable aristocrate. Son amabilité, son humour, son langage châtié, sa conversation claire et précise, témoignaient d'une élégance d'esprit très *Grand Siècle*. Lampedusa goûtait par-dessus tout cette langue française classique qui refusait tout terme technique, tout jargon de métier et qui regardait le style simple et pur comme la forme suprême de l'écriture. On aurait pu croire que Lampedusa avait hérité cette élégance, qu'elle lui venait d'une quelconque tradition immémoriale ; il aimait faire croire que les choses avaient été ainsi « depuis toujours », comme disait *Le Guépard*. Mais il n'est de finesse extrême qui ne soit le fruit d'un immense travail. La seule différence entre l'intellectuel bourgeois et Lampedusa, c'est que l'un revendiquait haut et fort son immense travail pour attirer le respect d'autrui, là où le prince taisait avec une pudique délicatesse ses nombreux efforts. Il avait en horreur le débraillé et le vulgaire, ce qui ne faisait pas de lui un esprit antidémocratique. On retrouve dans cet être complexe, et par-delà les frontières, les traits subtils d'un Tocqueville.

Sensibles tous les deux aux charmes de l'ancienne société, mais suffisamment intelligents pour éviter toute nostalgie, appréciant les potentielles ressources de la démocratie, ce qui amènera Tocqueville à s'opposer à Louis-Philippe et verra Lampedusa rejeter avec horreur le fascisme. Ils partagent au fond le même mépris de toute forme de matérialisme. Que ce soit le matérialisme bourgeois, le plus répandu, celui d'une classe avide, incarnée dans *Le Guépard* par la figure de Don Calogero, ce riche fermier qui a profité de l'affaiblissement des anciennes puissances tutélaires ; ou le matérialisme marxiste qui instrumentalise le nom d'égalité pour asservir les masses et ne vaut guère plus que le monde médiocre de la marchandise et des intérêts qu'il combat. Le prince méprisait le « jargon marxiste », comme toute forme de jargon. Sa philosophie sociale se résumait à son esthétisme littéraire. Il goûtait les auteurs « maigres », comme il disait, ceux qui laissaient le lecteur dans l'allusion et exigeait de lui un effort, notamment les Français, comme Racine, Laclos, Stendhal, ou La Rochefoucauld (un « supermaigre »). Pourtant, *Le Guépard* n'a rien d'un conte allusif. C'est qu'il aimait bien aussi les « gras », ceux qui offraient explicitement au lecteur ; tout particulièrement Shakespeare, le plus explicite des explicites, qu'il plaçait au sommet de son panthéon littéraire. Quant à la littérature italienne, le prince estimait que, de la mort du Tasse à la Première Guerre mondiale, elle n'avait eu de cesse de se « marginaliser » en devenant de plus en plus provinciale. Il prétendait que même l'immense Leopardi n'avait pas le même relief à l'étranger qu'en Italie[7]. Il y a là une coquetterie excessive qui le portait à faire preuve d'une extrême sévérité pour le goût italien. Il raillait le caractère « somnifère » du *Courtisan* de Castiglione, qui me semble pourtant une des plus belles œuvres de la Renaissance et, surtout, il détestait le drame lyrique, « un modèle d'art paresseux, étranger à tout sous-entendu, superficiellement hédoniste ou outrancièrement sentimental : un art provincial[8] ». Difficile de faire moins italien pourtant.

Comment le goût de l'écriture vint-il à ce prince esthète, à cet homme si brillant qu'on aurait pu craindre qu'il renonce à se jeter dans l'arène ? Il y avait en effet chez lui un goût particulier pour les grands textes qui aurait pu en faire un simple critique ; il a composé des essais d'ailleurs fort brillants sur Stendhal ou sur Shakespeare. Il est pour Sainte-Beuve contre Proust : une œuvre n'est pas indépendante de son auteur. Il appréciait d'ailleurs beaucoup les anecdotes sur les écrivains, évoquant avec plaisir les petites misères de Mme de Staël ou le snobisme de Proust. La petite histoire a d'ailleurs joué dans sa propre vie un rôle essentiel. Les amateurs de Lampedusa connaissent la raison qui a présidé à sa décision – très tardive – d'écrire ; elle mérite d'être contée. En 1954, trois ans avant sa mort, Lampedusa, qui n'a encore rien publié, décide d'accompagner son cousin, le baron Lucio Piccolo di Calanovella, à un colloque littéraire à San Pellegrino Terme, en Lombardie. Piccolo, qui a composé de magnifiques poèmes, vient d'être invité par le grand poète Eugenio Montale, prix Nobel, à venir à ce colloque[9]. Le prince et le baron font légèrement sensation, en arrivant en Mercedes avec chauffeur. Inconnu, Lampedusa écoute, non sans ironie, ces doctes sommités littéraires professer leurs certitudes. « Montale et Cecchi ont tout à fait l'air de gens qui connaissent leur importance, l'air de *maréchaux de France* », dira Lampedusa, très sarcastique, à son cousin qui partage ses vues. Ce voyage aura décidé de sa vocation : le prince veut devenir écrivain, comme s'il lui avait fallu attendre de se convaincre qu'il valait bien tous ces messieurs consacrés par la critique. À moins que, l'âge aidant, il ait eu la certitude qu'il ne pouvait plus maintenant renoncer. Sciascia a très bien expliqué ce phénomène à propos de Stendhal. Certains grands auteurs cherchent pendant la moitié de leur vie à échapper à leur destinée. Ils mènent une existence futile, légère, reportant à plus tard l'œuvre qu'ils ont à faire. Et puis, dit Sciascia, il arrive un moment où ils ont mis si bien en place leur processus de destruction qu'ils sont face à eux-mêmes. Et alors ils ne peuvent plus reculer. En quelques années, ils disent tout ce qu'ils ont à dire. Ainsi Lampedusa se mit à écrire *Le Guépard*, ce roman qu'il portait au fond de lui depuis toujours. Pendant les trente mois qui lui restaient à vivre, il écrit presque tous les jours ce qui sera la grande épopée de la Sicile du *Risorgimento* et, en même temps, une terrible réflexion sur l'immobilisme des sociétés conscientes de leur destin. Lampedusa a mis beaucoup de lui et de sa famille dans ce livre. Par exemple, la noble figure du prince de Salina est inspirée de son grand-père, Giulio Fabrizio di Lampedusa (1815-1885), astronome de renom. Ce n'est pas en vain que l'auteur a appelé son héros prince de Salina, qui est une des îles Lipari, au nord de la Sicile, avec Stromboli, l'île du fameux volcan, et Panarea, le refuge d'une certaine jet-set. De même, Lampedusa est une des îles Pélagie, à l'extrême sud de la Sicile, la plus proche de la Libye[10]. Dans *Le Guépard*, le discours de la mémoire est d'ailleurs dominant, entretenant le thème de l'universelle vanité de toute chose.

Lorsqu'il achève son roman, Lampedusa l'envoie aux deux plus célèbres maisons d'édition italiennes, Mondadori et Einaudi, qui, toutes les deux, le refusent. Chez Einaudi, le grand écrivain Elio Vittorini, l'auteur méconnu en France de *Conversation en Sicile*, lui écrit, le 2 juillet 1957, une lettre pour lui expliquer ses raisons. Andrea Vitello, dans sa biographie de Lampedusa[11] a cité le texte intégral de la lettre de Vittorini. Selon ce dernier, le roman ne réussit pas à devenir, comme il le voudrait, le récit d'une époque. En réalité, Vittorini ne peut supporter un livre aussi remarquable sur la vanité des choses humaines, et notamment des révolutions. La phrase célèbre, « tout changer, pour que tout demeure », est en effet la plus terrible source de désespoir pour un communiste comme Vittorini. Sa lettre fut transmise au prince, atteint d'une maladie incurable, alors qu'il était à l'agonie dans une clinique de Rome. Le 23 juillet 1957, Lampedusa disparaissait sans jamais savoir si *Le Guépard* pourrait un jour être reconnu. Le livre sera finalement publié en novembre 1958, chez l'éditeur Feltrinelli, grâce à la perspicacité de Giorgio Bassani, le célèbre auteur du *Jardin des Finzi-Contini*. Le pessimisme du bourgeois juif cultivé qu'était Bassani ne pouvait manquer d'être sensible à la triste lucidité de Lampedusa. Encore le succès du livre suscita-t-il une polémique peu glorieuse. Comme l'a dit Vincenzo Consolo, « *Le Guépard* tombait comme une météorite dans les eaux narratives italiennes. » À l'époque, l'ennuyeux *nouveau roman* ne triomphait pas qu'en France. En Italie aussi, la littérature n'échappait pas aux querelles des groupuscules d'avant-garde, divisées entre néoréalisme, expérimentalisme, rationalisme, etc. Comme le roman de Lampedusa eut le malheur de toucher aussitôt un vaste public, charmé par une œuvre qui évitait toutes les ornières des nouvelles « expériences », il suscita aussitôt l'humeur des censeurs progressistes. Ils le dénoncèrent comme daté, « écrit avec cinquante ans de retard », réactionnaire. Bref, le petit attirail habituel de la modernité kitch était mobilisé contre le succès posthume du prince. Il y avait heureusement à l'époque des grands critiques, comme Montale, qui firent taire les petits maîtres *à la mode*. Montale écrivit en décembre 1958 : « C'est le livre d'un grand monsieur [...], d'un homme qui a tout compris de la vie, d'un poète-narrateur doué d'une clairvoyance impitoyable et d'un sentiment de l'existence qui est en même temps stoïque et profondément charitable. » Traduit dans presque toutes les langues, *Le Guépard* reçut le soutien d'Aragon et de E.M. Forster, ce que Lampedusa aurait certainement regardé comme son plus grand succès : être salué en France et en Angleterre, ses deux patries de cœur.

CHAPITRE XXX

« Nous nous sommes tant aimés »

Nous voici parvenu au terme de notre périple. À l'extrémité de Rome, en prenant la via Appia Nuova puis la Tuscolana, la route débouche sur un triste *no man's land*. Nous sommes dans la périphérie de Rome avec, au loin, les monts Albains. Sur la gauche, peu après les ruines du bel aqueduc de l'Aqua Claudia, que l'on croirait sorti directement d'un tableau de Claude Lorrain, des immeubles modernes laids, un immense centre commercial puis, discrètes, les lettres magiques du studio le plus célèbre d'Italie. *Cinecittà*, la cité du cinéma. Ce lieu mythique a fêté en grande pompe ses soixante-dix ans en 2007. La municipalité prévoit de revoir les orientations nouvelles et parfois contestables de ce qui a été une des meilleures fabriques du cinéma italien[1]. Et c'est l'occasion pour les cinéphiles, un peu partout dans le monde, de se souvenir de ce que fut l'un des arts les plus inventifs de l'après-guerre. Il a tant fait, ce cinéma, pour diffuser l'esprit italien au-delà des Alpes qu'il serait impossible, pour finir cet ouvrage, de ne pas l'évoquer, et tout particulièrement cette fameuse *Comédie à l'italienne* qui reflète mieux que tout discours la sensibilité de ce « pays bien-aimé », comme disait Stendhal. Rien ne me semble mieux se présenter comme terminus de ce parcours historique. « Le propre de la comédie italienne, résumera Mario Monicelli, est de lier la drôlerie au désespoir, c'est quelque chose qui vient de la *commedia dell'arte*. Les héros de la *commedia dell'arte* sont toujours des désespérés, des pauvres diables qui se battent contre la vie, contre le monde, contre la faim, la misère, la maladie, la violence. Cependant, tout cela est transformé en rire, est transmué en raillerie, en élément de moquerie plus que de rire à gorge déployée. Cette démarche appartient à une tradition très italienne. » Satirique et bienveillante, mêlant la douleur et la mélancolie à l'ironie, cette comédie *à l'italienne* est le fruit d'un étonnant mélange entre l'antique *commedia dell'arte*, la comédie dialectale et le cinéma néoréaliste, né dans l'immédiat après-guerre, en réaction contre le cinéma fasciste. Une idée répandue voudrait que le cinéma italien soit né avec le fascisme. Il n'en est rien. Il voit le jour avant la Première Guerre mondiale, avec des réalisateurs comme Guazzoni ou Fosco, l'auteur de *Cabiria* (1913). Mais il est vrai qu'il s'est développé un peu plus tard qu'en France ou aux États-Unis. C'est ce qui va lui donner un trait particulier. Il a pu éviter les premiers pas hasardeux de cet art (vaudeville, café-concert). Dès ses débuts, il n'est pas considéré comme une simple distraction populaire mais comme un véritable moyen artistique, capable d'exprimer la complexité de la vie. Aussi sera-t-il toujours fort considéré en Italie. On lui attribue un rôle social. Il séduit les élites du pays, notamment les aristocrates qui lui fournissent de nombreux réalisateurs, scénaristes ou acteurs, dont certains seront parmi les plus célèbres comme Visconti. Ainsi le cinéma prit rapidement en Italie une valeur esthétique à nulle autre pareil, et, alors que Français ou Américains filmaient encore devant des toiles peintes, les réalisateurs italiens embauchaient des architectes de renom pour confectionner de superbes décors ou filmer en réel, ce qui deviendra ensuite le trait caractéristique du *néoréalisme.* On passera sur la triste époque du fascisme qui, dans ses délires de gloire antique, a beaucoup fait pour encourager un certain cinéma épique (le *peplum* genre *Scipion l'Africain*). Le fascisme a saisi, comme le nazisme en Allemagne, l'importance du cinéma pour ses efforts de propagande. Ainsi favorise-t-il la création du festival de Venise[2] (suscitant, en réaction, la naissance en France du festival de Cannes, à l'initiative de Jean Zay).

La Seconde Guerre mondiale, en ruinant l'Italie, en réduisant un pays de grande culture à la plus insigne pauvreté, a beaucoup fait pour donner un ton nouveau au cinéma italien. Tournant le dos aux vastes fresques bavardes du fascisme, les réalisateurs s'orientent vers le drame social et la description sobre de la vie quotidienne, dont *Le Voleur de bicyclette*, de Vittoria De Sica, est le chef-d'œuvre emblématique. Les réalisateurs n'ont pas d'argent, il leur faut utiliser les décors et les personnages réels, à l'image du plus grand d'entre eux, Rossellini qui, dès 1944, filme *Rome, ville ouverte*, sur les lieux mêmes du drame (en dehors des locaux de la Gestapo). Désormais, le pli est pris : l'Italie fait un cinéma du réel avec toutes les ressources de l'art. À l'époque, on filme dans les palais et les rues, en utilisant pour acteurs les nobles, les bourgeois et leurs valets. Chacun joue son propre rôle, comme en France au XVIIIe siècle, où les seigneurs, leurs amis et leurs domestiques montaient tous sur scène pour jouer la comédie. Parmi les grands maîtres du néoréalisme italien, il y eut, outre Rossellini, auteur de tant de chefs-d'œuvre, De Sica, Lattuada (et on peut dire que certains grands génies ultérieurs comme Visconti ou Fellini ont été marqués par ces films auxquels ils ont participé comme assistants). Mais la véritable comédie à l'italienne a surgi au moment où cette veine néoréaliste commençait à marquer un certain essoufflement. En reprenant ses thèmes, mais avec plus d'humour ou de légèreté apparente, en y associant l'amertume, l'inquiétude ou la colère d'un certain cinéma populaire, cette comédie à l'italienne va produire, dans les années 1960-70, les grands films dont on a parlé en introduction. Certes, du point de vue de l'histoire du cinéma, beaucoup de ces comédies ne sont que de simples divertissements, ne pouvant prétendre rivaliser avec les œuvres des grands du septième art italien de l'époque[3]. Pourtant, certains de ces films de comédie, à commencer par le premier d'entre eux, celui qui lance véritablement le genre, *Le Pigeon*, réalisé en 1958 par Mario Monicelli, peuvent être considérés comme des chefs-d'œuvre. Ce film relate l'histoire d'un groupe de petits malfrats sympathiques et ratés, *idéal-type* des laissés-pour-compte du boom économique, qui décident d'organiser un hold-up qu'ils sont incapables de mener à bien. Présentant des acteurs qui deviendront des stars, comme Vittorio Gassman, Marcello Mastroianni et Claudia Cardinale, *I soliti ignoti* (titre original) voit l'affirmation d'un style voué à un grand succès : la comédie sociale grinçante mais toujours drôle, associant humour et désespoir dans un mélange typiquement italien. À la commande, on découvre les deux scénaristes de génie de la comédie à l'italienne, ceux qu'on retrouvera toujours jusqu'à la fin des années 1970, les géniaux Age et Scarpelli. Il faut noter ces deux noms (car les scénaristes sont essentiels dans le cinéma italien) et ces deux dates : 1960-1980.

C'est pendant ce laps de temps, ces vingt courtes années que la *Comédie à l'italienne* va naître, se développer et mourir. Dans un entretien en 1999, Dino Risi comparait le bon cinéma au « bon vin. Il y a de bonnes années et de moins bonnes ». Les années 1960-70 ont été « une période chanceuse », avant que la télévision, « le monstre noir », comme dit Risi, ne vienne tout bouleverser. Après la réussite du *Pigeon*, la comédie à l'italienne produira des films importants, comme *La Grande Guerre* de Monicelli (1959), le magnifique *Une vie difficile* de Dino Risi (1961), et une série de chefs-d'œuvre parmi lesquels *Le Fanfaron* (1962), *Il Surpasso*, qui deviendra un mythe[4] puis le formidable film à sketches, *Les Monstres* (1963), qui évoque avec une puissante ironie toutes les mesquineries contemporaines, l'homme volage et cruel, le passionné de foot (déjà), le cynisme de l'aisance (le terrible et magnifique « on oublie vite ») ou l'aliénation télévisuelle, mettant en scène une formidable scène d'adultère au domicile conjugal pendant que le mari a l'œil rivé sur son petit écran... Ensuite viendront de nombreux films soulignant l'envers du miracle économique, ses illusions et ses vulgarités et, parmi eux, il faut citer *Au nom du peuple italien* et surtout le terrible *L'Argent de la vieille* (1972), réalisé par Luigi Comencini qui marque une orientation nettement plus politique et contestatrice de la comédie à l'italienne. C'est la grande époque d'Ettore Scola, auteur de *Drame de la jalousie* (1970) et surtout de *Nous nous sommes tant aimés* (1974). Ettore Scola justifiera son utilisation de la comédie en affirmant que « le drame ne peut pas prendre en compte toutes les singularités de l'âme humaine », notamment ses contradictions qui alternent grandeur et bassesse. La comédie est fondée sur ces contradictions.

Comme dans une fable magnifique, la grande aventure de la comédie à l'italienne s'achève en 1978 avec un projet d'une formidable valeur humaine : pour venir en aide à l'un des leurs, atteint d'une maladie incurable, les plus grands réalisateurs italiens, Monicelli, Risi et Scola, décident de tourner gratuitement douze sketches évoquant l'absurdité et la férocité du monde contemporain : ce sera *Les Nouveaux Monstres*[5] dont nous avons parlé. Le dernier sketch, évoquant l'enterrement d'un acteur, et s'achevant par une scène de cabaret tragi-comique, était sans le savoir prémonitoire : elle signait aussi l'enterrement en grande pompe de la comédie à l'italienne. Certes, il n'est pas mort entièrement ce cinéma si peu aidé et si terriblement concurrencé par une télévision parmi les plus puissantes d'Europe. Il y a bien un renouveau depuis quelques années avec Nanni Moretti, l'auteur de *Journal intime*, cinéaste de l'inquiétude existentielle, puis d'autres réalisateurs comme Matteo Garrone, le réalisateur de *Gomorra*. Mais ce n'est pas la critique sociale de la vieille comédie italienne. Les quelques tentatives récentes de renouer avec cette veine, comme, par exemple, *Caterina va in città*, de Paolo Virzi (2003), sont intéressantes mais pas entièrement convaincantes. Est-ce l'époque qui ne s'y prête plus ? Pourtant, la comédie de la vie ne cesse de fournir des surprises toujours plus grandes. Pourquoi la comédie à l'italienne ne sait-elle plus la saisir ? Le cinéma italien serait-il lui aussi en train de mourir d'épuisement, à l'image de toute cette « vieille Europe » comme disait l'administration Bush ?

On voudrait tant qu'il puisse retrouver sa puissance narrative, cet art qui a tellement œuvré pour nous faire aimer l'Italie, qui a su tout à la fois divertir et obliger à prendre conscience de l'absurdité ou de l'iniquité de la vie. Sans ce cynisme désabusé et facile mais toujours avec cette ironie humaine qui fait le charme de l'Italie, peut-être bien au-delà, si on y réfléchit, de toutes ses richesses artistiques (à moins que l'un n'explique l'autre car il n'y a peut-être pas de grand art sans ironie). Le génie de l'Italie, ce serait alors les Italiens, avec leur désir de ne pas se prendre trop au sérieux ? On a l'impression, même si ces généralités sont toujours contestables, qu'on croise moins en Italie, même dans les hautes sphères, de ces personnages au masque de sérieux ou de gravité qui font du Français « un Italien triste », selon le mot prêté à

Cocteau. Il semble que les Français aient oublié le mot de *leur* Montesquieu : « La gravité est le bouclier des sots » (*Pensées*, 1 051). Ettore Scola expliquait cela en disant que « l'Italien a un goût de l'autocritique plus développé que le Français. Il y a moins d'autocritique chez les Français. Le chauffeur de taxi parisien est le centre du monde. L'Italien est plus porté à se sous-évaluer, même si c'est en apparence. Il est au fond plus présomptueux que les autres mais il accepte la critique, il préfère même la devancer [...]. Il a ce goût un peu particulier de se présenter dans ses pires côtés. Se voir comme un vaurien le divertit. » Il y a dans la mentalité italienne cette volonté de résoudre tout avec un sourire, un sourire désespéré, une moquerie face à la vie, mais qui la facilite.

C'est en tout cas ce qu'avait noté Stendhal et qui justifiait son amour sans borne pour l'Italie. Dans une conclusion supprimée de l'édition de *Rome, Naples et Florence en 1817*, l'écrivain faisait le bilan de son long périple italien. À quoi cela avait-il pu lui servir ? Il répondit : « J'y ai réfléchi : je recommencerais mon voyage, si c'était à refaire ; non pas que j'aie rien gagné du côté de l'esprit ; c'est l'âme qui a gagné. La vieillesse morale est reculée pour moi de dix ans. J'ai senti la possibilité d'un nouveau bonheur. Tous les ressorts de mon âme ont été nourris et fortifiés ; je me sens rajeuni. Les gens secs ne peuvent plus rien sur moi : je connais la terre où l'on respire cet *air* céleste dont ils nient l'existence ; je suis de fer pour eux[6]. » Essayons de le croire.

Notes

Introduction

1. Plusieurs ouvrages sont attendus à ce sujet ; nous renvoyons au *Roman de Rome* (à paraître) ou au livre de Corrado Augias, *I segreti di Roma*, Mondadori, 2006 (à paraître en français).

2. *L'Histoire, la Guerre, la Résistance*, Gallimard, Paris, 2006, p. 711.

3. Dans les années 1970, un voyageur français, Jacques Chegaray, a écrit un livre, d'ailleurs intéressant, sur *l'Italie insolite* (Paris, 1971), où il compare les Italiens « artistes, insouciants, bruyants et gais » aux « Polynésiens de l'Europe » *(sic)*.

4. *Le Voyage d'Italie*, Perrin, Paris, 2004. Nous aurons souvent recours à ce *cicerone* si juste.

5. *De l'amour*, chap. XLII et XLIII (De l'Italie).

6. Jean-François Revel, *Pour l'Italie*, Paris, 1958, préface, rééd. Robert Laffont, 1977.

7. Henry James, *Heures italiennes*, La Différence, Paris, 2006, p. 187-188.

8. Voir par exemple les *Mémoires* de Vidocq, chapitre VII ou *Le Moniteur*, 14 nivôse an X.

9. *Maîtres de l'estampe*, Arts et métiers graphiques, Paris, 1969, p. 79.

10. Sur Fellini et Rimini, voir notre reportage « Fellini, l'enfant de Rimini », dans *Le Figaro* du 26 juillet 2006.

CHAPITRE PREMIER
Le premier Italien du monde ou la malédiction de la momie

1. Voir le bel article de Franck Johannès, « Un crime à l'âge de bronze », *Le Monde* du 30 décembre 2005.

2. On pratique toujours au Tibet ce genre de tatouage comme traitement médical (de la poudre de charbon de bois introduite sous la peau après une petite incision). Les médecins ont noté qu'à près de 80 % les tatouages d'Ötsi représentent les points d'acupuncture utilisés encore aujourd'hui. Ötsi aurait pratiqué cet art 2 000 ans avant la médecine chinoise…

3. Dans son essai, *L'Autel le plus haut : le sacrifice humain de l'Antiquité à nos jours*, Robert Laffont, Paris, 1991.

CHAPITRE III
Milan : La mort de la première « société du spectacle »

1. Voir Stephen Williams, *Dioclétien. Le renouveau de Rome*, Infolio, Paris, 2006, p. 73.

2. Considéré comme le dernier grand empereur romain, Théodose Ier, qui fut d'abord empereur d'Orient, a vécu en partie à Milan et y est mort, le 17 janvier 395.

3. *L'Empire gréco-romain*, Le Seuil, 2005, p. 575.

4. Qui n'est pas dans l'actuelle Capoue mais à Santa Maria Capua Vetere, la véritable Capoue antique, la ville décrite par Cicéron, dont les « délices » ont été fatales aux armées du général Hannibal.

5. *Storia di Milano*, De Ferrari, Gênes, 2003, p. 19 et s.

6. La ville du pape serait même devenue à cette époque, selon l'historien Peter Brown, le « Vatican du paganisme ».

7. Commencé en 1386, cette église gothique, une des rares d'Italie, sera achevée en… 1809, sur l'ordre de Napoléon.

8. Avant eux, les Stoïciens comme Marc Aurèle avaient déjà condamné les spectacles, mais ils l'avaient fait à leur façon, aristocratique, c'est-à-dire pour eux-mêmes. Les Pères de l'Église veulent que cette interdiction s'applique à tous.

9. Selon Paul Veyne, les spectacles « s'évanouiront » au début du Vᵉ siècle. Les derniers combats attestés sont ceux donnés à Rome en 418 pour célébrer l'hypothétique victoire d'Honorius sur le Goth Alaric (*L'Empire gréco-romain, op. cit.*, p. 623).

CHAPITRE IV
Pour l'amour de Galla Placidia (la pinède sanglante de Ravenne)

1. Henry James notait déjà qu'à la fin du XIXᵉ siècle, à Ravenne, « le garçon de café ou le cocher qui vous conduit vers la Pinède, font des allusions à Galla Placidia et à Justinien comme à n'importe quel sujet d'actualité » *(Heures italiennes*, La Différence, Paris, 2006, p. 500).

2. Galla, restée très proche du comte Boniface, qui domine l'Afrique, parvient à le convaincre de ne plus envoyer de blé à l'Empire d'Orient, si l'empereur ne prend pas le parti de son fils, Valentinien III. Paniqué à l'idée de manquer du blé africain, dont dépend tout l'approvisionnement de Byzance, l'empereur cède de mauvaise grâce.

CHAPITRE V
Une dynastie aux mains trop blanches

1. L'une des forteresses les plus impressionnantes du Haut-Adige est celle de Castel Tasso (Burg Reifenstein) qui passa en 1470 à l'ordre des chevaliers teutoniques puis en 1813 à la famille Thurn und Taxis.

2. Le refuge alpin deviendra une tradition des Bourbons. C'est à Goritz, aujourd'hui en territoire italien, que s'est réfugié le fils de Charles X, le fameux comte de Chambord. Refusant le drapeau tricolore, il avait déclaré avec panache : « ma personne n'est rien, mon principe est tout »… Belle maxime qui ne le destinait pas à régner.

3. Aujourd'hui, Caporetto ne figure sur aucune carte italienne. La petite ville slovène a pris le nom de Kobarid. Mais on peut admirer les magnifiques paysages où se sont déroulés ces terribles combats en empruntant un petit train, à l'origine militaire, la *pedemontana del Frioul*, qui circule entre Salice et Venzone.

4. Épisode certes peu glorieux, mais on notera que l'Italie accepte de regarder son passé beaucoup mieux que la France, où, à la même époque, on ne diffusait pas *Les Sentiers de la gloire* (1958). Il fallut attendre 1975 !

5. Sorti en Italie en 1961, *Une vie difficile* a été, comme nombre des chefs-d'œuvre de la comédie italienne, écarté pendant longtemps par les distributeurs français et il n'est sorti dans les salles qu'en 1976. Selon l'original dictionnaire de Jacques Lourcelles, il a fallu l'action de Simon Mizrahi pour que la France, baignée par la « nouvelle vague », prenne enfin la juste mesure de ces films prodigieux... Il en alla de même de *L'Argent de la vieille* de Comencini, de 1972, qui ne sortit en France qu'en 1977.

6. Aujourd'hui, la famille de Savoie n'est plus interdite de séjour en Italie mais les luttes dynastiques demeurent (voir Richard Heuzé, « Les Savoie et les Aoste se disputent l'héritage royal italien », *Le Figaro* du 3 octobre 2006).

CHAPITRE VI
Messes noires de Turin et sorcières des Alpes

1. Gallimard, Paris, 1992.

2. Jacques-Antoine Malarewicz rappelle justement que ces paysans avaient un régime alimentaire propice aux cauchemars. Constitué de féculents, il devait agiter fortement leur sommeil et favoriser ainsi ces visions effrayantes de sorcières (*La Femme possédée. Sorcières, hystériques et personnalités multiples*, Robert Laffont, Paris, 2005, p. 46).

3. Voir *infra*, chap. « Par les saints, le sang et les serpents ».

4. Il existe même à Turin un musée de l'insolite avec un centre d'études sur les extraterrestres (*Ufo* en italien)...

CHAPITRE VII
Venise (I) : La civilisation des villas

1. Gallimard, Paris, 1995. Soixante ans avant lui, Paul Bourget avait écrit plus brutalement que Venise était « le rendez-vous des snobs les plus vulgaires de la clique internationale »...

2. Voir notre reportage, « La mort de Venise », *Le Figaro* du 25 août 2004.

3. *Heures italiennes*, *op. cit.*, p. 24.

4. Il faut cependant la sauver parfois contre elle-même car la Sérénissime a tendance à se reposer sur cette manne touristique. En

témoigne la qualité de ses restaurants. Michela Scibilia, qui a publié un guide astucieux pour s'y retrouver parmi ces masses de fausses *osterie* typiques, le reconnaît : « À Venise, manger au restaurant peut être une expérience traumatisante » *(Où se restaurer à Venise ? Venezia osterie e dintorni*, Trévise, 2003, p. 7 et s.). « Depuis longtemps, poursuit Michela Scibilia, les petits malins ont compris qu'une *osteria* peut être très rentable. Et nous voyons maintenant s'ouvrir des restaurants "typiques" à la place des restaurants chinois. Il s'agit d'établissements répondant à ce titre parce qu'ils suspendent des marmites en cuivre au plafond, se vantent de leur ambiance rustique et d'un service bon enfant, mais les plats "typiques" sortent généralement du congélateur. Autant de restaurants de série, gérés par des patrons mystérieux et des garçons de passage »...

5. Alvise Zorzi, *Histoire de Venise*, Perrin, Paris, 2005, p. 55-56.

6. La légende du saint est étroitement liée à la cité des doges depuis 828 lorsque deux marchands prétendirent avoir rapporté d'Alexandrie le corps de Marc.

7. On avait bâti un peu partout des fortins, comme en témoigne l'étymologie de Torcello *(Turricellum)* ou le nom de l'actuel quartier de Castello (château).

8. Ce dernier possédait, dans les champs sabins, une petite maison rustique, plus modeste que les grandes villas patriciennes, mais plus choisie par la beauté du site et le calme de la nature.

9. Cicéron, *De officiis*, III, 1.

10. Elle fait appel au grand architecte véronais Michele Sanmicheli, disciple de Fra Giocondo, inventeur des murs à coin, plus protecteurs. Sanmicheli entoure ainsi toutes les villes, comme Vérone, d'une puissante enceinte fortifiée (qu'on peut encore voir en partie à Vérone, notamment les portes monumentales de San Giorgio ou Porta Nuova).

11. Dont la plus baroque est celle des Estherhazy de Hongrie. On ne résiste pas à en citer la première phrase. « Lorsque Dieu créa le monde, le prince Estherhazy dit à Adam... » !

CHAPITRE VIII
Venise (II) : Le ghetto

1. Alvise Zorzi, *Histoire de Venise, op. cit.*, p. 314.

2. Il pourrait aussi venir du vieux mot rabbinique « ghet » (séparation) ou du mot syrien « nghetto » (congrégation).

3. Voir par exemple Renzo De Felice, *Storia degli ebrei italiani sotto il fascismo*, Turin, 1972.

4. Ils ont d'abord été établis dès 1946 par Léon Poliakov (*La Condition des Juifs en France sous l'occupation italienne*, Paris, 1946), repris ensuite par Serge Klarsfeld, dans son étude magistrale sur *Vichy-Auschwitz. La « solution finale » de la question juive en France*, Fayard, Paris, 2001.

5. Serge Klarsfeld, *Vichy-Auschwitz, op. cit.*, p. 242.

6. Ce qui fut cependant un cadeau empoisonné. Car les Juifs, informés de la situation, se précipitèrent à Nice, sous protection italienne. Or, le 3 septembre 1943, l'Italie rompt avec l'Allemagne et passe du côté des Alliés. Les Allemands envahissent alors la zone que l'armée italienne occupait en France. En trois jours, les SS sont à Nice où les Juifs sont alors pris au piège…

CHAPITRE IX
Aller à Canossa (avec Mathilde)

1. Chaque année, le premier dimanche de septembre, les sept bourgs du territoire historique de Canossa (Corte dei Castelli, del Rio, dei Nobili, di Cerezzola, di Monte Staffola, di Trinita et Cilianum), redonnent vie à cet événement dans le cadre d'une grande pièce théâtrale qui s'organise au village de Ciano d'Enza.

2. Il est probable qu'ils ont beaucoup contribué à lancer cette légende sur les mystères du Vatican.

3. En 882, le pape Jean VIII est assassiné, premier des pontifes romains à connaître ce triste sort. Peu après, le pape Étienne VI, est à son tour étranglé lors d'une émeute populaire.

4. Il ne faudrait cependant pas croire que la rencontre de Canossa va régler définitivement la « querelle des Investitures ». Car, une fois rentré en Allemagne, Henri IV a recommencé à nommer des évêques malgré l'avis du pape. C'est le concordat de Worms, en 1122, qui mettra un terme à cette querelle mémorable.

5. Ascanio Condivi, *Vie de Michel-Ange*, Climats, Paris, 2006, p. 65.

Chapitre X
Par les saints, le sang et les serpents

1. À Raiano, petit village perché du diocèse de Sulmona (province de l'Aquila), on garde pieusement la mémoire de la révolte des Italiques du Ier siècle avant Jésus-Christ ; ils y ont un bref instant établi leur capitale, et, à cette occasion, ont battu monnaie portant le nom *d'Italia*. C'est la première fois que ce nom apparaît dans l'Histoire.

2. On peut encore visiter la magnifique petite abbaye de San Benedetto à Subiaco, taillée dans le roc. La célèbre abbaye du Mont Cassin a été détruite par les bombes en 1944, à la suite d'âpres combats, et reconstruite ensuite à l'identique.

3. Voir le compte rendu de Jacques Chegaray, *Italie insolite, op. cit.*, p. 40 et s. « La procession des serpents ».

4. On a dit que si le carbone 14 datait le linceul du XIVe siècle, c'est parce qu'il avait été « enrichi » en carbone à la suite de l'incendie de 1532, ce qui aurait rajeuni son origine antique...

5. Il commit cependant l'erreur de revenir en Italie où l'Inquisition, elle, ne s'en laissa pas compter, et le jeta en prison où il resta jusqu'à sa mort en 1795. Il faut visiter sa cellule dans la majestueuse forteresse de San Leo, près de Saint-Marin, qui donne sur un panorama impressionnant de la campagne romagne.

6. *Le Voyage d'Italie, op. cit.*, p. 158.

7. *Italie insolite, op. cit.*, p. 86.

8. C'est Joseph, le frère de Napoléon, auquel Joachim Murat succéda sur le trône de Naples, qui a aboli le système féodal dans tout le sud de l'Italie en 1806.

9. « Étrange destinée de l'évêché bénéventin qui commence à Saint Janvier et finit à M. de Talleyrand », note avec ironie Alexandre Dumas, dans *Le Corricolo*, dont il faut lire le magnifique témoignage sur cette terre de Naples qu'il connaît si bien.

10. Voir *infra L'Entrée des enfers*, p. 169.

11. Norman Lewis, *Naples 44*, Phébus, Paris, 1996.

CHAPITRE XI
Rome n'est plus dans Rome

1. Voir le reportage de Michel Schifres et Richard Heuzé, « Romains, je vous hais », *Le Figaro* du 22 août 2002.

2. Sur l'attentat d'Anagni, voir Agostino Paravicini Bagliani, *Boniface VIII, un pape hérétique ?*, Payot, 2005.

3. Les papes ont quitté l'Italie avec le Gascon Bertrand de Got, élu pape sous le nom de Clément V, et ils resteront dans cette possession paisible des Anjou de Naples jusqu'en 1376.

4. *Les Papes d'Avignon*, Fayard, Paris, 2006, p. 25.

5. Dans ses *Histoires florentines* (L, VI), Machiavel mentionne une dernière conspiration républicaine à Rome, celle de Stefano Porcari en 1452.

6. *Recherches sur les constitutions des peuples libres*, Droz, Genève, 1965.

7. *Op. cit.*, p. 203.

CHAPITRE XII
Les faux amants de Vérone

1. Sur l'importance de Castiglione dans le polissement des mœurs, je me permets de renvoyer à mon article « Cour », in *Dictionnaire du corps*, dir. Michela Marzano, PUF, Paris, 2006.

2. C'est devant le théâtre romain de Vérone, que Dante a tout à coup la mélancolie de sa ville et prononce ces vers célèbres en Italie pour évoquer les douleurs de l'exil : *« quanto sa di sale lo pane altrui »*, « combien ailleurs le pain paraît salé »... Propos tristes qu'on comprend seulement si on sait qu'à Florence le bon pain blanc est sans sel.

3. Il paraît que de nombreuses âmes perdues écriraient à Juliette à la mairie de Vérone pour évoquer leur chagrin d'amour...

CHAPITRE XIII
Visconti, Sforza, Médicis, tyrans et autres *condottiere*

1. Sienne la républicaine ne s'y est pas trompée, elle qui représente dans la fresque de Martini (dans la salle de la Mappemonde du Palazzo

Pubblico) le puissant *condottiere* Guidoriccio da Fogliano sur son cheval caparaçonné, superbe et conquérant, mais avec un air de vanité et un œil bête qui témoignent de sa forfanterie et de celle de tous ses semblables.

2. Le réalisateur n'est qu'un lointain parent des ducs de Milan. Sa branche de Modrone descend d'un frère du fameux Matteo Ier, le fondateur de la dynastie ducale.

3. *Le Voyage d'Italie, op. cit.*, p. 198.

4. Voir Lauro Martines, *Le Sang d'avril*, Albin Michel, Paris, 2006.

5. Le père de Catherine est Laurent II de Médicis, duc d'Urbino. Sa mère est française (La Tour d'Auvergne). C'est parce qu'elle est la nièce du pape qu'elle épousera en 1533 le futur Henri II, le fils de François Ier.

6. Ce qui provoque une vive jalousie de la part des familles féodales françaises moins raffinées. Elles ne vont pas tarder, avec Hotman, à opposer la franchise et le courage de la *France-Gaule à* la fourberie de la *France-Italie* (Jean-François Dubost, *La France italienne, XVIe-XVIIe siècle*, Aubier, Paris, 1997).

7. Ce n'est pas seulement en France que les Médicis sont méprisés. En Italie, aussi, on s'allie avec eux avec répugnance. Ainsi lorsqu'en 1558 la famille d'Este contraint l'un de ses fils, Alphonse, à épouser la riche Lucrèce de Médicis, sa sœur, Anna d'Este, qui a épousé à Paris le duc de Guise, s'oppose à un mariage avec des gens « qui n'ont aucune noblesse »...

8. Voir *L'Homme au masque de fer*, Paris, 1970 et nouvelle édition 2005.

CHAPITRE XIV

Lucrèce Borgia, fille de pape et sœur d'assassin

1. Il voulait alors devenir capitaine général des troupes pontificales.

2. Ils existent toujours et abritent la collection d'art religieux moderne du musée du Vatican.

3. L'anecdote est confirmée par Johannes Burckard, maître des cérémonies du Vatican de 1483 à 1506, voir *Dans le secret des Borgia, 1492-1503*, présenté par Vito Castiglione Minischetti et Ivan Cloulas, Tallandier, Paris, 2003, p. 378 et s.

4. Il sera assassiné par César Borgia quelques mois plus tard au Vatican.

5. Il s'agissait de Renée de France, fille de Louis XII et d'Anne de Bretagne. Elle était attirée par le protestantisme, ce qui n'était pas sans

poser quelques difficultés à la famille d'Este qui briguait le siège pontifical pour le fameux cardinal Hippolyte.

6. Passionné d'architecture, Vespasien de Gonzague vécut toute sa vie dans les travaux de sa chère cité qu'il façonna selon les plans de Vitruve, le grand architecte antique, n'oubliant rien, pas même l'hospice pour les pauvres et l'école où il fit venir les meilleurs maîtres.

CHAPITRE XV
Divorce à l'italienne

1. Cité par Dominique Fernandez, *Le Voyage d'Italie, op. cit.*, p. 19.

2. « Amour, qui force tout être aimé à aimer en retour, me prit si fort que, comme tu vois, il ne me laisse pas. » (*La Divine Comédie, L'Enfer*, chant V, 100-105.)

3. Le roman est devenu « leur » Galeotto et ce terme est encore utilisé pour désigner quelqu'un qui favorise l'amour entre deux personnes.

4. Dans la belle région de Rimini et des Marches, plusieurs châteaux revendiquent le « privilège » d'avoir servi de cadre à cette tragédie. À Gradara, joli bourg médiéval, toujours dominé par le château fort du XIIe siècle, celui des Malateste, on peut visiter la belle chambre médiévale qui aurait été celle du drame.

5. L'amant s'échappa à Paris, où il fut tué à son tour par des hommes de main des Médicis, en 1577, estimant qu'il avait souillé l'honneur de leur parente.

6. Petite conséquence étonnante de cette terrible tragédie, les biens du marquis furent dispersés avec les précautions qu'on imagine. Une des propriétés milanaises fut cédée à un industriel, alors peu connu, du nom de Silvio Berlusconi. Pour les circonstances étonnantes de la vente de la fameuse villa Arcore, et pour tout ce récit fascinant, voir Corrado Augias, *I segreti di Roma, op. cit.*, p. 330 et s.

7. Il sortira de prison en 1942, à 62 ans, il se mariera et aura un enfant. Il mourra en 1949.

8. Il épousera ensuite une jeune Espagnole en 1962. Le 7 mars 1997, une brève dans un quotidien romain annonçait qu'un certain Arnaldo Graziosi s'était suicidé en se lançant du haut du balcon de son immeuble, à Grottaferrata.

CHAPITRE XVI
Les jardins monstrueux, ou comment sauver son couple à l'italienne (I)

1. *La Villa dei mostri*, Turin, 1977.

2. Voir Pascal Hachet, *Psychanalyse d'un choc esthétique. La villa Palagonia et ses visiteurs*, L'Harmattan, Paris, 2002.

3. *Le Voyage d'Italie, op. cit.*, art. *Bomarzo*, p. 59 et s.

CHAPITRE XVII
Les sigisbées florentins, ou comment sauver son couple à l'italienne (II)

1. « Il est vrai, ajoute Sade, malveillant, que ce n'est pas ruineux (...) ces femmes sont si mal entretenues de leur mari et si folles de l'argent qu'on les satisfait avec peu. On peut parier à coup sûr de vaincre avec une vingtaine de sequins la beauté la plus rebelle de Florence » (voir Sade, *Voyage d'Italie*, in *Italies, op. cit.*, p. 415).

2. Lettre citée par Jeannette Geffriaud Rosso, *Montesquieu et la féminité*, Nizet, Paris, 1977, p. 112.

3. Voir Luciano Valmaggi, *I Cicisbei, contributo alla storia del costume italiano nel secolo XVIII*, Turin, 1927.

4. *Les mots des femmes*, in *Récits d'une patrie littéraire*, Fayard, Paris, 2006, p. 265.

5. S. Renault-Sablonière et C. Allanche, *Libération* du 19 décembre 1997.

6. L'Italie unitaire héritera de cet aumanisme toscan puisqu'elle sera la première grande nation européenne à abolir la peine de mort à la fin du XIXe siècle dans le code Zanardelli. Elle sera un pays phare dans le domaine de la modernité pénale.

7. Les voyageurs français du XVIIIe et du XIXe siècle jugent généralement la ville avec une certaine hauteur, au point que le président de Brosses écrira même : « toute réflexion faite, je préfère Bologne à Florence ». Et Zola, un siècle plus tard, ajoutera : « Tout y dort. »

CHAPITRE XVIII
Une leçon d'amour, par Casanova

1. Né en 1725 à Venise, mort en 1798 à Dux, sous le nom de chevalier de Steingalt, Casanova a connu de nombreuses aventures qui l'ont conduit dans les cours d'Europe, à commencer par celle de Louis XV, à qui il a proposé un système de loterie.

2. Celui-ci lui écrit d'ailleurs ironiquement : « Vous êtes souvent en même temps Horace, Montaigne et Jean-Jacques (Rousseau, *nda)*. J'aime mieux le Jacques qui n'est pas Jean. Car vous êtes gai et il est atrabilaire, vous êtes gourmand et il met de la vertu dans les légumes. »

3. *Le Voyage d'Italie, op. cit.*, art. *Casanova*, p. 67 et s.

4. *Le Voyage d'Italie, op. cit.*, p. 261.

CHAPITRE XIX
L'entrée des Enfers

1. La galerie fut découverte en 1932 par Amedeo Maiuri.

2. La situation était quelque peu différente à Pompéi, enfouie seulement sous sept à huit mètres de cendre, matière plus aisée à creuser. D'ailleurs, le site de Pompéi était connu dès le XVIe siècle mais il ne sera fouillé qu'à partir de 1748.

3. Voir l'article de Julien Bourdet *(Le Figaro* du 9 mars 2006).

4. Voir l'entretien de Franco Barberi, l'un des meilleurs vulcanologues d'Italie, dans *Le Figaro* du 11 août 2001 : « Il faut craindre la prochaine éruption du Vésuve. »

CHAPITRE XX
Le héros nucléaire et ses glorieux prédécesseurs

1. Récemment, un universitaire ukrainien a repris cette hypothèse de la fuite « morale » (voir l'article d'Édouard Launet, *Libération* du 26 septembre 2006).

2. Enrico Fermi (1901-1954) partira aux États-Unis en 1939 ; il sera un des grands responsables de la recherche nucléaire de Los Alamos ;

c'est à l'université de Chicago, en 1942, qu'il dirige la première réaction nucléaire en chaîne qui permettra la bombe atomique.

3. Et nous avons dit que nous n'en parlerions pas car il existe déjà d'innombrables ouvrages sur ces grands génies de l'humanité.

4. Voir l'entretien de sa fille la princesse Elettra Marconi avec Richard Heuzé, *Le Figaro* du 12 décembre 2001.

5. N'est-ce pas, par exemple, un magicien véronais, Jérôme Frascator (1478-1553) qui, dans un livre intitulé *Syphilis sive de morbo gallico*, découvrit la maladie de la syphilis, lui donnant le nom d'un berger, Syphilus, qui, dans la mythologie grecque, fut condamné, pour avoir offensé Zeus, à transmettre une maladie honteuse à chaque fois qu'il touchait une femme, même en lui serrant simplement la main.

6. Denis Crouzet, *Christophe Colomb, héraut de l'Apocalypse*, Payot, Paris, 2006.

7. On peut voir aujourd'hui à Gênes, près de la porte Soprana, une maison couverte de lierre qu'on prétend être la maison où naquit Christophe Colomb. Une chose est sûre : son père était un tisserand de cette grande cité portuaire ; mais le doute subsiste sur le lieu de naissance du navigateur et d'autres destinations sont proposées : Savona, à 15 km à l'ouest ou même hors d'Italie.

8. Amerigo est la forme italienne de Haimrich (en français, Henri ou Aymeric).

9. *Histoire de la philosophie moderne. De la fin du Moyen Âge à Emmanuel Kant*, De Fallois, Paris, 2006, p. 33. Rappelons que le principal aéroport de Rome s'appelle Leonardo da Vinci...

10. Pierre Milza, *Voyage en Ritalie*, Payot, Paris, 2004.

11. Cité par Alberto Toscano, *France Italie. Coups de tête, coups de cœur*, Tallandier, Paris, 2006, p. 344.

12. Daniel Lefeuvre, *Pour en finir avec la repentance coloniale*, Flammarion, Paris, 2006, p. 199.

Chapitre XXI
Les délices de Capri

1. Comme le rapport que lui fit parvenir le gouverneur de Judée, Ponce Pilate, à propos d'un certain « roi des Juifs »...

2. Voir récemment Pierre Renucci, *Tibère. Empereur malgré lui*, Mare et Martin, Paris, 2005, p. 471 et s.

3. Marida Talamona, *Casa Malaparte*, Carré, Paris, 1990.

4. Car il était devenu à la fin de sa vie maoïste, après avoir été fasciste, antifasciste, communiste, etc.

5. *Le Voyage d'Italie, op. cit.*, p. 252.

CHAPITRE XXII
L'ermite de Caprera, ou le Washington d'Italie

1. Le mot est vrai si on le prend depuis l'Antiquité. Mais l'île a eu une civilisation brillante au IIIe millénaire avant J.-C. dont portent encore témoignages les 7 000 *nuraghi*, ces tours en pierres sèches qui se trouvent un peu partout dans l'île. On connaît fort mal cette culture nouragique qui a laissé ces tas de pierres et d'étranges statues qu'on peut admirer au musée de Cagliari.

2. Voir *La Repubblica* du 1er août 2006.

3. Sur Garibaldi, voir Max Gallo, *Garibaldi ou la force du destin*, Fayard, Paris, 1982 ; voir aussi Alfonso Scirocco, *Garibaldi, citoyen du monde*, Payot, Paris, 2005.

4. Cité par Alfonso Scirocco, *op. cit.*, p. 459.

5. La fin miséreuse de Garibaldi leur donne un peu raison : elle plaide plus en faveur d'une existence de lucre qu'en faveur d'une vie de héros.

CHAPITRE XXIII
La première « nouvelle cuisine »

1. Située près de Canne (celle de la bataille contre Hannibal), la petite ville de Barletta est très célèbre en Italie pour le fameux « défi » qui opposa en 1503 chevaliers français et chevaliers italiens. Arbitré par Bayard, le combat opposant treize chevaliers italiens à treize chevaliers français, qui avaient accusé les Italiens d'être des lâches, se solda par une défaite totale des Français. D'où le relatif silence dont le « défi de Barletta » fait l'objet dans les manuels scolaires en France, alors qu'il est dans tous les manuels italiens...

2. Les Pouilles, ignorées à la Renaissance, connurent une nouvelle heure de gloire au XVIIe siècle, notamment avec l'art baroque si particulier de Lecce, surnommée « la Florence du Sud ».

3. Comme l'a rappelé Benedetto Croce dans son *Histoire du règne de Naples*.

4. Voir le joli récit d'Éric Jozsef, « Italie, le boulanger a eu la peau de McDo », *Libération* du 3 janvier 2006, voir aussi *Libération* des 13 et 14 janvier 2007.

5. Dans un chapitre de ses *Essais* (Livre I, chap. LI, *De la vanité des paroles*), Montaigne notait déjà au XVIe siècle la tendance de certains cuisiniers français à disserter de leur art d'une manière magistrale, « comme s'ils parlaient de quelque argument de théologie ». Montaigne y voit un exemple parfait de « futile éloquence ».

6. C'est d'ailleurs pour cette raison que le penseur hédoniste Michel Onfray a lancé une université populaire du goût à Argentan (Orne). Il déclarait : « Trop souvent les grands cuisiniers ont ignoré la majorité des gourmets aux revenus modestes pour ne s'adresser qu'à une élite de classe au goût formaté » (*Libération* des 7 et 8 octobre 2006).

7. Sans parler de la pâtisserie industrielle, comme celle du *Mulino Bianco*, par exemple, dont la qualité est si différente des pâtisseries industrielles d'autres origines. La preuve ? Il n'est pas rare, en Italie, en allant dîner chez des amis, d'offrir un dessert industriel, ce qui serait inconcevable ailleurs. À Noël ou à Pâques, les Italiens s'offrent sans scrupule des *panetone* industriels.

8. Alberto Capatti, Massimo Montanari, *La Cucina italiana, storia di una cultura*, Rome, 2005, p. 60.

9. Voir le reportage de Jean-Jacques Bozonnet, « Esclaves en Italie » et « Les fruits rouges de l'hypocrisie », *Le Monde* du 27 septembre 2006.

10. La cuisine de Rome est plus campagnarde, avec son lard, que celle de Naples, plus méditerranéenne.

11. S'il existe beaucoup de vins doux en Italie, notamment les muscats, comme ceux de Pantelleria, il y a aussi des vins rouges réputés, comme le Barolo du Piémont, issu du cépage nebbolio, ou le Montalcino, de Toscane, issu du cépage sangiovese, le fleuron du patrimoine italien.

12. *La Cucina italiana, op. cit.*, p. 131.

13. *La Cucina italiana, op. cit.*, p. 126. S'il est une chose qu'on peut concéder à l'Italie, remarquent Capatti et Montanari, ce n'est pas dans le domaine des produits mais dans celui du goût. En rupture avec la lourdeur de la cuisine médiévale, aux viandes et aux sauces épaisses, les Italiens ont enseigné aux Français l'importance des légumes et des produits frais du terroir.

14. Semblable à l'anti-fonctionalisme qu'ils expriment aussi dans le domaine de l'architecture par exemple, en proposant des maisons précaires pour que chaque génération puisse imposer son style et ne pas subir celui des précédentes.

15. Aujourd'hui, les Italiens restent les plus gros mangeurs de pâtes de toute l'Europe (28 kg par an par habitant), leur consommation est quatre fois supérieure à celle des Français, mais elle tend à diminuer depuis quelques années.

CHAPITRE XXIV
La mer de la peur

1. Les deux rochers mythiques de Charybde et Scylla se font face, l'un en Calabre, l'autre en Sicile. Un projet pharaonesque de pont enjambant le détroit de Messine, qui serait le plus grand pont du monde (3,5 km), est actuellement à l'ordre du jour mais suscite beaucoup d'oppositions.

2. Robert C. Davis, *Esclaves chrétiens, maîtres musulmans. L'esclavage blanc en Méditerranée (1500-1800)*, Jacqueline Chambon, Paris, 2006.

3. Dans les églises paroissiales de Venise, une boîte de collecte était ainsi placée avec pour enseigne : *Pour la récupération des pauvres esclaves.*

4. Gustavo Valente, *Le Torri Costiere della Calabria*, Cosenza, 1960.

5. Ces cas n'étaient pas rares à une époque où les questions d'identité étaient plus délicates, comme le prouve la fameuse affaire de Martin Guerre (disparu à la guerre et revenu dans son village des Pyrénées).

6. Cité in *Esclaves chrétiens*, *op. cit.*, p. 279.

CHAPITRE XXV
Fra Diavolo et les nouveaux bandits calabrais

1. *Histoire de la philosophie moderne*, *op. cit.*, p. 101.

2. Voir la passionnante étude de Maria Antonietta Macciocchi qui, guérie de ses illusions maoïstes, a livré une belle biographie d'Eleonora, *La Vie passionnée d'Eleonora Fonseca Pimentel dans la Révolution napolitaine*, Félin, Paris, 1995.

3. Vincenzo Cuoco, *Essai historique sur la révolution de Naples*, Les Belles Lettres, Paris, 2004.

4. Le roi de Naples, Ferdinand IV, s'est encore réfugié à Palerme et il n'a plus les mêmes espoirs qu'en 1799. Fra Diavolo va mener, pour ainsi dire, une guerre privée contre les troupes du général Masséna. Là encore, on peut assez facilement la comparer à la chouannerie.

5. *Histoire de l'Italie, de l'âge de bronze au XXIe siècle*, *op. cit.*, p. 716.

6. Voir les reportages de Richard Heuzé, « En Calabre, la pieuvre aux mille familles » (*Le Figaro* du 15 mars 2000) et « La dangereuse *'Ndrangheta* calabraise » (*Le Figaro* du 14 août 2000).

7. Cité par François de Labarre, *Paris Match*, 26 octobre 2005.

8. *Ibidem*.

9. Richard Heuzé, « Les enfants de Locri défient la mafia calabraise » (*Le Figaro* du 3 décembre 2005).

10. « Mafia, les femmes prennent la relève », *Géo*, n° 268, juin 2001.

11. « *E tu, omo sei ?* », « Et toi, tu es un homme ? », demandent-elles à celui qui hésite à se venger.

12. Richard Heuzé, « La reine de la *Camorra* sous les verrous » (*Le Figaro* du 25 décembre 2000).

Chapitre XXVI
Oublier Syracuse

1. Le point central de ce vaste système de défense se situe au château de l'Euryale (Castel Eurialo) qu'on peut encore visiter à la sortie de la ville par la route de Catane. Cet immense château, relié par des souterrains, fut construit vers 400 avant J.-C. puis remanié à plusieurs reprises, notamment lors de la guerre punique, pour y recevoir les machines de guerre d'Archimède. Le savant y avait d'ailleurs été présenté à la cour du tyran Hérion II (265-215), très lettré, protecteur de Théocrite, fondateur de la poésie bucolique.

2. Selon Plutarque, il avait aussi épousé le même jour une autre jeune femme, Doride, et il les honorait alternativement ; un jour l'une, un jour l'autre.

3. Luciano de Crescenzo a rétabli à sa façon le dialogue entre les deux hommes (*Les Grands Philosophes de la Grèce antique*, De Fallois, Paris, 1999, p. 312).

Chapitre XXVII
Les Vêpres siciliennes ou un parfum d'indépendance

1. Les partisans de l'unité écrivaient sur les murs « Viva V.E.R.D.I », pour « Viva Victor Emmanuele, Re D'Italia ». Verdi était très conscient de ses responsabilités nationales ; il faillit abandonner le projet de livret

de Scribe qui n'avait pas représenté les Siciliens sous leurs meilleurs jours (voir Pierre Milza, *Verdi et son temps*, Paris, 2001, p. 207 et s.).

2. Voir notamment son *Histoire de la mafia, des origines à nos jours*, Perrin, Paris, 1999.

3. *Histoire de la mafia, op. cit.*, p. 58.

4. Cité par Salvatore Lupo, *op. cit.*, p. 232.

CHAPITRE XXVIII
Cadavres excellents

1. Tout au moins jusqu'à l'assassinat en 1893 de l'aristocrate Emanuele Notarbartolo de San Giovanni, ancien maire de Palerme (1873-1876), et surtout ancien directeur de la Banque de Sicile (1876-1890), le premier de la longue liste des « cadavres excellents », ceux des plus hautes personnalités sociales auxquelles la mafia va désormais s'attaquer (*Histoire de la mafia, op. cit.*, p. 123-124).

2. On a vu, dans le cadre de l'arrestation de Provenzano que, de sa petite cachette, le *capo* donnait ses ordres sur de petits bouts de papiers *(pizzini)*.

3. *Histoire de la mafia, op. cit.*, p. 43 qui souligne le lien entre mafia et franc-maçonnerie marginale.

CHAPITRE XXIX
Chez le Guépard

1. Voir *La Repubblica* du 6 juillet 2005, article d'Antonella Romano.

2. La famille Tomasi reçut en fief le duché de Palma de Montechiaro, au bord de la mer, près d'Agrigente, en 1637.

3. *L'Ultimo Gattopardo*, Feltrinelli, Milan, 1988.

4. Cette demeure qui lui vint de sa famille maternelle servira de modèle pour le palais de Donnafugata, dans *Le Guépard*. Citons aussi la villa Tomasi à San Lorenzo Colli, près du parc de la Favorite (qui sera la villa Salina du roman), ou le palais de Palma di Montechiaro.

5. *Op. cit.*, p. 153.

6. Francesco Orlando, *Un souvenir de Lampedusa*, suivi de *À distances multiples*, L'Inventaire, Paris, 1996.

7. *Un souvenir de Lampedusa, op. cit.*, p. 41.

8. *Ibid.*, p. 43.

9. Sur la figure méconnue de Lucio Piccolo, voir le récit passionnant de la visite que lui rend Dominique Fernandez, *Voyage d'Italie, op. cit.*, p. 566-568.

10. Il existe d'autres îles en Sicile, notamment l'île de Pantelleria, célèbre pour son muscat, et les îles Égades, à l'ouest, dont Favignana, fameuse pour sa spectaculaire pêche au thon au printemps.

11. Sellerio, Palerme, 1987.

CHAPITRE XXX
« Nous nous sommes tant aimés »

1. La création d'un « roof garden » au-dessus de l'entrée même du studio mythique et le projet de transformation de certaines zones en centres commerciaux ou en hôtel suscitent beaucoup de polémiques (voir *La Repubblica* du 29 juillet 2006). Les studios de *Cinecittà* sont encore opérationnels *(Gangs of New York* de Martin Scorsese y a par exemple été tourné), même si cela n'a rien à voir avec les années 1960, lorsqu'ils furent utilisés par les Américains pour produire des films à meilleur prix.

2. Rappelons, à titre anecdotique, qu'à l'époque, la palme d'or de Venise s'appelait le *Mussolini d'or*, nom qu'on s'est empressé de changer après guerre.

3. Les Visconti, Fellini, Pasolini ou Antonioni, dont *L'Avventura* reste le chef-d'œuvre absolu, sans parler d'auteurs moins célèbres, comme Valerio Zurlini, le réalisateur du *Professeur*.

4. Il évoque au fond la suite sociale *d'Une vie difficile*. Dans ce film, qui suit la déchéance d'Alberto Sordi, un journaliste idéaliste et résistant de 1943 ne parvenant pas à s'adapter à la vie « normale », c'est la fresque magnifique de l'Italie de la reconstruction des années 1950. Dans *Le Fanfaron*, le boom économique des années 1960 a eu lieu. Les Italiens fréquentent désormais tous les week-ends des plages bondées où ils se rendent avec des automobiles bruyantes.

5. Certains relèvent du génie comique à l'état pur, en particulier la reprise en main d'une paroisse ouvrière par un cardinal d'un cynisme diabolique, incarné par Gassman, la magnifique balade en Rolls par une caricature d'aristocrate romain dégénéré, joué par Alberto Sordi ou la terrible scène « senza parole » évoquant d'une manière on ne peut plus éloquente la vacuité du seul amour physique.

6. *Rome, Naples et Florence (1826)*, Gallimard, Paris, 1987, p. 479.

Remerciements

Je tiens à témoigner ma reconnaissance à tous ceux qui m'ont, depuis plus de vingt ans, permis de mieux connaître et apprécier l'Italie. Mes pensées vont d'abord à mon grand ami Giuseppe Serao dont l'appartement romain a toujours été ma seconde maison. Je le remercie d'avoir bien voulu m'apporter sa parfaite connaissance de l'Italie et ses archives. Je remercie aussi le centre de documentation de *La Repubblica*. Je voudrais saluer le professeur Vincenzo Mannino, qui m'a toujours si bien accueilli à l'université de Rome III, le professeur Roberto Martucci de l'université de Lecce, ainsi que le professeur Feruccio Marzano, de la Sapienza, et sa femme Paula qui ont été des hôtes, des amis et des guides précieux. Ma connaissance de l'Italie leur doit beaucoup, ainsi qu'à tous mes amis romains ; je regrette de ne pouvoir les citer tous ici.

Je veux aussi remercier Giorgio Ferrara, le directeur de l'Institut culturel italien, toujours si chaleureux, ainsi que Paolo Grossi, Irene Marta et les services de l'Institut.

Je tiens aussi à exprimer ma sympathique gratitude à tous ceux qui m'ont apporté leur aide pour la rédaction de cet ouvrage, la princesse Orsini, Angelo Rinaldi, de l'Académie française, François Dufay, Vittoria Matarese, Vincent Raynaud, traducteur et grand spécialiste de la littérature italienne, Alberto Toscano, Paul Veyne et Elvio Del Piero, pour son remarquable savoir-faire et sa brillante connaissance de l'histoire de la cuisine italienne.

J'ai aussi une dette importante à l'égard de mes parents, qui m'ont eux aussi donné le goût de l'Italie et permis de vivre à Rome.

Enfin, toutes mes pensées vont à Michela.

Table

Réalisation : Nord Compo à Villeneuve-d'Ascq
Achevé d'imprimer en avril 2021
par Normandie Roto Impression s.a.s. à Lonrai
N° d'imprimeur : 2101591
Dépôt légal : juin 2020
ISBN : 979-10-210-3739-7
Numéro d'édition : 4476-1
Imprimé en France

Réalisation : Nord Compo à Villeneuve-d'Ascq
Achevé d'imprimer en avril 2021
par Normandie Roto Impression s.a.s. à Lonrai
N° d'impression : 2101591
Dépôt légal : mai 2020
ISBN : 979-10-210-3739-7
Numéro d'édition : 4476
Imprimé en France